LE CHALET

CATHERINE COOPER

LE CHALET

traduit de l'anglais
par Penny Lewis

l'Archipel

Ce roman a été publié sous le titre
The Chalet
par HarperCollins, Londres, en 2020.

Notre catalogue est consultable à l'adresse suivante :
www.editionsarchipel.com

Éditions de l'Archipel
92, avenue de France
75013 Paris

ISBN 978-2-8098-4190-9

À ma mère,
tant aimée et regrettée.

Première partie

Dépêche de la Press Association

22 décembre 2020

ALERTE INFO

On annonce le décès d'un ressortissant britannique dans la station de ski de La Madière, en France, sans plus de précisions pour l'instant. Détails à suivre.

1

Décembre 1998,
La Madière, France

Je déteste les personnes arrogantes dans leur genre, qui viennent ici une fois par an pour les vacances et se la ramènent avec leurs skis Salomon ou K2 flambant neufs. Ce qu'ils sont pénibles, à se croire incollables sur tout. Alors qu'ils ne savent rien… Absolument rien !

— Aujourd'hui, on aimerait de la poudreuse vierge, un petit mélange freestyle *et nature, dans une zone où personne ne va. On a envie de repousser nos limites, tu vois ce que je veux dire ? Quelque chose d'un peu extrême, dit l'un des deux touristes de sa voix de BCBG prétentieux.*

Oui, je vois très bien. Tu te prends pour un champion parce que tu es parti en classes de neige avec tes écoles pour gosses de riches, et maintenant tu as un boulot grassement payé à la City ou je ne sais où qui rapporte suffisamment pour que tu puisses te payer un ou deux séjours par an à la montagne. Eh bien, je vais te dire un truc : tu as tout faux. C'est pour ça que tu dois payer quelqu'un comme moi, un vrai pro, pour t'accompagner sur un secteur hors-piste. Tu as beau avoir un équipement qui en jette, essayer d'employer le bon jargon, tu ne sais rien de la montagne. Rien.

Tout ça, je le pense très fort mais je ne l'exprime pas à haute voix. Ce sont des clients, après tout.

— Oui, pas de problème, je connais l'endroit parfait.

Avec un sourire forcé, je réponds aux questions aussi prévisibles qu'inintéressantes qu'ils me posent alors que nous montons en télésiège jusqu'au sommet. Oui, c'est sympa de vivre dans une station de ski. Oui, j'y réside à l'année. Je mens sur la date de mon arrivée ici, comme à chaque fois, parce que ça ne les regarde pas. Non, je n'ai pas prévu de rentrer un jour au Royaume-Uni, etc., etc., etc. J'adore la montagne, je me sens dans mon élément. Et j'aurais le métier parfait si je n'étais pas obligé de me coltiner des clients comme eux.

Je crois bien que c'est un vent de force huit qui nous accueille au sommet. Le moins à l'aise des deux – je n'ai pas pris la peine de mémoriser leurs prénoms – grimace en sentant le froid mordant.

— Purée, ça caille ! s'écrie-t-il.

L'autre, qui me paraît un peu plus âgé, même si c'est difficile à dire vu qu'ils sont emmitouflés, lui tape dans le dos en s'exclamant :

— Allez, fais pas ta chochotte ! On est là pour les sensations fortes !

Le temps que j'ajuste mes lunettes, que j'abaisse mon bonnet de façon à couvrir mes oreilles et que je vérifie les bons réglages de mes fixations, les deux clients sont encore en train d'enfiler leurs gants. Je me retiens de leur crier « Dépêchez-vous ! », parce que je me gèle.

— Hé !

Je me retourne pour voir qui m'interpelle. À sa doudoune arborant le logo d'une agence de voyages, je reconnais l'un de ces accompagnateurs qui changent d'une saison à l'autre et ont le don de m'agacer. Il s'arrête à côté de moi en dérapage contrôlé.

— Tu vas leur faire descendre le couloir ?

— C'est l'idée, réponds-je, bien que ça ne le regarde pas.

Il esquisse une grimace.

— J'espère qu'ils maîtrisent.

Sous-entendu : « J'espère que toi, tu maîtrises. »

Grâce à mes lunettes, je peux lever les yeux au ciel sans qu'il le remarque.

— Je ne les aurais pas emmenés jusqu'ici si je ne les en pensais pas capables, rétorqué-je. J'ai évalué les risques et ils ont signé tous les formulaires.

— Hum… C'est-à-dire que ce sont mes clients aussi et que, en cas d'accident, la tonne de paperasse, les démarches, ce sera pour moi, prévient-il.

Comme si j'en avais quelque chose à foutre, de ses papiers.

— Hé, les gars !

L'accompagnateur – je crois me souvenir qu'il s'appelle Richard – hèle mes clients qui, ô miracle, sont enfin prêts.

— Soyez prudents, d'accord ?

— Pas de souci ! répond le plus âgé. Bon, on décolle ?

C'est alors que se pointe Andy, avec qui je suis associé. Comme souvent, je regrette de ne pas avoir monté Skitastic en solo.

— Qu'est-ce que tu fabriques ici ? lui demandé-je.

Ma main à couper que son but est de me garder à l'œil.

— Mes clients ont décidé d'annuler. Il fait trop froid pour eux, apparemment. Tu veux que je t'accompagne ?

Je préférerais être tranquille, je n'ai pas besoin qu'Andy joue les baby-sitters et critique ma façon de procéder. Mais même moi, j'ai conscience que je ne peux décemment pas répondre ça sans passer pour un irresponsable. Donc je hausse les épaules et lâche :

— Si tu veux, ça m'est égal.

Sur ce, nous nous élançons.

À cause du brouillard, la visibilité est épouvantable. On ne distinguait déjà pas grand-chose au sommet, mais c'est encore pire à flanc de montagne, avec le vent qui arrive de face et nous cingle le visage. De plus, mes doutes se confirment : les deux clients dont j'ai la charge n'ont pas le niveau, alors qu'ils ont tous les deux coché la case « skieur confirmé sur piste noire » du formulaire. Mais bien sûr ! C'est faux et ça saute aux yeux. Heureusement que je leur ai menti, moi aussi, en leur promettant des sensations fortes : je savais qu'ils n'étaient pas à la hauteur pour du hors-piste pur et dur. En réalité, ce qu'on appelle « le Couloir noir » n'est pas un couloir à proprement parler, plutôt une pente raide et étroite – officiellement, c'est du hors-piste, d'accord, mais vraiment tranquille tant qu'on sait où on va, comme moi. On s'élance du sommet et on redescend jusqu'au point de départ du télésiège, rien de bien sorcier : pas de randonnée, pas de peaux de phoque à enfiler, donc pas de quoi s'inquiéter outre mesure. Enfin, ces pauvres types pourront se vanter d'avoir descendu un couloir à flanc de glacier quand ils rentreront de vacances et retrouveront leur petite vie confortable. C'est tout ce qu'ils veulent, je les connais.

Je constate sans surprise qu'ils ont l'air de ne prendre aucun plaisir. Andy reste un peu en arrière, le temps de récupérer d'éventuels traînards, me laissant seul avec les deux touristes. Tandis que le plus jeune descend prudemment en chasse-neige, le plus âgé me double en trombe histoire de frimer, mais la vérité c'est qu'il ne sait pas contrôler sa vitesse. Ce n'est ni impressionnant ni malin, c'est tout simplement dangereux. Lorsque Andy me dépasse à son tour, je lui crie : « Dis au client d'attendre ! Il ne connaît pas le chemin ! » Mais ma voix peine à couvrir les hurlements du vent.

— C'est plus compliqué que je ne pensais, dit le skieur plus lent en arrivant à ma hauteur.

Il s'efforce de paraître confiant, mais je perçois un tremblement dans sa voix. Je sais, je devrais lui dire qu'il s'en sort bien, mais je n'y arrive pas, parce que… eh bien, c'est faux. Pour la gentillesse, il y a Andy, pas la peine de compter sur moi. C'est la seule raison pour laquelle j'ai choisi de m'associer : le relationnel, ce n'est pas mon fort, alors qu'Andy, oui. Je ne suis là que pour profiter de la montagne. En ce qui me concerne, les clients sont un mal nécessaire. Andy gère toute la partie relation clients : leur montrer le mont Blanc, vanter les mérites du domaine alpin, qui est notre lieu de travail, parler de notre métier comme étant le plus beau du monde et j'en passe. Donc au lieu de servir quelques platitudes au skieur en difficulté comme Andy le ferait – autrement dit, au lieu d'être hypocrite –, je me tourne vers lui et je me contente de lui dire :

— Reste dans mes traces et évite de te laisser distancer.

Nous rattrapons le deuxième type qui a eu la bonne idée de nous attendre. Après un bref rappel sur l'importance de ne pas forcer, je m'élance de nouveau, un peu trop vite étant donné la visibilité, mais je veux m'assurer de rester en tête du groupe. Ce touriste ne me doublera pas deux fois : je suis non seulement le meilleur skieur du coin, mais aussi responsable d'eux. Les clients doivent respecter la consigne, à savoir rester dans mes traces. À quoi bon faire appel à moi, si c'est pour ne pas m'écouter ?

Inutile de compter sur Andy, qui est déjà loin. Quelques virages plus tard, dans lesquels je fonce afin de m'assurer que personne ne me dépasse, je me retourne pour voir où en sont les clients.

Et là, je constate qu'ils ont disparu tous les deux.

2

Décembre 2020,
La Madière, France
Ria

— Champagne ?

Face à moi, une jeune femme jolie comme tout, qui porte un polo flanqué d'un logo discret, tient un plateau chargé de flûtes en argent. Je lui souris et me sers.

— Merci.

— Vous avez fait bon voyage ? enchaîne-t-elle d'un ton enjoué.

À ma grande surprise, elle semble sincèrement attendre une réponse.

— Oui, tout s'est bien passé. Merci.

— Je m'appelle Millie, je travaille au chalet et je serai à votre disposition pendant toute cette semaine. S'il y a quoi que ce soit que je puisse faire pour agrémenter votre séjour, il suffit de demander.

Un courant d'air froid s'engouffre dans la pièce lorsque Hugo franchit la porte. Dès qu'il m'enlace par la taille, comme pour souligner que je suis sa propriété, je me crispe.

Millie avance le plateau vers lui en répétant son petit laïus.

— Hum, ce champagne est excellent, dit Hugo après avoir goûté une gorgée.

— Est-ce que vous voulez vous installer près de la cheminée, le temps que Matt s'occupe de vos bagages ? propose Millie. Je vais apporter des petits-fours. Vos amis doivent arriver d'ici une heure. Ensuite, nous pourrons passer à table pour le dîner.

Après un salut de la tête, elle tourne les talons et s'éclipse derrière une porte en bois que je suppose être celle de la cuisine.

Hugo et moi nous asseyons sur l'un des deux canapés gigantesques installés près de la cheminée où brûle un grand feu. Je bois une grande lampée de champagne, tandis que Hugo sirote le sien à petites gorgées.

— Cet endroit est impressionnant, hein ? dit-il.

Indéniable. Le soleil est déjà couché, et derrière la baie vitrée qui occupe tout un pan du salon-salle à manger, les lumières qui scintillent dans la vallée offrent un spectacle incroyable – et encore, je parie que la vue est encore plus époustouflante de jour. Les murs sont en pierre, la table est gigantesque et des fourrures visiblement hors de prix sont disposées un peu partout. Dehors, de vrais flambeaux brûlaient à notre arrivée.

— Comme tu dis, acquiescé-je.

Avant de rencontrer Hugo, je n'avais jamais mis les pieds dans un endroit pareil.

— Tu as bien fait de réserver ce chalet, dit-il.

— Je savais que ça te plairait, réponds-je d'un ton neutre.

— Et je suis sûr que Simon aimera. C'est tout à fait… convenable.

— « Convenable » ? répété-je en essayant, sans succès, de gommer le sarcasme dans ma voix. Tu es sérieux ? Simon est de la famille royale ou quoi ?

Constatant que Hugo a l'air vexé, je m'en veux pendant un dixième de seconde. Il peut être horripilant, mais il ne pense pas à mal. Et la semaine à venir est importante pour lui, je le sais.

— D'accord, je me suis mal exprimé, grommelle Hugo. Mais si Simon passe une bonne semaine, j'ai d'autant plus de chances qu'il accepte d'investir dans la société. Tu sais comment ça se passe.

J'approuve, tout en me demandant s'il n'est pas en train de sous-entendre que j'ai intérêt à bien me tenir et à éviter tout faux pas qui pourrait l'embarrasser.

Hugo me prend la main.

— Tu es contente d'être là, finalement ?

Je me tourne vers lui et souris.

— Oui, prétends-je.

Simon, qui arrive environ une heure plus tard, est tel que je l'avais imaginé : corpulent, le teint rougeaud, une voix tonitruante, des cheveux teints et coiffés avec la raie sur le côté pour tenter de camoufler une calvitie naissante. À l'inverse, je suis surprise par sa femme, Cass : elle doit avoir vingt ans de moins que nous et pourrait facilement passer pour la fille de Simon, ses cheveux blonds sont impeccablement coiffés et, surprise, elle tient un bébé dans les bras. Ça, Hugo ne l'avait pas précisé. Ils sont suivis par une autre jeune femme, la vingtaine, comme Cass – la nounou de l'enfant, j'imagine.

Après une tournée de tapes dans le dos, de piques gentillettes (Hugo et Simon), de bises en l'air et de remarques extasiées sur le bébé (Cass et moi – ce que je peux être hypocrite), Sarah, la nounou, s'éclipse avec Inigo, le bébé, et nous prenons place pour le dîner autour de l'immense table en granit.

Le repas est exquis. Après un deuxième service de champagne et de petits-fours, nous avons droit à un soufflé léger comme un nuage, des cailles accompagnées de gratin dauphinois et enfin, une farandole de desserts – le tout copieusement arrosé de vin, bien sûr.

Je croyais que, selon la tradition, l'employée de chalet mangeait avec ses hôtes, mais apparemment, ce n'est pas le genre de la maison. J'aurais dû le savoir, étant donné que c'est moi qui ai réservé. Millie partage efficacement son temps entre le service et la cuisine, apporte les plats, débarrasse les assiettes, nous ressert en vin et en eau, de sorte que nos verres ne sont jamais vides. Simon ne parle pas, il hurle, et surtout il est intarissable. Je ne l'écoute pas vraiment, alors que Hugo s'emploie à rire ou à acquiescer vigoureusement à intervalles réguliers. Je ressens une bouffée de haine envers lui, avant de culpabiliser aussitôt. Je savais dans quoi je m'embarquais quand je l'ai épousé. Il n'y est pour rien.

De mon côté, je discute avec Cass, qui se révèle aussi gentille qu'ennuyeuse. Je lui pose des questions sur le bébé alors que je suis certainement la dernière personne au monde que ça intéresse, et elle me répond avec courtoisie mais détachement. Elle m'explique notamment qu'avant la naissance d'Inigo elle avait une entreprise de traiteur. Elle ne sait pas encore si elle va reprendre le travail, mais sans doute pas, car Simon aimerait qu'elle soit femme au foyer. Sentant qu'elle n'est pas du genre communicatif, je meuble en parlant un peu de mon travail, du jour où Hugo et moi nous sommes mariés, et elle opine machinalement, le regard perdu.

Je commence à regretter de ne pas avoir insisté davantage auprès d'Hugo pour ne pas venir cette semaine.

Millie revient avec un plateau de cafés et de tisanes qu'elle pose délicatement sur la table.

— Je vais vous souhaiter bonne nuit, à moins que vous n'ayez encore besoin de mes services, annonce-t-elle avec tact – elle doit avoir hâte d'aller se coucher. Je vous verrai tous demain. À quelle heure voulez-vous que je serve le petit déjeuner ?

— À 8 heures, s'il vous plaît ! claironne Simon, sans même nous consulter du regard. On vise l'ouverture du télésiège, hein Hugo ?

— Tout à fait ! répond celui-ci.

Je m'y attendais : cette semaine, les désirs de Simon sont des ordres.

— Mesdames, je me suis permis de vous réserver un moniteur, ajoute Simon. J'espère que ça ne vous dérange pas.

J'ouvre la bouche pour protester, car je n'ai pas envie de me lever à 8 heures du matin ni de prendre un cours de ski. Devant le regard que me décoche Hugo, je ne pipe pas mot, mais intérieurement, je fulmine.

— Excellente idée, dit Hugo.

Sur ce, je bâille avec exagération et prends une tasse sur le plateau.

— Si vous voulez bien m'excuser, je crois que je vais monter dans la chambre, boire mon infusion et me coucher.

— J'arrive dans deux minutes, chérie, me lance Hugo.

Je fais comme si je ne l'avais pas entendu, alors qu'un frisson me parcourt l'échine.

À l'étage, je découvre notre chambre, qui est presque aussi impressionnante que le salon. Le lit, gigantesque, est paré de draps blancs et d'une couette incroyablement moelleuse, qui disparaît en partie sous des édredons en fourrure – de la vraie, ainsi que je peux le constater en y passant la main. Comme au rez-de-chaussée, les murs sont en pierre avec poutres apparentes. Au fond, une grande porte coulissante révèle une baignoire sur pieds et une grande douche à l'italienne carrelée de marbre. J'envoie valser mes bottes pour sentir le chauffage au sol que l'on peut régler au moyen d'un écran tactile mural.

La chambre est impeccable car tous les vêtements qui se trouvaient dans nos bagages Mulberry assortis – cadeau de la mère d'Hugo pour notre mariage – sont déjà rangés. C'est l'un des services proposés dans ce genre d'endroit, et que je déteste – je ne supporte pas que des inconnus touchent à mes affaires. Je vérifie que mon portefeuille et mon iPad sont toujours dans mon sac à main, même si je me doute que le risque de vol est quasi nul.

Après avoir ouvert en grand les robinets de l'immense baignoire, j'y déverse la totalité d'un petit flacon Hermès vert. Hermès – très chic. Puis je me déshabille et laisse traîner mes vêtements par terre. À coup sûr, ça va agacer Hugo, mais je m'en fiche. Je m'immerge dans la mousse, j'arrête les robinets et je ferme les yeux. Plus que sept jours à tenir.

— Ria ?

J'ouvre les yeux en entendant la voix d'Hugo, un peu trop aiguë et sonore à mon goût. L'eau de mon bain est tiède ; j'ai dû m'assoupir.

— Tu n'aurais pas vu mon livre ?

Il me jette un regard dont je n'arrive pas à dire s'il est réprobateur ou compatissant.

— Attention à ne pas piquer du nez dans la baignoire, c'est dangereux.

Lorsque je sors du bain, Hugo me tend un peignoir, non sans promener son regard de haut en bas sur mon corps nu.

— Je sais, réponds-je, mais je suis épuisée. La journée a été longue.

Du bout des doigts, il effleure mon cou, mes seins et ma taille.

— Tu es trop fatiguée pour… ? demande-t-il.

Après l'avoir chastement embrassé sur la joue, je lui lance :

— Pourquoi tu ne prends pas une douche en vitesse, et puis on verra ?

Je sais pertinemment que, lorsqu'il viendra se coucher, je ferai semblant d'être endormie.

Lorsque je sens Hugo s'allonger à côté de moi, je garde les yeux fermés et veille à ce que ma respiration soit lente et régulière. Il dépose un baiser sur mon épaule puis, avec un soupir, roule sur le côté et éteint la lumière.

Je me crois encore au beau milieu de la nuit lorsque quelqu'un frappe à la porte.

— Bonjour ! Je viens vous apporter du thé. Je peux entrer ? demande doucement Millie derrière la porte.

J'enfouis ma tête dans l'oreiller en ignorant l'érection d'Hugo qui est blotti contre moi.

— Tu peux entrer, on est présentables, marmonne-t-il en allumant la lumière.

Millie pose le plateau sur le bureau et prend soin de ne pas regarder vers le lit.

— Et voici. Le petit déjeuner sera prêt à 8 heures, mais prenez votre temps, si vous voulez dormir encore un peu.

Hugo s'étire et bâille, me faisant profiter de son haleine matinale, tandis que la porte se referme doucement derrière Millie.

— Dormir ? Pas question, si Simon veut aller skier, dit-il en rabattant les couvertures avec enthousiasme. Allez, debout !

Je me redresse, encore tout ensommeillée.

— Je n'ai pas rêvé, Simon a parlé d'un cours de ski ? Je suis vraiment obligée ?

— Tu me rendrais un immense service, crie Hugo depuis la salle de bains. J'aimerais que tu passes du temps avec Cass, histoire d'en savoir plus sur les projets de Simon.

— Ses projets ?

Il fait coulisser la porte et retire sa brosse à dents de sa bouche en levant les yeux au ciel.

— Pour le boulot ! Est-ce qu'il compte investir ? Qu'est-ce qui pourrait l'impressionner ? Comment je peux m'y prendre pour le convaincre ? Ce genre de trucs.

Il passe une grande serviette blanche autour de sa taille et entreprend de se raser.

— Ce n'est pas la mer à boire. Cass a des notions de ski, mais d'après Simon elle a perdu en assurance depuis la naissance du bébé. Ce n'est pas comme si tu allais te retrouver coincée sur les pistes pour débutants. Simon s'est dit qu'elle se sentirait plus à l'aise avec un moniteur. Je trouve ça plutôt mignon. C'est attentionné de sa part.

Je soupire et m'extirpe de sous la couette.

— Très bien, mais si c'est vraiment trop rasoir, je trouverai un prétexte pour m'éclipser.

J'entre dans la douche d'un pas traînant, tourne le robinet et savoure le contact de l'eau chaude projetée sur ma peau par le pommeau à l'italienne. Certes, je préférerais être n'importe où sauf ici, cependant je dois reconnaître que ces équipements luxueux ont du bon.

Lorsque Hugo a fini de se raser, il tombe la serviette et prend l'initiative de me rejoindre. C'est vraiment la dernière chose dont j'aie envie, mais là je ne trouve aucun prétexte pour le chasser de la douche.

3

Décembre 1998,
La Madière, France

Où sont-ils ? Au moment où je m'apprête à les appeler, je me souviens que je n'ai pas retenu leurs prénoms. Andy les connaîtra certainement.

— Ça va, là-haut ? crié-je.

Pas de réponse. Le vent se renforce encore et le brouillard vire à la purée de pois.

— Hé, les gars ! Vous êtes là ?

Andy apparaît enfin en contrebas. Je descends prudemment et dérape à sa hauteur en veillant à lui balancer un peu de neige à la figure.

— T'étais où ? éructé-je. J'ai perdu les clients !

Un sentiment de panique m'envahit, bien que je n'y sois pour rien. C'est vrai, les clients n'auraient pas dû me mentir, se prétendre meilleurs skieurs qu'ils ne le sont en réalité. Et si je les avais emmenés sur le genre de terrain qu'ils réclamaient ? Et si nous nous étions risqués sur une descente plus raide et plus périlleuse ? Qu'est-ce qui se serait passé ?

— Je te croyais avec eux, répond Andy.

C'en est trop, j'explose :

— Tu devais garder un œil sur eux !

— Purée, Cameron, calme-toi ! Ça va aller, ils ont dû nous dépasser. On perd facilement les gens de vue dans des conditions pareilles.

— Je l'aurais remarqué s'ils m'avaient doublé, rétorqué-je.

— D'accord, si tu le dis, peu importe. De toute façon, ce n'est pas en restant plantés là qu'on va les retrouver. Le mieux, c'est de continuer à descendre pour voir si on les rattrape. Si on ne les a pas retrouvés une fois en bas, on avisera.

Sans me laisser le temps de répondre, Andy se lance dans la descente et disparaît presque aussitôt, tant la visibilité est épouvantable. Je m'élance à sa poursuite, furieux. Pas question de me laisser distancer, c'est moi le meilleur ! Quelques secondes plus tard, je dépasse Andy en trombe et continue ma course à pleine vitesse. Je ne vois quasiment rien, mais peu importe. Je connais tellement bien cette pente que je pourrais la dévaler les yeux fermés. D'ailleurs, c'est quasiment ce que je suis en train de faire, vu la météo.

Je suis tellement concentré sur le fait de battre Andy que je repense aux clients égarés seulement à mon arrivée au bas de la pente. Ah ! Où est-ce qu'ils sont passés, nom d'un chien ?

Je me retourne pour scruter les environs, mais personne en vue. Quelques secondes plus tard, Andy me rejoint.

— Je croyais qu'on était censés chercher les clients. Qu'est-ce qui t'a pris de foncer comme ça ?

— Je voulais essayer de les rattraper au cas où ils nous auraient dépassés, prétends-je. Je ne voulais pas qu'ils décident de rentrer à leur chalet sans prévenir sous prétexte qu'on les aurait laissés poireauter trop longtemps dans le froid.

Mais où sont-ils ?

— Tu ne les as pas vus ? demandé-je à Andy.

— Non.

Andy marque une pause.

— Tu crois qu'il faut prévenir quelqu'un ? Signaler leur disparition ?

— C'est un peu prématuré, non ? dis-je en sentant, malgré le vent glacial, une goutte de sueur couler le long de mon dos. Je suis sûr qu'ils vont bien. On va reprendre le télésiège et redescendre lentement cette fois. Si on y va à faible allure,

on a une chance de les retrouver. Tu vas me donner un coup de main, hein ?

En me voyant insister alors que ça m'écorche la bouche, Andy me jette un regard étrange.

— Oui, je vais t'aider. Ils courent un risque en skiant seuls dans ces conditions. Allons-y.

Le temps de regagner le sommet en télésiège, la température a sensiblement baissé et le vent souffle encore plus fort. Je resserre l'écharpe que j'ai autour du cou et enfonce le menton dans le col de mon anorak. Je scrute les alentours pour voir si, par hasard, les clients ne seraient pas parvenus à regagner la piste classique – c'est possible depuis le couloir, à condition de connaître le chemin. Mais même la zone balisée semble avoir été désertée. Toutes les personnes dotées d'un minimum de jugeote ont battu en retraite.

Le télésiège s'arrête en vacillant à mi-parcours, tandis que le vent nous enveloppe en rugissant de plus belle. Nous attendons assis en silence avec les jambes qui pendent dans le vide, emmitouflés dans nos anoraks, en essayant de ne pas exposer notre visage au vent. Après quelques minutes qui me paraissent durer des heures, le télésiège s'ébranle dans un grincement de métal. Pas trop tôt.

— J'ai hâte de rentrer, dit Andy. On se gèle ! Qu'est-ce qui leur a pris de vouloir sortir par ce temps ?

Le télésiège s'arrête une nouvelle fois alors que la station d'arrivée est en vue. Un skieur est tombé au moment de descendre et met une éternité à se relever, malgré l'intervention d'un employé. Je remarque une tache violette à ses pieds, sans doute un bonnet ou une écharpe. Lorsqu'il se penche pour ramasser l'objet, je le vois qui lâche un de ses bâtons.

— Grouille, marmonné-je, la mâchoire serrée.

Andy me lance un regard de côté, me surprend en train de boxer mes deux poings l'un contre l'autre – j'en ai d'ailleurs mal aux jointures – et dit :

— Ça va aller. Il faut que tu te calmes.

— Je suis calme ! rétorqué-je vivement.

Mais c'est un mensonge. Le télésiège redémarre enfin et nous nous laissons glisser sur la neige.

— Bon, je prends le côté gauche et toi, le côté droit. Il faut vraiment qu'on redescende très lentement. Toi comme moi, souligné-je.

J'ai le cœur au bord des lèvres. Compte tenu de l'étroitesse de la pente, je devrais préciser à Andy de vérifier aussi dans les ravins qui la bordent de part et d'autre. Or non seulement je n'en ai pas le courage mais, dans ces conditions météo de plus en plus difficiles, il n'est pas dit que nous y voyions quoi que ce soit. Andy acquiesce avec gravité, comme si les mots que je n'ai pas prononcés planaient dans l'air.

Je me sens de plus en plus mal alors que nous entamons la descente dans un quasi-silence. J'essaie tant bien que mal de scruter le vide, sans succès. Nous appelons les skieurs à intervalles réguliers – « Hé, il y a quelqu'un ? Rien de cassé ? » – mais je sais que c'est inutile, car je n'entends pas ma propre voix à cause du vent. Andy et moi nous retrouvons au bas de la pente et échangeons un regard.

Entre le froid et le stress, c'est tout juste si j'arrive à articuler ces mots :

— Qu'est-ce qu'on fait maintenant ?

4

Décembre 2020,
La Madière, France
Ria

J'ai rechigné à venir pour de nombreuses raisons, mais tout de même, j'apprécie d'être à la montagne. Le soleil brille, le ciel est bleu et l'air est pur. Je suis sortie ce matin avec l'intention de jouer les épouses dévouées et de skier avec Cass, comme Hugo me l'a demandé mais, au bout de quelques descentes, j'en ai eu marre. Désolée, Hugo. Cass est jeune, ennuyeuse, et une fois écumé les sujets concernant son bébé et son ancienne activité de traiteur, qui m'intéressent aussi peu l'un que l'autre, nous n'avons vraiment rien à nous dire.

Je regagne le chalet en espérant qu'il sera désert et que je pourrai passer un moment tranquille dans le jacuzzi. Pas de chance, dès que j'ouvre la porte, j'entends qu'il y a quelqu'un. Millie apparaît en haut de l'escalier, ajuste son polo à logo et affiche son sourire habituel.

— Ah, rebonjour, Ria. Je ne vous attendais pas de retour si tôt. J'avais cru comprendre que Simon avait réservé un moniteur pour la journée.

Elle plisse le front.

— J'espère que tout va bien.

— Oui, oui. J'avais juste envie de profiter un peu du jacuzzi.

Je parle avec plus de raideur que je ne l'aurais voulu et tente d'adoucir mon propos d'un sourire. Parfois, j'oublie comment jouer le rôle de la parfaite épouse de chef d'entreprise. Enfin, ce n'est pas tant un oubli qu'un manque de motivation.

— Comme je n'ai pas skié depuis longtemps, j'ai déjà des courbatures dans les jambes. Est-ce que je peux utiliser le jacuzzi ? Sans vouloir vous déranger.

— Mais bien sûr, tout ce que vous voudrez ! s'exclame Millie. Je vais retirer le couvercle pendant que vous vous changez. J'ai terminé le ménage dans les chambres. Vous voulez que je vous apporte quelque chose à boire ? Une flûte de champagne, peut-être ? Ou de l'eau ?

— Non, ça ira, merci.

Millie acquiesce sobrement, descend l'escalier et sort sur la terrasse. Je vois de la vapeur s'élever du jacuzzi lorsqu'elle rabat le couvercle en arrière. Une fois changée, je partage mon après-midi entre le jacuzzi et le transat sur la terrasse, blottie sous la couverture chauffante que Millie m'a apportée. Je décide finalement d'accepter sa proposition et sirote une ou deux flûtes de champagne. Un vrai bonheur.

Incroyable mais vrai, cet après-midi en solitaire a eu raison de ma mauvaise humeur au point que le soir venu, je suis presque contente d'être ici. Je dis bien « presque ». Le feu crépite dans le salon à double hauteur de plafond, les étoiles brillent et le champagne sort du frigo. Franchement, je n'ai pas à me plaindre.

— Ria, permettez-moi de vous présenter Matt, dit Millie en me tendant un plateau de petits-fours.

Matt porte le même polo que Millie et semble fait sur le même modèle, quoiqu'un peu plus âgé : même apparence impeccable, même sourire figé.

— Je suis le représentant de Snow Snow à La Madière, dit-il en me serrant la main. Nous avons cinq chalets ici, comme vous le savez peut-être, sur un total de vingt répartis dans toutes les Alpes, mais nous mettons un point d'honneur à proposer dans chacun des services sur mesure. Le chalet vous plaît-il ?

— Oui, il est magnifique. Encore plus beau en vrai que sur les photos.

Je me sens rougir sans trop savoir pourquoi.

— Nous sommes particulièrement fiers de celui-ci : c'est le plus luxueux, bien que l'un des plus petits, précise Matt. Comment s'est passée votre journée ? Vous êtes allée skier ?

— Oui, ce matin. C'était très sympa. J'ai aussi profité du jacuzzi.

Même si Matt reste discret, je remarque son regard qui me parcourt subrepticement de haut en bas, et je le soupçonne de m'imaginer dans le plus simple appareil. Sur ce, Hugo se joint à nous. Il m'enlace, mais je me dégage en tendant le bras pour prendre un petit-four.

— Matt, je vous présente Hugo.

Celui-ci, dont j'omets sciemment de préciser qu'il est mon mari, serre la main de Matt et se lance dans un exposé ennuyeux à mourir sur sa journée passée avec Simon sur les pistes, sur les caractéristiques de ses skis, sur l'importance de tel ou tel équipement et autant d'autres sujets dont Matt se fiche certainement.

Je décroche, et lorsque je m'intéresse de nouveau à la conversation au bout de quelques secondes (ou minutes, qui sait ?), celle-ci a dévié sur Matt, son travail au sein de la station et ses projets d'avenir.

Lorsque nous nous attablons pour le dîner, je fais en sorte de me retrouver à côté de Matt – non pas qu'il me plaise particulièrement, mais au moins, flirter avec lui aura le mérite de me distraire.

Ce soir encore, les plats concoctés par Millie sont délicieux, tout comme le vin qui les accompagne et dont j'abuse. Hugo ne va pas apprécier, surtout devant l'investisseur potentiel qu'est Simon, mais tant pis : ce soir, j'ai envie de boire et je ne compte pas me priver. Non seulement c'est le seul moyen à ma disposition pour survivre à cette semaine, mais j'aurai un prétexte tout trouvé pour traîner au lit demain matin, au lieu de me coltiner ce cours de ski inintéressant, avec cette Cass inintéressante qui sera en boucle sur son bébé inintéressant. De son côté, Hugo se démène tellement qu'il en devient pathétique. Soit il s'esclaffe aux blagues douteuses de Simon, soit il me fusille du regard en se croyant discret.

À la fin du repas, lorsque Millie réapparaît en bout de table avec une bouteille à la main, Hugo pose une main sur mon verre.

— Je pense que tu as assez bu, n'est-ce pas, chérie ? dit-il avec un sourire hypocrite.

Sachant qu'il n'a pas pour habitude de me dicter ma conduite, je comprends qu'il cherche à impressionner Simon par tous les moyens. Qu'il ne compte pas sur moi pour jouer le jeu.

— Je ne crois pas, non, rétorqué-je en chassant sa main et en me tournant vers Millie. Je vais reprendre un peu de ce délicieux vin rouge, Millie, s'il vous plaît.

La jeune femme marque un temps d'hésitation puis me sert un fond de verre. Je m'en veux un peu de l'obliger à prendre parti dans le désaccord qui m'oppose à Hugo. Je n'oublierai pas de lui laisser un gros pourboire en partant.

— D'ailleurs, ajouté-je en bafouillant légèrement – et, je l'avoue, délibérément, piquée au vif par la tentative d'Hugo de me faire culpabiliser –, je vous propose un jeu à boire. Qui est partant ?

— Moi, toujours ! s'exclame Simon. Hugo, c'est une sacrée nana que tu as là, ajoute-t-il en brandissant son verre dans sa direction par-dessus la table.

Hugo me décoche un regard en coin auquel je réponds par un grand sourire.

— Et si on jouait à « Je n'ai jamais » ? lance Simon.

— Oui, c'est moi qui commence ! crié-je. Je n'ai jamais... fait de plan à trois.

Simon part dans un grand éclat de rire tandis que Hugo me regarde avec horreur. De son côté, Matt, rictus aux lèvres, lève son verre et boit.

— Eh ben Matt, mon cochon, il faudra me raconter ! braille Simon. Allez, à vous.

Cass se lève brusquement.

— Vous voulez bien m'excuser ?

Elle tire les manches de son gilet vieillot de façon à couvrir ses mains et jette un coup d'œil nerveux à son bourrin de mari.

— Je monte voir Inigo, puis je vais me coucher. On se voit demain matin.

Sans attendre de réponse, elle esquisse un sourire crispé et sort de table. Simon ne lui accorde pas un regard.

— Allez, allez..., dit-il à Matt.

Celui-ci s'éclaircit la voix.

— Je n'ai jamais... mis les pieds au Zimbabwe.

— Oh, par pitié ! hurle Simon. Pas la peine de jouer les prudes sous prétexte qu'on est des clients. Cela dit – il vide son verre d'un trait –, je joue le jeu et je bois. Et toi aussi, Hugo. Ne fais pas ta chochotte.

Hugo s'exécute bien sagement et grimace. Il n'a jamais été un gros buveur.

— Matt, encore à vous, pour la peine.

Il sourit.

— D'accord. Je n'ai jamais... couché avec une personne du même sexe.

Hugo rougit. Quant à Simon, il n'en revient pas de me voir vider lentement mon verre avant de le reposer avec bruit. Il tape du plat de la main sur la table.

— Ha ! Magnifique. J'ai une image en tête qui… Bref, Ria, à toi.

— Je n'ai jamais…

Je me retiens juste à temps de dire ce qui me vient spontanément à l'esprit, à savoir « Je n'ai jamais été amoureuse ».

— Je n'ai jamais… été arrêtée.

Personne ne boit. Lorsque je pose la main sur la cuisse de Matt, il ne la repousse pas.

Quelques verres plus tard, Hugo, qui m'en veut visiblement d'oublier mon rôle d'épouse modèle, annonce qu'il va se coucher. À son tour, Millie prend congé. Entretemps, ma main a remonté jusqu'à l'entrejambe de Matt et je sens que ça lui plaît. J'aimerais bien que Simon aille au lit, lui aussi, mais il se ressert encore un verre de vin et propose de jouer à un nouveau jeu.

Une grande fatigue m'envahit soudain, comme ça m'arrive parfois quand j'ai trop bu, et je retire ma main.

— Je m'arrête là, dis-je en me levant. Je vais me coucher. Bonne nuit !

Matt me regarde, complètement déconfit. Il croyait manifestement avoir une touche, d'ailleurs. Il n'a peut-être pas tort. Un autre soir, qui sait ?

Je monte l'escalier en titubant légèrement puis je pousse la porte de notre chambre. Alors que je m'attends à la trouver plongée dans le noir, Hugo est assis sur le lit, mâchoire crispée, et fait semblant de bouquiner. Lorsque j'entre, il pose son livre et me regarde fixement.

— Comment oses-tu me tourner en ridicule comme ça ? maugrée-t-il.

Après lui avoir adressé un vague signe de la main, je me dirige d'un pas traînant vers la salle de bains.

— Arrête, Simon est ravi de sa soirée. Tu es là pour l'impressionner et c'est mon rôle aussi, si j'ai bien compris. Je t'ai plutôt rendu service.

Je me penche vers le miroir et décoche un sourire radieux à mon reflet.

— Il me trouve *géniale*.

— Eh bien, pas moi, réplique Hugo d'un air pincé.

Il se campe sur le seuil de la salle de bains, vêtu de l'un des boxers Hugo Boss que j'ai réussi à lui faire adopter. Fini les vieux slips kangourou horribles qu'il portait encore quand nous nous sommes rencontrés.

— Et je t'ai vue flirter avec Matt ! Mais qu'est-ce que j'ai fait pour mériter ça ?

— Rien, chéri, réponds-je en peinant à fixer mon regard.

Je me fiche des leçons de morale d'Hugo ; de toute façon, je connais le meilleur moyen de mettre fin à cette dispute, et grâce à l'alcool, cette idée m'est moins insupportable que d'habitude. Je m'approche de lui d'un pas mal assuré et glisse une main dans son boxer. Sa tentative de se dégager en soupirant est pathétique, je sais qu'il ne peut pas me résister. Heureusement, la suite est vite expédiée.

5

Décembre 1998,
La Madière, France

— *Il va falloir lancer l'alerte, dit Andy. Rendre leur disparition officielle.*

Je réprime un nouveau haut-le-cœur.

— *Tu ne penses pas que c'est un peu prématuré ? Si ça se trouve, ils sont redescendus par leurs propres moyens et s'enfilent un vin chaud à l'heure qu'il est.*

Andy réfléchit quelques instants.

— *Tu crois ?*

— *Je ne sais pas ! crié-je. Dans tous les cas, on est dans de beaux draps.*

Je sais que nous pensons tous les deux la même chose. Si nous prévenons les secours et qu'il s'avère que les touristes sont sains et saufs dans un bar ou ailleurs, on retiendra que nous avons perdu, même temporairement, deux clients par une météo exécrable. C'est le genre d'incident qui s'ébruite très vite et portera un coup à notre réputation. Et si les clients ne sont pas au village, s'ils ont vraiment disparu, alors…

— *Quoi qu'on fasse, on est coincés, Cameron ! s'écrie Andy, qui commence à paniquer. Il faut qu'on réfléchisse et qu'on agisse au mieux. Déjà, on pourrait vérifier s'ils ne sont pas rentrés à leur chalet.*

— *Putain ! éructé-je.*

Après ce coup de sang, je prends une profonde inspiration pour me calmer.

— Bon, voici ce que je te propose. Toi, tu files au bureau et tu appelles le chalet. Pendant ce temps, je reprends le télésiège et je vérifie une dernière fois la descente. J'ai ma radio, alors contacte-moi dès que tu les as appelés, et moi, pareil, je te préviens si je les trouve. Ensuite, si on est toujours sans nouvelles, il faudra prévenir les autorités.

Comme Andy ne dit rien, j'insiste :

— On procède comme ça ? Tu en as pour vingt minutes maximum. Il vaut mieux éviter d'ameuter tout le monde alors qu'il n'y a sans doute aucun problème. D'accord ?

Andy hésite un instant.

— OK. Je descends et on se reparle dans vingt minutes. Mais pour éviter de mettre la puce à l'oreille de qui que ce soit par radio, je dirai « OK » si je les ai localisés, sinon… je ne sais pas. « Rien à signaler », tiens. Idem pour toi.

Je suis des yeux Andy qui s'éloigne, puis je reprends le télésiège. Alors que je me recroqueville pour me protéger du vent, son « sinon », lourd de sens, continue de résonner à mes oreilles.

6

Décembre 2020,
La Madière, France
Ria

On frappe doucement à la porte : c'est Millie, qui vient nous apporter le thé du matin. Je garde les yeux bien fermés. J'ai mal à la tête, la bouche sèche et surtout aucune envie d'affronter les regards réprobateurs d'Hugo, ni d'essuyer une énième leçon de morale sur mon comportement, qui doit être irréprochable s'il veut convaincre Simon d'investir. Je m'en fiche, c'est tout. Je n'aurais pas dû venir. Peut-être même que je n'aurais pas dû épouser Hugo.

J'entends la porte se refermer discrètement, puis Hugo me touche le dos. Heureusement, ce matin, c'est avec sa main.

— Ria ? Tu es réveillée ?

Je marmonne quelques mots incohérents qui, je l'espère, donneront l'impression que je suis toujours assoupie. Hugo souffle, se lève et file sous la douche. Je continue à faire semblant de dormir pendant qu'il s'habille sans tenter à nouveau de me réveiller. Je suppose qu'il m'en veut toujours pour mon comportement d'hier soir. Une fois qu'il a quitté la chambre, j'arrive à me rendormir pour de bon.

J'ai l'impression que quelques secondes à peine se sont écoulées lorsque Hugo ouvre la porte en grand et lance, beaucoup trop fort à mon goût :

— Ria ! Réveille-toi ! Tout de suite !

J'ouvre les yeux et le regarde d'un air ronchon.

— Quoi ? Pourquoi est-ce que tu refuses de me laisser dormir ? Il faut vraiment que j'aille skier tous les jours avec cette niaise de Cass ? Ça devait être des vacances, en tout cas pour moi, pas le bal des faux culs. Pourquoi je ne peux pas rester au lit si j'en ai envie ?

— Bon sang, Ria, tout tourne toujours autour de *toi*, hein ? rétorque Hugo d'un ton acerbe qui ne lui ressemble pas. Je me fiche que tu aies la gueule de bois au point de ne pas pouvoir skier. D'ailleurs, c'est mérité, après le spectacle dont tu nous as gratifiés hier soir. Enfin, peu importe, il faut que tu te lèves. Cass a disparu, on doit partir à sa recherche.

Je m'assieds et me frotte les yeux.

— Quoi ? Mais pour quoi faire ? Elle est sans doute allée se promener, c'est tout.

Hugo soupire.

— Je suis du même avis que toi, seulement Simon est dans tous ses états. Apparemment, elle souffre de dépression post-partum et il a peur qu'elle se fasse du mal. Il dit qu'elle ne sortirait jamais sans le bébé et sans prévenir personne.

Je soupire et m'affale sur les oreillers.

— Bien sûr que si, le bébé passe son temps avec la nounou. Cass n'est presque jamais avec lui.

Hugo se dirige à grandes enjambées vers le lit et rabat les couvertures. Je me retourne sur le dos dans un curieux élan de pudeur.

— La question n'est pas de savoir ce qu'on pense, chuchote-t-il. Moi aussi, je suis sûr qu'elle va bien, mais je veux qu'on ait l'air de vouloir se rendre utiles. D'être touchés – ce que je suis, contrairement à toi. Alors lève-toi et va t'habiller, d'accord ?

Après avoir pris une douche, du paracétamol et deux Berocca dans l'espoir de sortir de ma torpeur, je descends dans le salon.

Simon, assis sur le canapé en cuir, tient le bébé et regarde dans le vide ; Matt parle français au téléphone avec force gestes ; Millie, la mine inquiète, se tient debout près du canapé et tapote maladroitement l'épaule de Simon.

— Simon, en quoi peut-on t'aider ? demande Hugo. Tu veux qu'on aille explorer le village pour voir si on trouve Cass ?

En regardant par la fenêtre, je constate qu'il neige, et pas qu'un peu. Pourvu que Simon dise non…

Il se lève du canapé et tend distraitement Inigo à Hugo sans répondre à sa question.

— C'est qui, le plus beau bébé du monde ? gazouille Hugo de cette voix stupide et suraiguë que tout le monde prend pour s'adresser aux nourrissons.

Simon lance à Hugo un regard abattu et passe une main dans sa chevelure clairsemée. Lorsqu'il se met à faire les cent pas le long de l'immense baie vitrée, il a de nouveau toute l'attention d'Hugo, qui le regarde d'un air compatissant tout en berçant doucement le bébé.

— Tout est ma faute, dit Simon d'une voix tendue et étranglée. Je n'aurais pas dû veiller hier soir et encore moins boire autant. J'aurais dû monter me coucher en même temps que Cass, veiller sur ma femme et sur mon fils. Tout est ma faute. Elle est tellement vulnérable en ce moment… C'était une mauvaise idée de l'amener ici. S'il lui est arrivé quelque chose…

Millie lui tapote de nouveau l'épaule. Je m'adresse à lui avec toute la bienveillance dont je suis capable et qui ne manquera pas d'épater Hugo.

— Je suis sûre qu'elle va bien, Simon. Elle est sans doute sortie prendre l'air.

Matt repose son téléphone.

— Bon, j'ai appelé les gendarmes, ils vont ouvrir l'œil. Mais il est trop tôt pour lancer des recherches, car elle est majeure et n'a disparu que depuis quelques heures. J'ai aussi appelé l'office de tourisme et la mairie, mais ils ne sont pas…

— Les hôpitaux ! s'écrie Simon en s'arrêtant net. Il faudrait les appeler, non ?

Millie et Matt se consultent du regard. Sarah, qui vient d'entrer avec la couverture d'Inigo, croise le mien et lève discrètement les yeux au ciel. Je réprime un rictus. Lorsqu'elle tend les bras vers Hugo, celui-ci lui rend le bébé non sans déposer un baiser sur son crâne. Je rêve…

— Est-ce qu'il ne vaudrait pas mieux patienter encore un peu ? Cass va peut-être revenir, hasarde Matt. Après tout, rien ne dit qu'il lui est arrivé malheur.

Simon s'affale sur le canapé.

— Je préférerais que vous appeliez les hôpitaux de la région, s'il vous plaît, murmure-t-il, la tête entre les mains. Je m'en chargerais volontiers, seulement je ne parle pas français.

— Bien sûr, acquiesce Matt d'un ton professionnel visant certainement à masquer son agacement. Je m'en occupe tout de suite.

— Quant à moi, je vais quadriller la station, dit Hugo. Elle est forcément quelque part.

Il me lance un regard appuyé. Sur le coup, je ne réponds pas. Mais lorsque je me tourne de nouveau vers Simon, sa détresse est telle que je me laisse attendrir.

— J'enfile des vêtements chauds et je t'accompagne.

Hugo et moi sommes d'accord sur un point : nous couvrirons davantage de terrain si nous partons chacun de notre côté. Le chalet est situé en bordure du village, face aux pistes, au bout d'une allée bordée d'arbres. Une fois que nous sommes arrivés sur la route principale, Hugo part à gauche et moi à droite. À la place de Cass, qui a certainement voulu s'isoler un peu, je serais vraiment énervée qu'on me retrouve. Je passe rapidement la tête dans les bars et les boutiques devant lesquels je passe sur les cent premiers mètres, puis je m'arrête pour prendre une boisson chaude dans un café dont la cheminée ouverte me tape dans l'œil.

Lorsque, une heure plus tard, je retourne au chalet, c'est apparemment le *statu quo*, si ce n'est que Matt est parti et que Simon a changé de place : il est désormais planté devant la baie vitrée, par laquelle il contemple la vallée d'un air éploré. En constatant l'absence d'Hugo, je me dis que j'aurais peut-être dû m'attarder un peu plus longtemps au village, histoire que mes recherches aient l'air crédibles.

— Du nouveau ? demandé-je à Simon.

Millie sourit avec bienveillance.

— Pas pour l'instant.

— Je ne comprends pas où elle a pu aller, dit Simon d'une voix rauque en tapant du poing dans la vitre. S'il lui est arrivé quoi que ce soit, je ne me le pardonnerai jamais.

7

Décembre 1998,
La Madière, France

Lorsque je reprends le télésiège en direction du sommet, le vent souffle encore plus fort et il fait un froid polaire. Pour ne rien arranger, l'ascension s'interrompt sans arrêt, sans doute à cause des quelques inconscients qui ont décidé de braver la tempête et qui, une fois au sommet, sont envoyés au tapis par le vent. Si celui-ci se renforce encore, les remontées mécaniques vont certainement fermer ; autrement dit, c'est peut-être ma dernière chance d'explorer le couloir avant de… Bref, c'est maintenant ou jamais. Il faut absolument que je les retrouve. Ils sont forcément là, quelque part, dans ce brouillard à couper au couteau.

Je suis presque arrivé au sommet lorsque j'entends ma radio qui crépite, mais mes mains sont tellement engourdies par le froid que je peine à retirer mes gants et à ouvrir la poche de mon anorak. Est-ce que c'est Andy ?

— Allô ? crié-je.

Tandis que l'arrivée du télésiège se dessine vaguement dans le brouillard, je lutte contre le vent pour soulever la barre de sécurité.

— Allô ? crié-je de nouveau dans la radio.

Mais lorsqu'une bourrasque fait retomber violemment la barre, qui me heurte le bras au passage, mes doigts gourds lâchent l'appareil.

— Putain ! éructé-je en voyant la radio tomber et finir engloutie par le brouillard.

Je soulève la barre, je descends du télésiège et je glisse sur la neige.

Je fais quoi maintenant ? Comment savoir si les deux touristes ont regagné ou non leur chalet ? Je ne sais même pas si c'était bien Andy qui essayait de me contacter. Je vais vérifier la pente une dernière fois puis reprendre le chemin du bureau, et nous aviserons ensemble.

C'est la première fois de ma vie que je skie aussi lentement, car je n'y vois pas à plus d'un mètre de distance. Je progresse avec des mouvements amples en appelant régulièrement.

— Ohé ! Il y a quelqu'un ?

Il n'y a pas âme qui vive. Évidemment, toute personne dotée d'un tant soit peu de bon sens est rentrée se mettre au chaud dans son chalet ou dans son appartement.

J'arrive au bas de la pente : aucun signe des deux touristes. Le cœur au bord des lèvres, je me résous à rentrer au village.

Si Andy ne les a pas retrouvés, nous allons devoir agir. Seulement, s'ils sont réellement en danger, quoi que nous décidions, il est certainement déjà trop tard.

8

Décembre 2018,
Londres
Hugo

Jamais je ne me serais cru capable de séduire une femme comme Ria.

Non pas que je sois particulièrement repoussant ; je dirais plutôt que je suis passe-partout et que je ne marque pas les gens outre mesure. Même ma mère a du mal à me reconnaître sur les vieilles photos de classe.

J'ai donc eu du mal à y croire lorsque Ria m'a abordé à la réception que j'organisais pour le travail. Enfin, « organisais », c'est un bien grand mot : j'ai délégué et je me suis contenté de signer les chèques. J'avais beau être l'hôte, je n'avais aucune envie d'y aller, car je ne suis pas très doué pour les événements de ce genre. Mais selon Olivia, mon assistante personnelle doublée d'une femme brillante, je n'avais pas le choix, en ma qualité de chef d'entreprise. Je ne comprends pas l'intérêt, je dirais même que ma maladresse en matière de relations humaines risque de rebuter plus qu'autre chose les utilisateurs potentiels de mon site. Olivia est belle, intelligente, elle sait toujours quoi dire et à quel moment le dire, alors je lui confierais volontiers toute la partie réseautage, mais, apparemment, ce n'est pas comme ça que ça fonctionne. Pas d'après elle en tout cas.

— Les clients apprécient que nous soyons une petite entreprise à visage humain – le vôtre, en l'occurrence, dit-elle. S'ils passent par Redbush pour réserver leurs vacances, c'est pour bénéficier d'un service sur mesure.

— Mais je ne suis jamais en contact direct avec eux, tout se passe en ligne.

Olivia pince les lèvres et lève les yeux au ciel.

— Arrêtez de tout prendre au pied de la lettre, vous voyez très bien ce que je veux dire.

Non, je ne vois pas du tout, mais je sais d'expérience que ça ne sert à rien de débattre avec Olivia.

Mon chauffeur nous conduit à la réception, qui a lieu au Muséum d'histoire naturelle. Au moins, si je tombe à court d'anecdotes à raconter aux clients, je pourrai toujours parler des expositions en cours ou des pièces maîtresses comme la baleine bleue, appréciée du grand public, même si le dinosaure reste indétrônable. Je me demande si c'est la raison pour laquelle Olivia a choisi ce lieu : un sujet de conversation servi sur un plateau. Elle sait que je suis d'une nullité désespérante pour le relationnel et elle en tient compte. Je ne sais pas ce que je deviendrais sans elle.

Nous arrivons à 20 h 30, soit une demi-heure après le début de la réception. Je suis reconnaissant à Olivia de ne plus me forcer à accueillir les invités dès leur arrivée. C'était le cas quand elle a commencé à travailler pour moi et, heureusement, elle a vite senti que c'était très gênant pour tout le monde. Entrer dans une grande salle bondée est certes intimidant, mais comporte aussi un avantage : souvent, les invités discutent déjà autour d'un verre avec d'anciens collègues ou amis retrouvés sur place et sont donc moins enclins à me solliciter. Même si certains tiennent à parler affaires directement avec moi – ce qui a le don de me désarçonner car je ne sais jamais comment réagir –, j'ai l'impression que, pour la plupart des personnes présentes, le principal intérêt de ce genre de soirée réside dans le champagne gratuit. Ça représente un gros budget pour l'entreprise, mais, d'après Olivia, les comptables et les chargés de communication, qui maîtrisent ces sujets mieux que moi, ces réceptions organisées deux fois par an participent à la bonne santé de l'entreprise. Pour résumer, je n'ai qu'à les croire sur parole, afficher un grand sourire et prendre sur moi.

Le chauffeur se gare devant l'entrée du musée, puis descend et nous ouvre la portière.

— Vous êtes prêt ? demande Olivia.

— Je suis à fond là, grogné-je.

— Allons, vous allez sacrifier deux heures de votre vie, trois maximum. Essayez de vous amuser.

— Vous savez très bien que je ne vais pas profiter de la soirée. C'est la corvée, pour moi. Je sais à quoi m'attendre.

Je plaque un sourire sur mon visage.

— Ça va comme ça ? demandé-je.

Olivia soupire.

— J'imagine qu'il faudra s'en contenter. Bon, allons-y.

Dès que nous avons franchi le seuil, je me sens agressé par le brouhaha ambiant. Comment peut-on apprécier ce genre de raout ? Deux hommes au front luisant de sueur, arborant chacun un costume bon marché et un badge à leur nom, viennent aussitôt me serrer la main. L'un d'eux commence à me parler de je ne sais quel hôtel que son groupe vient d'acquérir – un atout de poids pour le site, souligne-t-il. Je le regarde, je lui souris, j'opine de temps à autre, mais je n'écoute pas un mot de ce qu'il raconte. Je déteste ce cirque, ce n'est pas mon truc. Je suis nettement plus à l'aise quand il s'agit de négocier par e-mail – même la perspective de devoir passer un appel téléphonique me remplit d'effroi. J'ai envie de rentrer chez moi.

— Est-ce que cet hôtel serait susceptible de vous intéresser ? insiste mon interlocuteur.

— Euh… Oui, éventuellement.

Je ne sais pas quoi lui répondre d'autre, étant donné que je n'ai pas la moindre idée de ce qu'il vient de me dire. J'ai décroché alors qu'il n'avait même pas fini sa première phrase, et de toute façon, je ne supporte pas d'être mis sur le gril de la sorte. Je lui tends ma carte.

— Si vous voulez bien envoyer un courriel à mon assistante, nous pourrons en rediscuter. Vous comprendrez, j'en suis sûr, qu'une telle décision doit être mûrement réfléchie. Et puis, pour être honnête avec vous, c'est rarement moi qui ai le dernier mot. J'entérine, c'est tout.

C'est une réplique qu'Olivia a mise au point et que j'ai longuement répétée.

Justement, elle me regarde comme une mère qui serait toute fière de voir son fils de quatre ans jouer dans son premier spectacle de fin d'année. Je devrais certainement m'agacer de sa condescendance, mais ce n'est pas le cas – je serais perdu sans elle. J'ai les mains moites. Je n'ai pas envie de parler à ces gens.

— Ce fut un plaisir de vous rencontrer, mais on me demande. J'attends votre e-mail, ajouté-je.

C'est on ne peut plus faux. J'ai déjà oublié le nom de ce type et de l'entreprise pour laquelle il travaille. Sans attendre, il dégaine sa carte et la presse au creux de ma main. Je la donne à Olivia, mais en la voyant esquisser une grimace discrète, je me souviens : c'est grossier, elle me l'a déjà expliqué.

— Olivia la rangera en lieu sûr, bafouillé-je, histoire de m'enfoncer encore un peu.

— J'enverrai un courriel à votre assistante.

Alors que le type s'éloigne, Olivia me décoche un regard exaspéré.

— Qu'est-ce qu'il y a ? demandé-je.

— Vous le savez très bien, marmonne-t-elle en levant les yeux au ciel. Bon, allons vous chercher un verre.

J'hésite à lui rappeler qu'elle devrait se montrer plus polie envers moi, étant donné que je paie son salaire, avant de me raviser : la dernière fois, elle a menacé de démissionner. Tout mais pas ça. Ce serait une catastrophe.

Olivia prend deux verres sur un plateau que porte une serveuse filiforme et vêtue d'une robe noire tellement moulante qu'on voit ses tétons à travers. Je me rappelle à l'ordre – il faut éviter de remarquer ce genre de détails de nos jours – et m'emploie à garder les yeux rivés sur son visage. Olivia me tend un verre et dit :

— Bon, une demi-heure de papotage, un discours rapide, encore une demi-heure de papotage, et vous pourrez rentrer chez vous pour jouer aux jeux vidéo, tout ce qui vous chante. Entendu ?

— Moui…

Soudain, une femme se rue sur Olivia et l'informe d'un problème rencontré avec les petits-fours. J'ai bien envie d'attendre que ce soit réglé pour qu'Olivia se mêle à la foule avec moi. Mais la responsable des petits-fours l'entraîne à l'écart et je me retrouve livré à moi-même.

Une vague de panique me submerge alors que je balaie du regard la salle pleine de gens qui m'ont tout l'air de se connaître, à en croire la façon dont ils rient et plaisantent ensemble. Je ne me vois pas les aborder et engager la conversation. C'est peut-être moi qui régale, mais je ne vais pas pour autant me joindre sans la moindre difficulté à un groupe d'inconnus et engager la conversation. Maintenant que les invités ont tous pris un verre ou deux et se retrouvent entre amis, ils ont probablement oublié que la seule raison de leur présence ici devrait être de me passer la brosse à reluire.

Je vide ma flûte de champagne et l'abandonne sur une table voisine. Je m'apprête à passer aux toilettes, histoire de tuer le temps, lorsqu'une femme vêtue d'une robe vert émeraude apparaît devant moi. Tout de suite, je me dis qu'elle ressemble à une sirène.

— Monsieur Redbush ?

Elle penche légèrement la tête sur le côté et me tend une flûte de champagne.

— Appelez-moi Hugo, réponds-je conformément aux instructions d'Olivia. Et vous êtes... ?

— Ria. Je dirige une entreprise d'événementiel qui s'appelle, hum... Ria Events.

Je ris, bien que ça n'ait rien de drôle.

— Un nom bien choisi.

— Merci, dit-elle en rougissant. Il nous arrive de réserver des hôtels *via* Redbush Holidays, ce qui explique pourquoi je...

— C'est très aimable à vous d'être venue. J'espère que vous passez une bonne soirée.

J'ai l'impression de parler soit comme un gentilhomme de l'époque victorienne, soit comme Montgomery Burns dans *Les Simpson*. Tout en me maudissant d'être aussi nul quand il s'agit de parler aux femmes, je regarde par-dessus l'épaule de Ria en espérant apercevoir Olivia.

— C'est splendide ici, dit Ria en caressant le contour de sa flûte de champagne. Ce cadre est exceptionnel. Je n'étais jamais venue.

— Vous n'avez jamais visité ce musée quand vous étiez petite ?

— Non.

Elle marque une pause.

— J'ai eu une enfance assez particulière. Enfin, c'est une histoire que vous n'avez peut-être pas envie d'entendre maintenant.

À vrai dire, si, mais je ne veux pas paraître indiscret ou grossier.

Ria m'observe à travers ses longs cils noirs.

— Pour être honnête, je n'ai jamais été à l'aise dans les grandes réceptions. Les événements de ce genre ont le don de m'intimider. Je me sens obligée de venir pour entretenir mon réseau et *tutti quanti*, mais franchement, je préférerais un tête-à-tête dans un bar tranquille.

— Je vous comprends parfaitement.

En voyant Ria enrouler une mèche de ses cheveux châtain sombre, presque noirs, autour de son index, je sens une bouffée de désir qui monte au creux de mon ventre. Dans le même temps, je panique à l'idée qu'elle s'en aille.

— Cette foule m'épuise, poursuit-elle. Souvent, je me dis que j'ai mal choisi ma voie. Je gagne ma vie en organisant des fêtes, des rassemblements, mais je préfère encore me crever les yeux que d'y assister. Au fond, je ne suis pas très douée pour le relationnel.

Je souris.

— Je vois très bien. Je ne suis pas censé l'admettre, mais en ce qui me concerne, ces réceptions, c'est l'angoisse. Moi aussi, je préfère nettement les tête-à-tête.

Oups, c'est un peu niais de dire ça, non ? En tout cas, complètement bateau.

Olivia réapparaît à mes côtés.

— Bon, maintenant que tout est arrangé…

— Olivia, je vous présente Ria. Elle dirige Ria Events et réserve parfois *via* Redbush.

Procéder aux présentations, donner quelques informations : Olivia sera impressionnée, car c'est ce qu'elle essaie de m'inculquer depuis toujours. Reste à éviter qu'elle me kidnappe pour aller parler à des hommes rasoirs qui portent des costumes brillants – je veux rester ici et discuter avec Ria. C'est la seule femme qui m'ait adressé la parole de toute la soirée et, plus largement, la seule personne que j'aie rencontrée récemment avec qui je passerais volontiers un peu plus de temps.

Olivia tend la main.

— Ria, enchantée de vous rencontrer. Merci d'être venue. J'espère que vous passez une bonne soirée. Je suis désolée, mais je vais devoir vous emprunter Hugo. Il doit prononcer un discours…

— Ce fut un plaisir, Ria. J'aimerais beaucoup poursuivre cette conversation plus tard, dis-je en me sentant rougir.

Qu'est-ce que je m'y prends mal. J'ai été trop direct, non ? Est-ce que je ne risque pas de la faire fuir ? Est-ce que je ne devrais pas me montrer plus distant afin d'éviter de passer pour un pervers ? Se pourrait-il que mon comportement soit déplacé, vu qu'elle est une cliente ? Si je lui proposais d'aller prendre un verre, se sentirait-elle obligée d'accepter ? De nos jours, parler aux femmes revient à marcher sur un champ de mines.

— Enfin, seulement si vous…, balbutié-je.

Olivia consulte sa montre, visiblement gênée pour moi.

— Il faut y aller, Hugo.

— Avec plaisir, dit Ria.

Je n'en reviens pas, tandis qu'Olivia reste bouche bée. Je tape dans mes mains, pour m'en vouloir aussitôt.

— Super ! Quand je serai débarrassé de ma présentation, nous pourrons aller dans un endroit plus calme. Plus chaleureux. Juste vous et moi. Comme il y a quelques minutes.

Elle sourit timidement.

— Oui, c'est une très bonne idée.

Olivia me prend par le bras et décoche un sourire crispé à Ria.

— Vous voulez bien nous excuser ?

— Je vous retrouve à côté de l'estrade dans vingt minutes, lancé-je par-dessus mon épaule, tandis qu'Olivia m'entraîne.

— Vous pouvez m'expliquer ? murmure-t-elle entre ses dents.

— Quoi ? Je ne peux pas inviter une fille à sortir si j'en ai envie ? Je veux dire, une femme ?

Olivia lève les yeux au ciel.

— Bien sûr que si, mais ce n'est ni l'endroit ni le moment. Vous êtes là pour entretenir votre réseau, pas pour proposer un rencard à la première nana qui agite ses nichons sous votre nez. C'est vous le patron ici. Inutile de vous montrer aussi *reconnaissant*.

Je suis légèrement choqué – Olivia ne me parle jamais sur ce ton. Enfin, si, mais c'est la première fois que je l'entends employer le terme « nichons ». Elle soupire, me lâche le bras et se retourne pour me faire face.

— Excusez-moi. Vous fréquentez qui vous voulez, ça ne me regarde pas. Ce sont vos affaires. Seulement je ne veux pas qu'on… qu'on profite de vous.

Je ne suis pas sûr de saisir le sous-entendu. Je sais pertinemment que mon aisance financière est susceptible d'attirer un certain type de femmes, mais ça ne signifie pas que je ne peux inviter personne à prendre un verre, si ? Parfois, je me demande si c'est pour ça que je suis encore célibataire. J'ai tendance à partir du principe que si une femme veut passer du temps avec moi, c'est forcément qu'elle en a après mon argent. Ça peut arriver, bien sûr, mais je me targue de flairer ce genre de situation à des kilomètres. De toute façon, même en comptant les croqueuses de diamants, on ne peut pas dire que ça se bouscule au portillon.

— Je vous remercie de votre sollicitude, Olivia, mais je suis un grand garçon et donc capable de faire mes propres choix, dis-je bien docilement. Bon, si on commençait cette présentation pour en être débarrassé le plus vite possible ?

Elle est ennuyeuse à mourir, comme d'habitude. Je lis les mots qui défilent sur le prompteur et les invités applaudissent poliment, alors qu'ils sont certainement en train de compter les minutes qui les séparent de leur prochaine flûte de champagne. J'ai du mal à me concentrer, je me demande si Ria m'attendra comme convenu ou si elle est en train de se répandre auprès de ses amis en ricanant de ma balourdise. Peut-être que si elle m'a adressé la parole, c'était dans le cadre d'un pari ? Ce ne serait pas une première, même si ça ne m'est pas arrivé depuis plusieurs années ; du moins, à ma connaissance. Des adultes s'amuseraient-ils encore à ce genre de gamineries ? Je n'en sais trop rien, à vrai dire.

Lorsque je descends de l'estrade, Ria est là où je lui ai proposé de m'attendre. Je souris. Je ne me suis peut-être pas planté dans les grandes largeurs, cette fois-ci.

— Prête ? demandé-je.

Elle me sourit en retour.

— Prête.

J'ignore Olivia, qui essaie désespérément de me faire comprendre que je dois rester à la réception pour réseauter. Ce soir, le travail attendra.

Nous allons à mon club, bien que je doute que ce soit l'endroit idéal où emmener quelqu'un comme Ria. Il a beau être intimiste et sélect, on peut difficilement le qualifier de « tendance ». Mais comme je n'ai aucune vie sociale, c'est la seule idée qui me vient.

Nous prenons place sur deux canapés bas disposés l'un en face de l'autre et sirotons un énorme gin tonic avec baies de poivre et romarin, la spécialité de la maison. Je ne suis peut-être pas quelqu'un de passionnant, mais Ria a la conversation facile et rit à mes plaisanteries minables. Elle me touche régulièrement le bras quand elle me parle et, au bout de quelques verres, sa jambe est clairement appuyée contre la mienne. Malgré mon manque d'assurance dans ce domaine, lorsque je lui propose un peu plus tard de terminer la soirée chez moi, je ne suis pas vraiment surpris qu'elle accepte.

9

Décembre 2020,
La Madière, France
Ria

Le temps que je monte à l'étage pour enfiler des vêtements secs, Cass réapparaît. J'entends un peu d'agitation au rez-de-chaussée alors que je suis en train de m'habiller et, une fois redescendue au salon, je la trouve assise sur l'un des canapés gigantesques, les yeux brillants, avec Inigo qui gigote sur ses genoux et Sarah qui s'affaire à quelques pas de là. Et toujours ce tic nerveux qui la pousse à tirer les manches de son gilet ample de façon à recouvrir ses mains. Si j'étais étrangère au groupe, je prendrais certainement Cass pour la nounou et Sarah pour la jeune mère de famille gâtée. Cass me donne l'impression de détonner, de ne pas être à sa place dans cet environnement luxueux ; même ses vêtements haut de gamme paraissent bon marché et mal ajustés. Sarah, au contraire, semble dans son élément. Ce n'est peut-être pas la première fois qu'elle travaille pour une famille riche.

— Ria ! s'exclame Cass d'un ton faussement enjoué en me voyant entrer. Je suis vraiment désolée que tu sois partie à ma recherche pour rien. Je me suis réveillée tôt, je suis allée me promener et j'ai oublié de prendre mon téléphone. Je ne pensais pas que vous alliez paniquer.

En voyant son air vague et déphasé, je me demande si elle n'est pas sous traitement. Si je me souviens bien, plus tôt dans la matinée, Hugo a mentionné une dépression post-partum.

— Évidemment, il n'y avait pas de quoi, rétorque Simon.

Disparu, le mari dévoué et inquiet.

— On a monopolisé Matt pendant une partie de la matinée, on l'a obligé à appeler les hôpitaux et la police ; quant à Hugo et Ria, ils ont sillonné toute la station. D'ailleurs, à ma connaissance, Hugo est encore en train de crapahuter dans le froid. Je n'arrive pas à le joindre pour le prévenir que tu es rentrée.

— Il n'y a pas de problème, ne vous inquiétez pas pour moi, intervient Matt. Je suis là pour ça.

Il consulte sa montre.

— Cela dit, j'ai pris du retard sur mon programme de la matinée, donc maintenant que Cass est rentrée saine et sauve, vous ne m'en voudrez pas si…

— Non ! Non, bien sûr que non, dit Simon en lui tapant dans le dos avec effusion. Je suis vraiment désolé que mon *épouse* vous ait fait perdre votre temps aussi bêtement.

Sa façon d'accentuer le mot « épouse » pue le mépris. Il aurait pu dire « ma dinde de femme », l'effet aurait été le même.

Cass babille devant Inigo et fait semblant de ne pas avoir entendu, mais je vois bien qu'elle rougit et que ses yeux s'embuent.

— Vraiment, ce n'est rien, insiste Matt, magnanime. Je passerai prendre un verre plus tard, si jamais vous avez besoin de quoi que ce soit.

Dès que Matt a quitté la pièce, le visage de Simon se rembrunit.

— Bon. Maintenant que tu es rentrée, Cass, il vaudrait mieux que j'aille chercher Hugo pour lui annoncer la *bonne nouvelle*. Je ne vais pas le laisser vadrouiller dehors par ce temps pour rien.

Simon décoche un dernier regard noir à Cass, qui tient toujours Inigo debout sur ses genoux et fait mine de ne rien remarquer, puis il sort en trombe du chalet en claquant la porte derrière lui.

Cass lève les yeux vers moi.

— Je suis désolée de t'avoir inquiétée, Ria.

Lorsque son regard se pose de nouveau sur le bébé, les larmes qui perlaient à ses paupières roulent lentement sur ses joues.

Je m'assieds près d'elle. Bien que je ne la connaisse quasiment pas, j'ai de la peine pour elle. N'importe qui en aurait.

— Ça va ? demandé-je, faute de trouver mieux. Tu as besoin de quelque chose ?

— Non. Ça va. Je suis désolée pour toute cette histoire. Je voulais seulement souffler un peu.

Elle tend le bébé à Sarah, qui le prend et va se poster devant la baie vitrée comme pour contempler la vue, mais je la soupçonne de chercher à épier notre conversation. Je tapote doucement le genou de Cass en murmurant « Je comprends », alors que c'est archifaux. Comme c'est Sarah qui semble s'occuper d'Inigo la majeure partie du temps, je ne saisis pas bien ce qui peut justifier ce besoin de « souffler un peu ». À moins qu'elle n'ait éprouvé le besoin de fuir Simon quelques minutes : ça, je peux facilement le concevoir.

Sur ses joues coulent deux nouvelles larmes qu'elle essuie d'un revers de main.

— Je ne me sens pas à l'aise ici, murmure-t-elle d'une voix étranglée. Simon est venu il y a longtemps avec sa copine de l'époque. Je sais que c'est idiot, mais… c'est le genre de situation que je déteste. Je n'arrête pas de me demander s'il a passé un meilleur moment avec elle ou avec Inigo et moi.

Elle baisse les yeux, l'air gênée de se laisser aller ainsi à des confidences alors que je ne lui ai rien demandé.

Je pose doucement une main sur son bras en me disant qu'elle fait quand même un drame pour une broutille. D'accord, Simon est venu avec quelqu'un d'autre il y a longtemps, mais on s'en fiche, non ? Cela dit, je sais qu'une dépression post-partum peut mettre de drôles d'idées en tête.

— Ne sois pas bête, dis-je avec toute la gentillesse dont je suis capable. Il est avec toi aujourd'hui, et ensemble, vous avez fondé une famille ! Tu es tout pour lui. Tu l'aurais vu se ronger les sangs ce matin, quand il ne savait pas où tu étais passée…

Elle renifle et lève les yeux vers moi.

— C'est vrai ?

Je penche la tête sur le côté.

— Oui. Franchement, tu n'as aucune raison de t'inquiéter. Il t'adore.

Cass sourit faiblement.

— Merci. Tu as raison. C'est juste que, entre le bébé et tout le reste… je ne me sens pas moi-même en ce moment. Le fait d'être ici, ça remue des souvenirs, de mauvais souvenirs que je préférerais oublier. Ça me fait penser à… Enfin, tu vois.

Nous restons assises en silence pendant quelques secondes au cours desquelles je continue à lui tapoter le bras, l'esprit ailleurs. Je ne vois pas du tout ce qu'elle veut dire, mais lui avouer ne l'avancera à rien.

— Je crois que je vais monter m'allonger un peu, si tu veux bien m'excuser, lance Cass en se levant brusquement, comme prise d'un sursaut d'énergie. J'espère que Simon retrouvera vite Hugo, ce n'est pas un temps à traîner dehors. Et, s'il te plaît… tu ne répéteras pas à Simon ce que je t'ai dit, hein ? Je ne veux pas qu'il sache que je peux être aussi bête et jalouse. Ça doit être les hormones. Je sais que Simon m'aime. Je n'aurais pas dû te raconter tout ça ni t'embêter avec mes lubies.

Elle tire une énième fois ses manches de gilet sur ses mains et baisse les yeux. Son teint vire à l'écarlate.

— Promis, réponds-je. Et ne t'inquiète pas pour Hugo, je suis sûre qu'il ne t'en voudra pas. Il adore marcher dans la neige et jouer les héros.

Et il n'allait pas rater une occasion pareille de lécher les bottes de Simon, pensé-je.

Une fois que Cass s'est retirée à l'étage, Sarah vient me rejoindre sur le canapé avec Inigo, qu'elle allonge sur ses cuisses. Il lui sourit avec émerveillement.

— Pauvre Cass, hasardé-je. J'ai l'impression que la maternité lui donne du fil à retordre.

Sarah chatouille Inigo, qui part dans un grand éclat de rire. Il a beau ressembler à un ballon de foot, j'imagine qu'une personne aimant les bébés le trouverait mignon.

— Oui, dit Sarah. Elle est très… gentille, et il est évident qu'elle cherche à être une bonne mère, mais je ne peux pas m'empêcher de me demander comment elle s'en sortirait sans moi. Même avec mon aide, elle a l'air d'en baver.

À peine a-t-elle achevé sa phrase qu'elle tourne la tête vers moi et fronce les sourcils.

— Oups, désolée, je crois que j'en ai trop dit. Vous ne lui répéterez pas, hein ?

— Bien sûr que non.

Je lui souris, bien que je sois un peu choquée. Après tout, Sarah est l'employée de Cass – ou de Simon, tout du moins –, et je trouve déplacée sa façon de parler d'elle devant une parfaite inconnue. Je décide de changer de sujet, ça vaut mieux.

— Tu travailles comme nounou depuis longtemps ?

— Non, c'est assez récent, répond-elle sans me regarder – elle préfère se concentrer sur Inigo et le faire rire avec ses grimaces. Cass est seulement la deuxième maman qui m'emploie. Mais comme je suis l'aînée d'une grande fratrie, j'ai toujours été entourée de bébés.

— Et c'était où, ton premier poste ?

Je lui pose la question car j'ai du mal à identifier son accent. Bristol ? Londres ? Difficile à dire.

Sarah prend Inigo dans ses bras et se lève brusquement.

— À Dubaï, dans une autre famille anglaise. Écoutez, sans vouloir vous vexer, je crois que je ferais mieux d'aller prendre des nouvelles de Cass. Mais c'était sympa de discuter un peu.

Sarah se dirige vers l'escalier avant que j'aie eu le temps d'ouvrir la bouche – à croire qu'elle n'avait qu'une hâte, me fausser compagnie.

Le café que j'ai bu alors que je prétendais chercher Cass n'a fait qu'empirer ma gueule de bois. Je décide à mon tour de monter m'allonger un peu.

Dans la chambre, je prends mon iPad pour voir ce qui se passe dans l'actualité, mais le navigateur s'ouvre directement sur ma boîte mail. Aussitôt, j'ai l'estomac qui se tord et le cœur qui palpite. Je suis certaine d'avoir fermé cet onglet.

J'entends la porte du chalet claquer, des bruits de pas lourds dans l'escalier, puis la porte de notre chambre s'ouvre en grand.

— Cass est rentrée ! s'exclame Hugo.

— Oui, je sais. On a discuté un peu. J'ai de la peine pour elle, elle n'a vraiment pas l'air bien. Et personnellement, je trouve que Simon aurait pu montrer plus d'empathie. Quant à la nounou, elle m'a l'air un peu peste sur les bords. Mais dis-moi, Hugo, tu ne te serais pas servi de mon iPad, par hasard ?

Il fronce les sourcils.

— Non, pourquoi ?

— Donc tu n'as pas regardé mes mails, mes contacts ni rien ?

Il m'embrasse sur le front. On dirait que la péripétie qu'a constituée la brève disparition de Cass lui a donné un coup de fouet, il semble même avoir oublié mon ivresse de la veille et sa contrariété qui avait suivi.

— Bien sûr que non ! Pourquoi je ferais ça ?

— Je ne sais pas.

Je hausse les épaules et réajuste les oreillers de façon à être mieux installée, car je sens poindre un haut-le-cœur. De son côté, Hugo s'agite, ouvre les tiroirs et les placards un par un, retire ses vêtements et en enfile d'autres.

— Qu'est-ce que tu fais ? lui demandé-je.

— Je me change ! Simon et moi, on va skier. On a assez perdu de temps aujourd'hui.

Je jette un coup d'œil par la fenêtre : la neige tombe presque à l'horizontale.

— Vous allez skier par ce temps ? Enfin, je dis ça…

— Ça va être génial, toute cette poudreuse ! Ce serait idiot de venir jusqu'ici et de ne pas skier à cause d'un peu de grisaille. Et puis je risque de passer pour une mauviette auprès de Simon si je me dégonfle pour trois flocons, non ?

Je hausse les épaules.

— C'est toi qui vois. J'espère que vous serez prudents.

Hugo s'assied sur le lit, enfile sa salopette, puis bondit et me plaque un baiser sur la bouche.

— Ça va aller. Simon a réservé un guide qui va nous emmener sur un secteur hors-piste. Repose-toi quelques heures, et ensuite, on attaquera la conception du bébé. D'après l'appli, c'est ton jour le plus fertile du mois.

Cette manie qu'il a de suivre mon cycle me hérisse, j'ai l'impression d'être une vache de concours. Je n'aurais jamais dû le laisser télécharger cette appli. Mais comme je n'ai pas le courage de me lancer dans une dispute maintenant, je me contente d'esquisser un sourire et de dire :

— Oui, on se retrouve ici. Amuse-toi bien et à plus tard.

10

Décembre 1998,
La Madière, France

Je chemine en direction du télésiège pour tenter une dernière descente, mais l'opérateur fait non de l'index.

— Trop de vent[1], *dit-il.*

Je suis à deux doigts d'exploser. C'est fichu pour les recherches en toute discrétion. Si Andy n'a pas retrouvé les clients, nous allons devoir passer à la vitesse supérieure. Nous ne pouvons plus reculer – d'ailleurs, nous avons sans doute déjà trop tardé. J'hésite à demander à l'opérateur si je peux lui emprunter sa radio pour essayer de joindre Andy, mais ce serait courir le risque d'étaler l'affaire sur la place publique, étant donné que les ondes sont ouvertes à tout le monde. Et quel intérêt de risquer notre réputation, si les clients sont en train de s'enfiler des vins chauds dans leur chalet ?

Une part de moi sait que le plus responsable serait d'alerter les secours, juste au cas où, mais à quoi bon ? Il est impensable de mobiliser un hélicoptère par ce temps, et la nuit va bientôt tomber. C'est un vrai cauchemar.

— Ça va aller, murmuré-je à moi-même. Ça va aller. Andy leur a sûrement mis la main dessus. Ils doivent être dans un bar en train de se vanter auprès de leurs copains

1. En français dans le texte (*Toutes les notes sont de la traductrice*).

d'avoir descendu un couloir en pleine tempête de neige. Tout va bien. Tout va bien.

Ma respiration ralentit. Je ne vais pas compromettre la réputation de ma société pour deux blaireaux qui m'ont menti sur leur niveau de ski et dont je suis sûr à 99 % qu'ils vont bien. Ils vont bien. Je vais bien. Tout le monde va bien. Tout va bientôt rentrer dans l'ordre.

Au bas de la pente, je m'insère dans la file d'attente menant au télésiège qui me redescendra au bureau. Et là, je saurai si, oui ou non, on est dans la merde jusqu'au cou. À cause du vent, le télésiège avance à faible allure et s'arrête souvent. La neige me cingle le visage. Ça aurait été plus rapide de sortir les peaux de phoque et de redescendre à ski. Lorsque j'arrive au village, les employés sont en train d'interdire l'accès aux remontées mécaniques en raison du vent qui souffle désormais trop fort. Je parcours à ski les quelques mètres qui me séparent du bureau.

— Je t'ai contacté par radio, pourquoi tu n'as pas répondu ? s'écrie Andy dès que je passe la porte.

— Parce que je l'ai fait tomber ! aboyé-je en retour. Alors, tu les as trouvés, oui ou non ?

— Non, mais j'ai les formulaires qu'ils ont remplis avec leurs coordonnées. Il faudrait que tu mettes un peu d'ordre dans ce bureau, soit dit en passant. Ça m'a pris une éternité.

— Tu as appelé leur chalet ? demandé-je avec impatience – le moment est mal choisi pour me donner des leçons de rangement.

— Non ! Je t'attendais ! Je ne voulais pas lancer une rumeur alors que tu les avais peut-être retrouvés.

— Eh bien, aucune trace d'eux là-haut, dis-je sèchement. Ils logent où ?

Andy jette un coup d'œil aux formulaires.

— Ce n'est pas indiqué, et tu le saurais déjà si tu me laissais parler au lieu de me crier dessus depuis cinq minutes ! J'essaye de t'aider, là ! Ce sont tes clients, pas les miens !

— Ce sont nos clients. C'est notre école de ski. On est associés.

— Sauf que c'était toi leur guide, souligne Andy d'un ton glacial.

Je prends une profonde inspiration. Ce n'est pas le moment de me mettre Andy à dos.

— Bon, calmons-nous tous les deux. Ils ont réservé via Powder Puff – on a croisé leur accompagnateur super agaçant au moment d'entamer la descente, et il a dit que c'étaient leurs clients, tu te souviens ? Où est leur chalet ?

— Powder Puff en a plein. Il faut qu'on appelle l'accueil. Tu as le numéro ?

— Oui, quelque part.

Alors que je fouille parmi les documents amassés sur mon bureau, je sens croître l'impatience d'Andy.

— Grouille !

— Tu ne m'aides pas, là ! Ah, voilà. Le commercial s'appelle Richard, dis-je en composant le numéro de téléphone. Richard ? Bonsoir, c'est Cameron, de Skitastic. On skiait avec deux de tes clients cet après-midi et ils nous ont faussé compagnie. Oui, ceux avec qui tu m'as vu. Non, à l'instant. Il n'y a sans doute rien de grave, mais tu pourrais appeler le chalet dans lequel ils séjournent et vérifier qu'ils sont bien rentrés ? Ils n'ont pas précisé… JE SAIS ! Moi non plus, je ne suis pas ravi. Écoute, on se serre les coudes, non ? Ouais. Ouais. OK. Préviens-moi quand tu sauras. Je suis au bureau. Merci beaucoup.

Andy s'assied et se prend la tête dans les mains.

— On est mal.

— Ils sont peut-être au chaud dans leur chalet, dis-je en tentant de réprimer l'angoisse qui pointe dans ma voix.

— Et s'ils n'y sont pas ?

— Ils sont peut-être allés boire un verre, suggéré-je, alors que je crains déjà le pire.

— Mais comment peut-on en avoir le cœur net ? Ce ne sont pas les bars qui manquent ! Ils peuvent être n'importe où !

— C'était à eux de se signaler, de nous prévenir qu'ils allaient bien, persisté-je, mais même moi, je commence à me trouver pathétique.

— D'accord, mais tu sais comment sont les clients, ils ne réfléchissent pas. Et la nuit ne va pas tarder à tomber.

— On n'a qu'à se laisser jusqu'à 18 heures.

— Et s'ils ne donnent pas signe de vie ?

— Eh bien… j'imagine qu'il faudra appeler les secours.

— Qui ne pourront pas intervenir, vu la météo.

Andy marque une pause.

— S'ils sont coincés là-haut, ils n'ont aucune chance.

Le téléphone sonne.

11

Décembre 2018,
Londres
Hugo

Après cette première nuit passée chez moi, Ria n'est jamais vraiment repartie et je n'en revenais pas d'avoir une telle chance. Je ne me souviens pas de lui avoir proposé d'emménager, c'est arrivé par étapes. Comme elle venait souvent dormir à l'appartement, j'ai vidé un tiroir, puis un placard, puis elle a procédé à un changement d'adresse pour son courrier en disant que c'était beaucoup plus simple. Ça ne me dérangeait pas le moins du monde ; je n'avais jamais vécu avec quelqu'un, et ses affaires qui traînaient un peu partout insufflaient de la vie à mon appartement, qui n'était plus le lieu impersonnel où je rentrais le soir après le travail pour jouer à la Xbox et dormir.

Après un mois de relation, ne voyant pas l'intérêt de payer un deuxième loyer, elle m'a demandé si je n'avais pas d'objection à ce qu'elle apporte le reste de ses effets personnels. Et là, je me suis rendu compte qu'elle ne m'avait jamais invité chez elle. Lorsque je lui ai demandé pourquoi, aussitôt son visage s'est assombri.

— J'ai une colocataire bizarre qui est tout le temps là. En plus, je serais gênée de te montrer mon appartement, c'est un trou à rats.

Je lui ai pris la main.

— Pourquoi tu serais gênée ? La vie est chère à Londres, tu gères ta propre entreprise, dans un contexte difficile… C'est normal que tu aies du mal à joindre les deux bouts.

— Oui mais toi, tu as tout ça.

D'un geste, elle a embrassé l'appartement, la grande baie vitrée donnant sur Tower Bridge, mes enceintes dernier cri et l'œuvre de jeunesse de Damian Hirst achetée un an plus tôt pour décorer le mur en briques apparentes au-dessus de la cheminée ancienne.

— Il y a de quoi complexer. J'avais un petit appartement sympa – bon, rien à voir avec celui-ci, évidemment –, mais j'ai dû le vendre.

J'ai hoché la tête en pensant à une banale histoire de crédit qu'elle n'arrivait plus à rembourser, je l'ai prise dans mes bras et serrée fort contre moi. En relâchant mon étreinte, j'ai senti une bouffée d'amour m'envahir à la vue des larmes qui perlaient à ses paupières.

— Tu sais que j'ai hérité de mon père, que ce soit l'entreprise ou l'argent qui m'a permis d'acheter cet appartement, ai-je souligné. J'ai beau travailler dur, honnêtement, tout m'a été servi sur un plateau. Et je doute que je m'en sortirais sans Olivia et les autres personnes qui sont beaucoup plus douées que moi pour les affaires.

J'ai enlacé Ria et déposé un baiser sur son front.

— Toi, tu es partie de zéro, ça force l'admiration – bien plus que de vivre dans un bel appartement.

Elle a esquissé un faible sourire.

— Je t'aime, a-t-elle dit en se lovant contre moi.

À mon tour, j'ai souri mais jusqu'aux oreilles. C'était la première fois qu'elle me le disait.

— Moi aussi, je t'aime, ai-je répondu.

J'en mourais d'envie depuis des lustres.

Ensuite, tout est allé très vite entre Ria et moi. Olivia m'a montré sa désapprobation à coups de réflexions perfides sur les femmes vénales, mais j'aimais Ria et réciproquement, j'en étais certain. Et même en envisageant qu'elle n'éprouve rien pour moi, je savais que je pouvais difficilement espérer mieux. J'étais amoureux, je serais un bon mari pour elle, elle serait une bonne épouse pour moi et… ce sont les ingrédients d'une vie de couple réussie, non ? Je n'avais jamais été aussi heureux que depuis l'arrivée de Ria dans mon existence, et pour rien au monde je n'aurais voulu retrouver mon quotidien d'avant. Je voulais l'épouser, fonder une famille avec elle, la gâter et la rendre heureuse. C'était ainsi que je voyais mon avenir, et Olivia n'avait pas son mot à dire.

J'avais alors presque quarante ans, Ria aussi, donc si nous voulions avoir des enfants, il ne fallait pas traîner. Six semaines après notre rencontre, je l'ai emmenée à Paris et demandée en mariage au dernier étage de la tour Eiffel. J'aurais pu trouver plus original, mais elle a dit oui et c'était tout ce qui comptait.

Trois mois plus tard, nous nous sommes mariés à Las Vegas rien que tous les deux, sans famille ni amis. Ria ne voulait pas d'une noce traditionnelle et moi, je m'en fichais, du moment qu'elle était heureuse. Elle a accepté d'arrêter la pilule et dans les mois qui ont suivi, nous avons passé le plus clair de notre temps au lit.

Son entreprise d'événementiel s'est bien développée après que j'y ai injecté des fonds. Dans le même temps, les attentats terroristes et la chute de la livre sterling ont porté un coup à Redbush Holidays, ce qui explique pourquoi j'ai si désespérément besoin que Simon investisse. Si seulement Ria pouvait en tenir compte et cesser de se comporter aussi mal…

12

Décembre 2020,
La Madière, France
Ria

Je profite de l'absence de Hugo et Simon, partis skier, pour m'installer sur le canapé avec mon iPad. Quand tous les autres sont de sortie, le cadre est bien agréable. Le canapé en cuir sur lequel je me prélasse, couvert de coussins et de fourrures, est l'un des plus confortables sur lesquels il m'ait été donné de m'asseoir. Les tapis sont épais et somptueux, la vue est magnifique, le feu que Millie a allumé crépite dans la cheminée. Ça n'a rien à voir avec les vacances en caravane de mon enfance, et depuis ma rencontre avec Hugo je me suis habituée à un certain standing. D'ailleurs, je ne porte plus que des marques de luxe, chaussettes comprises. Pelotonnée dans mon magnifique pull en cachemire écossais, je ne suis absolument pas tentée de braver la météo pour aller skier. Si je pouvais séjourner seule ici, sans avoir à me démener pour discuter avec Cass, ennuyeuse à mourir, brosser ce bourrin qu'est Simon dans le sens du poil et repousser les avances d'Hugo, ce serait parfait.

Une demi-heure plus tard, quelqu'un frappe à la porte d'entrée. C'est Matt. Et mince. Si j'avais su qu'il allait passer, je me serais maquillée un minimum. Je me recoiffe à la va-vite et souris.

— Bonjour.

— Bonjour, Ria. Je voulais juste m'assurer que tout était rentré dans l'ordre après le… l'incident avec Cass ce matin. Est-ce qu'elle va bien ?

— Entrez !

Je m'écarte pour le laisser passer et fronce les sourcils en voyant la neige qui tombe à gros flocons dehors. Il tape des pieds sur le paillasson puis avance dans le salon.

— Asseyez-vous.

Je désigne le superbe canapé. Il faudrait que je me renseigne sur la marque et que je convainque Hugo d'acheter le même à notre retour à Londres.

— *A priori*, Cass va mieux, indiqué-je. Elle est dans sa chambre, elle doit être en train de se reposer.

Matt s'assied à un bout du canapé. Je prends place à l'autre extrémité et je replie mes jambes sous moi. Son regard baladeur court partout sur mon corps, pour finalement revenir se poser sur mon visage. J'esquisse un sourire subtil.

— J'ai croisé les garçons quand ils sont partis skier, dit Matt en rougissant. Si j'ai bien compris, Simon a réservé un guide parce qu'il a envie de s'aventurer en hors-piste ?

— Oui. Pour rien au monde je ne mettrais le nez dehors par ce temps.

— J'ai sorti les skis ce matin mais je ne me suis pas attardé. Ce n'est pas très agréable dans ces conditions.

— Oh que non, opiné-je.

Un ange passe. Matt doit se demander si je me souviens de l'avoir dragué hier soir ou si j'étais soûle au point d'avoir oublié. Je vais le laisser dans l'incertitude pour l'instant.

— Donc qu'est-ce que vous avez prévu aujourd'hui, si vous ne skiez pas ? demande-t-il.

— Je me suis dit que j'allais rester un peu au chalet. Il est magnifique et j'ai envie d'en profiter. Je m'y plais beaucoup.

— « Magnifique », c'est le mot, dit Matt en se tournant vers l'immense baie vitrée. C'est même l'un de mes préférés. Vous l'avez choisi pour la vue ?

— Plus ou moins. Je suis dans l'événementiel et je l'avais repéré dans le cadre de mon travail.

Ce n'est pas l'exacte vérité, mais ça s'en approche – et c'est aussi la version que j'ai servie à Hugo.

— Hugo cherchait un lieu pour impressionner Simon et le convaincre d'investir dans son entreprise, donc j'ai proposé ce chalet et… Eh bien, nous voilà.

Matt approuve. S'ensuit un silence gêné, chargé de tension sexuelle. Nous savons tous les deux ce qui est en train de se jouer. Mais nous sommes chacun à une extrémité du canapé, je suis une cliente de Matt, mariée qui plus est, et l'absence d'alcool rend difficile le passage à la vitesse supérieure.

— Bon choix, avance-t-il.

— Oui, seulement il se trouve que Simon est venu ici avec une ex et que Cass angoisse par rapport à ça. À mon avis, ça explique sa balade en solo qui a affolé tout le monde ce matin.

— Ah ! Pauvre Cass, j'imagine que devenir mère peut rendre la vie…

Il laisse sa phrase en suspens, conscient qu'il s'aventure sur un terrain glissant à plus d'un titre.

— J'espère que ça va aller. Elle a l'air…

Il s'éclaircit la voix.

— Bref, ça ne me regarde pas. Rien à voir, mais sous réserve que la météo s'améliore demain, je pourrais vous faire visiter la station à ski. Avec Cass et les garçons aussi, si ça les intéresse, s'empresse-t-il d'ajouter. C'est inclus dans nos services, il faudra juste que je retire ma doudoune avec le logo de Snow Snow pour ne pas marcher sur les plates-bandes des guides du coin. En tant que petite entreprise, nous aimons…

— Excellente idée.

Je préfère l'interrompre car je n'ai pas envie d'entendre son laïus de commercial. Qui plus est, je réfléchis déjà à la meilleure façon de m'y prendre pour dissuader les autres de se joindre à nous.

— Ça vous irait si on se donnait rendez-vous au café Schuss à 10 heures ?

Matt sourit.

— Parfait. Je crois qu'il est prévu que je dîne avec vous ce soir, donc on pourra en reparler. En attendant, si l'un de vous a besoin de quelque chose, je ne suis pas loin, il suffit de crier. Saluez Cass de ma part, je ne veux pas la déranger si elle est fatiguée.

— Pas de problème.

— Et j'espère que les garçons auront bien profité de leur sortie à ski.

— Je passerai le message.

Nous nous levons tous les deux et allons vers la porte.

— Bon, eh bien…, dit Matt.

Je me penche légèrement pour l'inviter à m'embrasser sur la joue. Voyant qu'il rougit et hésite, je pose une main sur son bras et lui fais la bise à la française comme si c'était dans mes habitudes, alors que pas du tout : j'ai juste envie de le toucher.

Je serre brièvement sa main dans la mienne.

— Vivement demain.

13

Décembre 1998,
La Madière, France

— Bonsoir, Richard. D'accord. OK. Merci… Oui, c'est noté. Je ne pense pas qu'on ait le choix, maintenant que… Écoute, ce n'est pas franchement le moment, hein. Ouais. Je te tiens au courant. À plus tard.

— Alors ? demande Andy.

Question idiote. C'est évident, non ?

— Ils ne sont pas à leur chalet.

— Donc c'est quoi, la suite ? Ils ont disparu depuis combien de temps ?

Je consulte ma montre puis regarde par la fenêtre. La nuit tombe, le vent rugit comme un réacteur d'avion et la neige tombe toujours aussi dru.

— On ne sait pas s'ils ont disparu ! rétorqué-je. On ne sait pas où ils sont, nuance.

Je me mets à arpenter le bureau de long en large, mais il est tellement exigu que j'ai vite l'impression d'étouffer.

— Ça revient au même, non ? souligne Andy en se munissant du téléphone. Il faut qu'on appelle les secours maintenant. On ne peut pas rester là les bras ballants. De toute évidence, il y a un truc qui cloche.

— Mais… on avait dit qu'on se donnait jusqu'à 18 heures. Comme on a dit, ils sont peut-être dans un bar en train de

raconter leurs exploits à un pauvre type qui n'a rien demandé et…

— Sauf que le gars de chez Powder Puff, Richard, est au courant maintenant. Donc s'ils ne réapparaissent pas…

— Et s'ils réapparaissent, tout le monde va nous prendre pour des incapables.

— Alors, on fait quoi ? demande Andy en brandissant le téléphone.

— On prévient les secours.

14

Daily Mail

21 décembre 1998

Deux Britanniques ont disparu à La Madière, une station de ski située dans les Alpes françaises.
Les skieurs, des frères âgés de vingt-deux et vingt-quatre ans dont l'identité n'a pas encore été communiquée, évoluaient en hors-piste avec des guides locaux quand ils ont disparu par mauvais temps.
Une équipe de recherche a été mise sur pied immédiatement, mais pour l'heure, les deux hommes demeurent introuvables.
Selon nos informations, ils séjournaient dans un chalet du groupe Powder Puff avec leurs compagnes qui, restées sur place, sont suspendues aux nouvelles.
Un représentant de Powder Puff a déclaré :
« Nous sommes bien évidemment très inquiets pour ces deux disparus et espérons qu'ils nous reviendront sains et saufs. En attendant, nous soutenons leurs proches du mieux que nous le pouvons. »

15

Décembre 2020,
La Madière, France
Ria

Millie apporte un gâteau tout juste sorti du four, ainsi qu'un plateau chargé de tasses de chocolat fumant et de mini-marshmallows. Quasiment au même moment, Hugo et Simon montent l'escalier d'un pas lourd après avoir déposé leur matériel au vestiaire.

— Bonsoir ! dit Millie en posant délicatement le plateau sur la table en granit. Alors, cette journée ?

— Froide, venteuse, le pied, dit Simon en retirant son anorak Porsche trop serré et en le balançant sur une chaise.

— Et toi, Hugo ? lui lancé-je, non sans malice.

Sachant qu'il n'est pas particulièrement à l'aise sur des skis, je le soupçonne de ne pas avoir franchement apprécié la sortie – même s'il ne l'avouera pas, y compris à moi. Jamais il n'aurait bravé des conditions pareilles s'il ne tenait pas tant à se faire bien voir de Simon.

— J'ai trouvé ça sympa, répond-il.

À son tour, il retire son anorak – Black Crows, choisi par mes soins – et le tend à Millie. Je constate que le vêtement est trempé : Hugo a dû tomber, et pas qu'une fois.

— On remet ça demain avec le même guide, ajoute-t-il. Il était super.

J'affiche une mine déçue.

— Oh non, c'est dommage. Hugo, je serais bien venue avec vous demain, mais Matt propose qu'on se retrouve à 10 heures au café Schuss pour visiter la station. Ça ne te dérange pas si j'y vais ?

Le visage d'Hugo se durcit. Il ne sera pas ravi que j'aille skier seule avec Matt après m'avoir accusée de l'avoir dragué hier soir – accusation justifiée, en toute franchise –, mais je sais aussi qu'il ne dira rien devant Simon.

— Bien sûr que non, répond-il d'un ton faussement léger. Et si on se retrouvait à midi pour déjeuner tous ensemble ?

— Quelle bonne idée ! m'exclamé-je. Ce serait *merveilleux*.

Je retourne sur mon iPad avec la certitude qu'une remontée mécanique va fermer intempestivement, que je vais me perdre, bref qu'un « imprévu » va me faire rater ce déjeuner.

— Cass peut venir avec nous si elle en a envie, ajouté-je.

Note pour moi-même : veiller justement à ce que cette envie ne se manifeste pas. D'après le peu que j'ai vu hier lors du cours avec le moniteur, elle n'aime pas trop skier, donc je devrais parvenir à mes fins sans trop de difficulté. Je pourrai toujours l'appâter avec une journée spa pour assurer le coup.

Millie coupe le gâteau, dépose une part sur chaque assiette et les distribue.

— Hugo, Simon, la direction m'a dit que vous souhaitiez rencontrer Cameron, qui possède ce chalet et d'autres hébergements dans la station. Il a prévu de passer ici ce soir pour le dîner – si ça vous convient, bien sûr. Personne n'y voit d'objection ?

Simon fait non de la tête tout en s'empiffrant de gâteau.

— Au contraire, c'est une excellente idée, marmonne-t-il la bouche pleine.

Ce faisant, il postillonne des miettes – très ragoûtant – puis il avale avec un gros bruit de déglutition et rote.

— 'scusez-moi. J'ai hâte de le rencontrer.

— Très bien, dit Millie, je vais le prévenir. Maintenant, si vous n'avez besoin de rien d'autre, je vais commencer à préparer le dîner.

— Il a intérêt à être bon si le patron vient, hein ? blague Simon.

— Tout à fait. Cela dit, j'espère que, jusqu'ici, les repas ont été à la hauteur de vos attentes.

— Ne vous inquiétez pas, on ne tarira pas d'éloges sur vous, lance Simon, les yeux rivés sur la poitrine généreuse de Millie.

Il n'a qu'à lui claquer les fesses tant qu'il y est. Je ne sais pas comment elle arrive à le supporter sans broncher.

— Merci. Je serai dans la cuisine si vous avez besoin de quoi que ce soit. Disons 20 heures pour les petits-fours ?

— Ce sera parfait, Millie, m'empressé-je de dire pour lui épargner une énième remarque douteuse de Simon.

Hugo se tourne pour regarder par la baie vitrée.

— Vous avez vu toute cette neige qui tombe ?

Simon lui assène une grande claque dans le dos.

— Fabuleux ! rugit-il. Imagine la poudreuse demain !

16

Décembre 1998,
La Madière, France

— *Maintenant, la priorité, c'est d'accorder nos violons, dis-je à Andy dès que j'ai raccroché.*

— *Comment ça ? Je ne suis pas en tort, donc hors de question que je m'en mêle.*

— *Trop tard, tu étais avec moi quand on les a perdus. Tu m'as aidé à les chercher.*

— *Et maintenant, tu me le reproches parce que… ?*

— *Je ne te le reproche pas, maugréé-je en me frottant le visage. Seulement on ne s'est pas contentés de perdre deux touristes : avec le recul, je me dis qu'on aurait dû alerter les autorités plus tôt, vu la météo. C'est du sérieux, Andy.*

— *Sauf que c'est toi, le patron, et tu ne te gênes pas pour me le rappeler.*

Je tire Andy vers moi de sorte que nos visages se frôlent presque.

— *Tu étais d'accord et je ne crois pas me souvenir que tu aies proposé de prévenir les secours, grondé-je. Par moments, on a skié trop vite, sans être trop regardants sur la sécurité des clients. Tous les deux. On est dans le même bateau, c'est compris ? Si je tombe, tu tombes avec moi. On ne peut pas dire qu'on ait respecté la procédure, hein ? Richard nous a vus tous les deux avec les clients. J'ai beau être le principal investisseur, nos deux noms figurent sur les formulaires :*

autrement dit, tu es aussi responsable que moi. Est-ce que c'est clair ?

Andy se dégage violemment.

— Lâche-moi, tu veux ? Très bien. Mettons-nous d'accord sur nos versions.

17

Daily Mail

22 décembre 1998

L'un des deux hommes portés disparus à La Madière, dans les Alpes françaises, a été retrouvé hier après de vastes opérations de recherches. Le Britannique d'une vingtaine d'années a été héliporté à l'hôpital de Grenoble dans un état critique.
Le deuxième homme, son frère, reste introuvable. François Delpont, le coordinateur des secours, a déclaré :
« Notre équipe, constituée de nombreux spécialistes de la montagne, ratisse la zone où les frères ont été vus en train de skier, mais son travail est compliqué par les conditions climatiques. Nous sommes très heureux d'avoir retrouvé l'un des hommes vivant et poursuivrons nos efforts pour retrouver son frère tant qu'il subsistera un espoir et que la météo le permettra. Les deux hommes skiaient avec des guides de La Madière, qui aident actuellement les autorités à établir le déroulé des faits. Il n'a été procédé à aucune arrestation, et rien n'indique pour l'instant qu'il s'agisse d'autre chose que d'un tragique accident. »

18

Décembre 1998,
La Madière, France

Dans la salle d'audition du commissariat, l'atmosphère est étouffante. C'est le petit matin, on m'a laissé mijoter ici toute la nuit, le temps de dénicher un policier parlant anglais pour m'interroger. Non seulement je suis trop stressé pour prendre le risque de répondre en français, mais je tiens à éviter tout malentendu. Officiellement, rien ne m'obligeait à rester, mais je me suis dit que si je refusais de poireauter en attendant de m'expliquer sur la disparition des deux clients, ça ne plaiderait pas en ma faveur.

Enfin, la porte s'ouvre sur un homme en uniforme aux yeux bouffis de fatigue. Je me lève, nous nous serrons la main puis nous nous asseyons tous les deux.

— Merci de vous être manifesté, dit-il, et désolé pour l'attente.

— Aucun problème, mais la journée a été longue et je suis très fatigué. Posez vos questions et tout le monde pourra aller se coucher.

Je me suis exprimé d'un ton plus cassant que je ne l'aurais voulu. Il faut que je garde mon calme et que je m'en tienne à ce dont Andy et moi sommes convenus.

— Vous avez certainement entendu la nouvelle : l'un des hommes a été retrouvé, dit le policier.

Une vague de soulagement me submerge, mais pour laisser presque aussitôt place à la panique. Est-il vivant ? Conscient ? Est-ce qu'il va savoir que nous avons tardé à appeler les secours ? Où était-il ? Est-ce qu'il nous a vus ? Est-ce qu'il a parlé ? Nous a-t-il accusés d'avoir skié trop vite ? Est-ce qu'on ne serait pas en train de me tendre un piège ?

— Non, je ne savais pas ! m'écriai-je. Pourquoi on ne m'en a pas informé ?

Le policier passe une main sur ses yeux puis relève la tête.

— Veuillez m'excuser. Vous l'avez dit vous-même, la nuit a été longue et nous sommes tous très occupés. Si personne ne vous a prévenu, c'est un oubli.

Mais bien sûr. J'ai plutôt l'impression qu'on joue avec mes nerfs.

— Et est-ce qu'il est… ?

J'ai une montée d'adrénaline, sitôt suivie d'un haut-le-cœur. Il est mort. Il est mort. On va m'annoncer qu'il est mort. J'en suis certain.

— Il est en route pour l'hôpital. Aux dernières nouvelles, il n'a pas repris connaissance. Les médecins vont faire le maximum, mais pour l'instant, son pronostic vital est engagé.

Je suis en panique. Et s'il y passe ? Et si l'autre est retrouvé mort ? Est-ce que ce sera considéré comme un homicide en France ? Est-ce que je risque la prison ? Je devrais le savoir. Pourquoi je ne me suis pas renseigné quand j'ai… quand nous avons monté la société ? Je me martèle que ce n'est pas ma faute. Ce n'est pas ma faute.

— Et l'autre skieur ?

Le policier esquisse une grimace.

— Les recherches se poursuivent mais sont perturbées par la météo. Je crains malheureusement que ses chances de survie ne soient minces. Qu'en pensez-vous ?

Je remue la tête sans savoir quoi dire, puis j'essuie mes mains moites sur mon pantalon.

— Pouvez-vous nous raconter, avec vos propres mots, ce qui s'est passé entre le moment où vous avez rencontré ces deux hommes et celui où vous avez appelé les services d'urgence ? demande le policier.

Je déglutis avec difficulté.

— Tout à fait, hum… Les deux clients et moi avions rendez-vous à 15 heures. La météo laissait déjà à désirer, mais comme ils n'étaient… comme ils ne sont là que pour une semaine, ils ont quand même tenu à aller skier. Les touristes ont tendance à être un peu insistants.

Le policier acquiesce.

— D'accord. Et vous les aviez déjà vus ? Est-ce qu'ils ont rempli des papiers ?

Les formulaires ! Il y a une décharge ! Ils l'ont forcément signée ! Je me sens bien plus léger tout d'un coup. Bénis soient les Français et leur obsession pour la paperasse.

— Bien sûr, réponds-je le plus posément possible. Ils sont passés au bureau plus tôt dans la journée pour remplir les formulaires habituels avec nom, adresse, niveau de ski, décharge, numéro de téléphone.

Je mentionne la décharge en passant, l'air de rien, comme si elle n'avait aucune importance, mais le policier prend la peine de noter. Je reste de marbre alors qu'intérieurement, je souris.

— Je vois. Et vous n'avez rien remarqué de particulier ?

— Non, rien, si ce n'est qu'ils ont surestimé leur niveau. Ils n'étaient pas aussi expérimentés que ce qu'ils ont prétendu.

— Je vois. Quand vous en êtes-vous rendu compte ?

— Quasiment dès le début, quand on est partis.

— D'accord. Et que s'est-il passé ensuite ?

— Eh bien, ils ont dit qu'ils avaient envie de quelque chose d'un peu extrême, mais j'ai vu qu'ils n'étaient pas capables de… enfin, que ce n'était pas une bonne idée, étant donné leur niveau et les conditions météo.

J'ajoute cette précision pour souligner que j'ai joué la prudence ; alors que, en vérité, je n'avais aucune envie de m'embarquer avec eux dans une pente qu'ils auraient mis une éternité à descendre, qui plus est en pleine tempête.

— Donc, finalement, je les ai emmenés au Couloir noir. Vous connaissez ?

Le policier acquiesce.

— Officiellement, c'est du hors-piste, poursuis-je, mais on y accède facilement en télésiège et ce n'est pas particulièrement périlleux. Je me suis dit que c'était un bon compromis entre le souhait des clients et leur sécurité.

Aïe, je n'aurais pas dû dire « compromis » et « sécurité » dans la même phrase. Il va me soupçonner d'avoir été trop laxiste alors que ce n'est pas ma faute. Ce n'est pas ma faute.

— Je comprends. À quel moment vous êtes-vous rendu compte que les deux hommes avaient disparu ?

— Ils ont commencé à descendre assez lentement, et j'ai pris la tête du groupe – en hors-piste, c'est plus sûr, surtout par mauvais temps. Ça a posé problème car l'un d'eux était un fou de vitesse, il n'a pas arrêté de me doubler. Alors son frère, qui ne voulait pas se laisser distancer, s'est mis à foncer aussi.

Bien joué. Faire porter une part de responsabilité aux clients. Pas ma faute.

— Cela dit, dans un premier temps, ce n'était pas un problème. Même s'il faisait de plus en plus mauvais, je voyais qu'ils gagnaient en assurance, qu'ils prenaient mieux les virages et s'arrêtaient moins souvent. Seulement j'avais beau leur dire de ralentir et de rester derrière moi, ils allaient de plus en plus vite. Et puis on a atteint un coude, que vous visualisez peut-être. Ils me précédaient toujours, et le temps que je sorte du virage quelques secondes après eux, ils avaient disparu.

Je m'essuie de nouveau les mains. Il faudrait que je sache où l'homme a été retrouvé car je ne suis pas sûr de ce qui s'est passé, quand ça s'est passé, qui était premier, qui était dernier. Je n'en ai aucun souvenir, or je peux difficilement le dire.

— Sachant qu'ils étaient devant, j'ai préféré continuer à descendre pour les rattraper. La plupart des touristes finissent

par attendre, au bout d'un moment. Mais ceux-là étaient… sont frères et j'ai senti de la compétition entre eux, comme je vous l'ai dit, donc j'ai supposé qu'ils avaient essayé de faire la course jusqu'en bas ou un truc dans ce genre-là. Andy, qui travaille avec moi, était là et m'assistait, bien qu'ils n'aient réservé qu'un seul guide.

Je ne dis pas qu'Andy a foncé droit devant, évidemment, ni que j'ai accéléré comme un malade histoire de ne pas perdre la face. Reste à espérer que le type qui a été hospitalisé ne se souvienne pas des circonstances en détail. En supposant qu'il reprenne connaissance, bien sûr. Lorsque je prends le gobelet posé devant moi pour boire un peu d'eau, je remarque que mes mains tremblent. Calme-toi. Calme-toi.

Le policier m'incite à poursuivre.

— Je vois. Et ensuite ?

Quoi, « ensuite » ? Qu'est-ce qu'il a en tête ? Surtout, ne pas paniquer.

— Eh bien, naturellement, nous avons prévenu les secours en suivant la procédure.

— Quand, exactement ?

— Une fois au bas de la pente, étant donné le mauvais temps, j'ai dit à Andy de rentrer au bureau et d'appeler leur chalet pour savoir si quelqu'un les avait vus. Ils n'avaient pas noté le nom précis de leur hébergement dans les formulaires, donc il a fallu d'abord contacter la société par laquelle ils avaient réservé et ça nous a fait perdre du temps.

C'est la faute des clients si nous avons perdu du temps, pas la nôtre.

— En attendant, je suis remonté explorer le versant pour essayer de les repérer, malgré la météo qui empirait.

Ou comment passer plus ou moins pour un héros.

Le policier opine encore une fois.

— Je vois. Et tout ça, ça vous a pris… ?

— Hum… Le temps qu'Andy retourne au bureau… Vingt minutes ?

Beaucoup plus, vu que nous n'avons pas arrêté de tergiverser.

— C'est difficile à dire, poursuis-je, je me préoccupais plus des recherches que de l'heure. En plus, les conditions météo étaient tellement mauvaises que j'aurais eu du mal à consulter ma montre.

Réflexion idiote. Du calme. Du calme.

— Richard, qui travaille chez Powder Puff, a dit qu'il ne pouvait pas l'affirmer avec certitude, mais il pense que vous l'avez appelé vers 17 heures.

Je déglutis avec difficulté.

— Oui, ça me paraît cohérent. Les clients sont arrivés avec quelques minutes de retard, il a fallu monter au sommet de la montagne, puis ils ont bidouillé leurs lunettes et leurs fixations de chaussures pendant une éternité – vous savez comment sont les touristes –, ils ont commencé à descendre très lentement, donc… Oui, 17 heures, ça collerait.

Là, je prends un gros risque. Si le type hospitalisé reprend connaissance, il démentira cette histoire de retard – à dire vrai, nous sommes même partis avec un peu d'avance –, ils n'étaient pas si lents que ça, et Andy et moi avons passé trois quarts d'heure à brasser du vent avant de nous décider à appeler les secours, sans doute même plus longtemps. Entre quarante-cinq minutes et une heure, soit autant de temps qui aurait pu être mis à profit par les pisteurs et les dameurs pour rechercher les disparus avant que la tempête ne se renforce. Des minutes vitales qui auraient peut-être tout changé. Une question de vie ou de mort, au sens propre. J'ai une boule dans la gorge.

Le policier pose son stylo et se cale contre le dossier de sa chaise.

— D'accord. Évidemment, nous devrons examiner les formulaires et vérifier les relevés téléphoniques quand nous les recevrons.

— Oui, bien sûr. Comptez sur moi pour vous apporter toute l'aide dont vous aurez besoin.

Dieu merci, ils ont signé la décharge.

19

Décembre 2020,
La Madière, France
Ria

Je me sens si revigorée et détendue après une nouvelle séance de jacuzzi que je laisse Hugo me faire l'amour avant le dîner, sans même chercher un prétexte pour y échapper.

— J'espère que cette fois, c'est la bonne, soupire-t-il en roulant sur le côté.

— « La bonne », c'est-à-dire ?

— Eh bien, j'espère que tu vas tomber enceinte.

Il s'appuie sur son coude et désigne la fenêtre.

— Regarde, la neige qui tombe dehors, nous deux dans cette chambre sublime… Quel cadre pour concevoir un enfant ! Ce serait une belle histoire à raconter à notre fille. On pourrait l'appeler Neige.

— Beurk, aucun enfant n'a envie de connaître les secrets de sa conception. Et « Neige » ? Laisse-moi rire, on dirait un nom de chaton.

Du bout de l'index, il trace une ligne sur mon ventre.

— D'accord, pas Neige. Mais un prénom qui rappelle l'hiver, dans ce genre-là. Pourquoi pas Winter ? Il y a bien des enfants qui s'appellent Summer. Winter, ça irait pour une fille ?

Il tend le bras en travers du lit, prend l'iPad posé sur ma table de nuit et lance une recherche. Je sens mon cœur qui s'affole.

— Je croyais que tu ne te servais pas de ma tablette.

— Pas souvent, répond Hugo d'un air distrait. Mais j'ai envie de chercher des prénoms et la mienne est en bas. Ah, tiens : Neve, c'est joli. Noelle… Hum, je ne sais pas trop. Alaska. Christmas[1]. Crystal. Bof…

Je reprends mon iPad d'un geste sec en feignant de vouloir regarder, alors qu'en réalité je veux à tout prix éviter qu'il y touche.

— On pourrait peut-être l'appeler Elsa, comme dans *La Reine des neiges*, suggéré-je pour clore la conversation. Mais comment tu peux être sûr que ce sera une fille ?

Simon enfouit son visage au creux de mon épaule.

— Je n'en sais rien. Mais j'espère que notre enfant te ressemblera.

Je lui caresse les cheveux tout en éprouvant presque de la pitié pour lui.

---

1. « Winter », « Summer » et « Christmas » signifient respectivement « Hiver », « Été » et « Noël » en anglais.

20

Décembre 2020,
La Madière, France
Hugo

Malgré ce que Millie a pu dire sur la qualité de ses repas, qu'elle espère toujours équivalente, il est évident qu'elle a redoublé d'efforts pour ce dîner en présence de son patron. Nous dégustons des huîtres en apéritif, un soufflé aux trois fromages en entrée, une espèce de volaille à l'intérieur d'une autre volaille à l'intérieur d'une autre volaille – j'ai l'impression d'être à la cour d'Henri VIII, qui en servait dans ses banquets pour impressionner les souverains étrangers – puis une glace maison extrêmement légère, parsemée de décorations en sucre très travaillées.

Si seulement Olivia pouvait m'accompagner dans ce genre de déplacements… Je suis nul en relationnel et je me demande si ça n'explique pas en partie la perte de vitesse de mon entreprise. La capacité à parler de tout et de rien semble avoir pris beaucoup d'importance dans le monde actuel. Non seulement les chalets Snow Snow seraient un atout pour mon catalogue, mais je dois aussi convaincre Simon d'investir. Autrement dit, il y a beaucoup en jeu, or je ne suis pas dans ma zone de confort, j'en suis conscient et ça ne fait que renforcer mon malaise. Quant à Ria, j'ai beau l'aimer, je sais que je ne peux pas compter sur son professionnalisme, contrairement à Olivia. Au contraire, elle a plutôt l'air d'humeur à ruer dans les brancards, cette semaine. Même si elle n'est jamais contre papoter autour d'un verre, elle ne boit pas autant d'habitude. Je ne sais pas ce qui la travaille, mais je la trouve bizarre en ce moment.

Pour couronner le tout, la soirée pâtit de la présence du propriétaire, Cameron, un blaireau qui n'a rien à voir avec l'homme que j'avais imaginé. Pour être honnête, je m'attendais à ce qu'il me ressemble plus ou moins : un pur produit de l'enseignement privé, éventuellement un héritier d'une société familiale qu'il aurait continué à faire fructifier, ou alors un trader de la City qui aurait décidé d'investir dans des chalets à la montagne.

En réalité, il est parti de rien. Il n'y a rien de mal à ça, au contraire, c'est admirable, mais quel besoin de nous le répéter à tout bout de champ ? Il n'arrête pas de se lancer des fleurs, de souligner combien il travaille dur, d'étaler sa réussite, sa connaissance du secteur, son expérience de la montagne… Bref, j'ai l'impression qu'il sait tout sur tout.

Je me rends compte que j'ai décroché depuis plusieurs minutes, en grande partie parce qu'il est rasoir, mais aussi parce que Millie veille tout particulièrement à ce que les verres soient remplis en permanence.

— … donc j'ai tout de suite su que je voulais me concentrer sur du haut de gamme, du vrai, parce que le tourisme de masse, non merci, fanfaronne Cameron. Ça, c'est pour les gens qui veulent jouer aux riches sans en avoir les moyens. Je me suis saigné pour mon premier chalet et, au début, je m'occupais de tout, des transferts depuis et vers l'aéroport, du ménage et de la cuisine. C'est le genre de prestations sur mesure dont les clients raffolent, ce n'est pas bien compliqué à mettre en place, donc je me suis dit que j'allais capitaliser là-dessus. Reste à trouver le bon personnel, j'y investis beaucoup d'énergie ; seulement voilà, c'est ça, être chef d'entreprise. Heureusement, on déniche des gens fiables, pour peu qu'on ait un processus de recrutement rigoureux et qu'on paie un salaire correct, comme moi. En tout cas, j'ai eu de la chance de trouver Millie.

Celle-ci le ressert en vin avec un sourire crispé.

— J'espère qu'elle s'occupe bien de vous, ajoute Cameron.

— Elle est merveilleuse ! On me propose la même à la maison, je ne dis pas non ! s'exclame Simon.

Je frémis intérieurement tandis que Cass, écarlate, joue avec sa fourchette tout en feignant de ne pas être touchée par le commentaire de Simon. Celui-ci aurait bien besoin d'une personne comme Olivia pour le recadrer, parce que ce genre de remarque pourrait lui valoir quelques ennuis.

Me souvenant de ce que m'a dit Ria sur le mal-être de Cass, je m'emploie à détourner la conversation de Millie.

— Tu possèdes combien de chalets aujourd'hui, Cameron ?

— Cinq à La Madière – c'est ici que j'ai commencé, et ça reste ma station préférée – et quinze autres chalets un peu partout dans les Alpes. Tous haut de gamme, mais de styles très différents : certains modernes, d'autres rétros, certains gigantesques, d'autres minuscules – enfin, « intimes », comme on dit dans le milieu –, mais toujours avec des prestations au top.

— En tout cas, nous passons une excellente semaine à La Madière, souligné-je. C'est Ria, ma femme, qui a suggéré ce chalet. Si j'ai bonne mémoire, elle le connaissait pour y avoir organisé des rencontres dans le cadre de son entreprise d'événementiel.

— Ouaip, articule difficilement Ria en tendant son verre à Millie, bien qu'elle ait déjà largement assez bu. Des rencontres trèèèès sympas.

Je la fusille du regard, mais elle est trop occupée à chuchoter à l'oreille de Matt. Lors du moment que nous avons partagé là-haut avant le dîner, je me suis senti de nouveau proche d'elle, pour la première fois depuis longtemps. Je me suis pris à espérer un changement, j'ai cru qu'elle serait capable de faire un effort le temps d'une soirée, vu que Cameron est là et qu'il pourrait contribuer à relancer mon activité. Mais non, elle boit tellement que ça en devient gênant et en plus, elle flirte avec ce Matt. Pris d'un coup de chaud, je ressens soudain le besoin de sortir. Seulement je me lève trop vite, je donne un coup dans la table et au moins quatre verres se renversent, répandant du vin rouge sur la nappe d'un blanc immaculé.

— Merde ! Euh, pardon, désolé.

Je redresse les verres tandis que Millie, munie de feuilles d'essuie-tout et de torchons, entreprend de tamponner les taches.

— Ce n'est rien, ne vous inquiétez pas, dit-elle. Si tout le monde a terminé, ce serait peut-être plus simple que je débarrasse. Je vous propose de passer au salon pour continuer au vin ou prendre un digestif.

— Ben voilà ! Ma petite Millie, toujours au taquet, dit Cameron.

Il m'assène une tape sur l'épaule en passant, puis prend l'un des verres de vin encore remplis et le vide d'un trait.

— Il n'y a rien de grave, Hugo, surtout ne te bile pas. C'est pour ça qu'on vient ici, quand on est plein aux as : on peut foutre le bordel et laisser le personnel nettoyer après.

J'essaie de réconforter Millie du regard, mais elle s'active pour nettoyer. Même moi qui ne suis pas doué pour le relationnel, je suis effaré par Cameron.

Pendant que les autres vont s'installer au salon, j'ouvre la porte d'entrée avec l'intention de m'aérer, mais je me ravise aussitôt car le vent souffle encore plus fort que tout à l'heure et la neige tombe quasiment à l'horizontale. En retournant au salon, je retrouve tout le monde vautré sur les fourrures qui recouvrent les canapés. Simon raconte une blague interminable et certainement graveleuse à Cameron, sous le regard gêné de Cass. Quant à Ria, elle est assise bien trop près de Matt à mon goût et vide d'un trait un énième verre de vin qui était rempli à ras bord, alors qu'elle est peut-être enceinte.

Millie revient et nous ressert.

— Cameron, je viens de recevoir un appel de la compagnie de taxi : celui qui devait venir vous chercher est bloqué dans une congère. Ça ne vous dérange pas de patienter ? À vrai dire, je ne suis pas sûre que vous ayez le choix.

— Il y a bien une chambre d'amis où Cameron pourrait s'incruster, Millie ? s'écrie Simon. Ce serait dommage de se séparer maintenant.

— Cameron, vous voulez que je prépare le lit sous les combles pour dépanner ? demande Millie. Enfin, si personne n'y voit d'objection.

Cameron agite la main avec impatience.

— J'attendrai le taxi, je ne suis pas pressé de partir. Pas impossible que je marche, d'ailleurs. Il n'y en a pas pour longtemps et ce sera l'occasion de prendre l'air.

— C'est vous qui voyez mais il fait très mauvais dehors, souligne Millie. Je ne serais pas étonnée que le taxi ne puisse pas venir du tout. Je prépare le lit là-haut au cas où.

— Merci, trésor.

Millie a beau garder le sourire, je suis sûr de la voir se raidir légèrement.

— Je vous laisse avec le vin et les digestifs ; et si vous n'avez besoin de rien d'autre, je vais me coucher, annonce-t-elle. Je prévois le petit déjeuner à quelle heure demain matin ?

Simon consulte sa montre.

— Oh là là, il est tard ! Vers 9 heures ? Comme ça, si on ne traîne pas, on pourra retrouver notre guide à 10 heures.

Millie acquiesce.

— Entendu. À demain, alors.

En entendant Ria s'esclaffer à une réflexion de Matt, je me lève.

— Si vous voulez bien m'excuser, je suis assez fatigué et j'aimerais aller me coucher. Cameron, enchanté d'avoir fait ta connaissance.

Je mens, je suis tout sauf enchanté.

— Je t'appellerai à mon retour au bureau la semaine prochaine et nous pourrons discuter de la suite, si ça te va. Je peux demander à mon assistante de contacter la tienne pour convenir d'un rendez-vous téléphonique ?

— Ouais, bonne idée, répond Cameron en venant me serrer la main. Idéalement, j'aimerais te montrer d'autres chalets plus tard dans la semaine pour que tu aies une vue d'ensemble de notre offre. Elle serait un atout pour ton catalogue.

Il vacille et me regarde en plissant les yeux ; il semble avoir du mal à se concentrer.

— C'était un plaisir de vous rencontrer, toi et ta charmante femme.

— Plaisir partagé, Cameron, balbutie Ria d'un ton ouvertement moqueur.

Je suis tellement énervé que je dois me retenir de la gifler. Cameron est odieux, mais quand même ! Elle sait combien c'est important pour moi. Pour nous deux.

Je monte dans la chambre et me vautre sur le lit. Alors que, contrairement aux autres, j'ai décidé que je lèverais le pied sur l'alcool cette semaine, j'ai la tête qui tourne et je sens poindre une migraine.

Je me hisse péniblement du lit pour aller dans la salle de bains, où je trouverai certainement des antalgiques. Tandis qu'un rire gras s'élève du rez-de-chaussée, je déniche une plaquette de paracétamol dans ma trousse de toilette, mais elle est vide. Ça y est, la douleur devient pulsatile. J'ouvre la trousse à maquillage de Ria, dont émane son parfum, je me dis qu'elle a certainement prévu le coup et je fouille parmi les petites boîtes, les pinceaux et les rouges à lèvres. J'aimerais qu'elle me rejoigne, ainsi je serai sûr qu'elle ne me mettra pas encore plus dans l'embarras. Il faut que Cameron soit partant, tout comme il faut que Simon décide d'investir dans mon entreprise. Cela dit, ce soir, il boit plus que tous les autres, y compris Ria, donc il est peut-être inutile que je m'en inquiète pour l'instant. Mes doigts rencontrent enfin un objet qui ressemble à une plaquette de comprimés. Je le sors de la trousse à maquillage.

Ce n'est pas du paracétamol.

21

Décembre 2020,
La Madière, France
Ria

Simon et Cameron enchaînent les shots ; entre eux, c'est à qui a la plus grosse – au sens figuré, heureusement. Je ne comprends pas ce besoin qu'ont les hommes de jouer les coqs de basse-cour. Pauvre Hugo, il est complètement à côté de la plaque. Ça m'arrange qu'il soit monté se coucher, plutôt que de rester au salon et passer son temps à me fusiller du regard. Qu'il aille se faire foutre.

Millie semble s'être retirée pour la soirée. Loge-t-elle dans le chalet avec nous ? J'imagine que oui, du moins pour cette nuit, car qui voudrait mettre le nez dehors par un temps pareil ? D'ailleurs, il se pourrait que Cameron passe la nuit ici, autrement dit on n'est pas près de se débarrasser de lui, hélas. Matt et moi occupons un canapé moelleux niché dans un coin du salon. La pièce tourne légèrement ; le vin était excellent, ce soir. Je n'avais aucune envie de passer cette semaine ici, mais au moins, ce qu'on nous sert à boire et à manger est délicieux. Je saisis la bouteille que Millie nous a laissée et je remplis mon verre. Après m'être affalée de nouveau sur le canapé, je ferme les yeux et je laisse ma tête dodeliner vers Matt jusqu'à ce qu'elle repose sur son épaule. Simon et Cameron ne nous prêtent pas attention.

— On va toujours skier demain ? murmuré-je à l'intention de Matt.

Je déplace ma main afin qu'elle se retrouve près de son entrejambe, l'air de rien, comme par accident. Je sens qu'il n'est pas indifférent.

— Vous êtes sûre de vouloir skier par ce temps ? demande-t-il en se décalant légèrement vers moi.

Je lève la tête pour regarder par la baie vitrée qui occupe l'autre extrémité du salon. Une lampe extérieure éclaire la neige qui n'en finit plus de tomber.

— Peut-être pas, soupiré-je. Qu'est-ce que vous en pensez ?

— Si je peux éviter…

Il masque son entrejambe à l'aide d'un coussin et vient à la rencontre de ma main.

— J'ai d'autres activités qui me viennent à l'esprit, ajoute-t-il.

J'ouvre sa braguette et enroule mes doigts autour de son sexe en érection tout en le regardant droit dans les yeux.

— Moi aussi, chuchoté-je. Je vais essayer de m'éclipser.

De mon autre main, je lui passe mon téléphone.

— Entrez votre numéro et je vous enverrai un texto. Hugo a prévu d'aller skier histoire de se faire bien voir de Simon, donc on arrivera peut-être à… à se voir pour un café ou autre.

Je bouge ma main et constate qu'il peine à se concentrer tandis qu'il enregistre son numéro dans mon portable.

— Entendu, glisse-t-il, le souffle court. Voilà. Vivement demain pour un café ou… ou autre. Je crois que vous devriez arrêter sinon…

Après une dernière caresse, je retire ma main. Matt étouffe un gémissement.

— J'ai hâte de vous voir demain. Pour un café ou autre. Et maintenant, je ferais mieux d'aller me coucher.

Après avoir monté l'escalier en titubant, j'ouvre la porte de la chambre le plus doucement possible pour ne pas réveiller Hugo, qui doit m'en vouloir d'avoir trop bu. Ce moment avec Matt m'a émoustillée, mais je suis ivre, fatiguée et je me passerai facilement de ses baisers baveux – je ne suis pas excitée à ce point.

Au moment où je pousse la porte, je vois que la lumière est allumée. Hugo est assis sur le lit, dos à moi, et fixe la neige qui tombe à présent si dru qu'elle dessine comme des diagonales blanches.

— Hugo ? Ça va ?

J'articule du mieux que je peux pour éviter d'énièmes reproches sur la quantité d'alcool que j'ai bue et mon incapacité à endosser le rôle de l'épouse parfaite de l'entrepreneur parfait.

— Je sais que j'ai abusé du vin, mais franchement, il faut bien ça pour supporter les conversations de ces deux branleurs. Au fait, je mettrais ma main à couper que Cameron demandera à travailler avec toi. C'était l'objectif, après tout. Quant à Simon, il va investir, donc tout va…

Hugo se lève lentement et se tourne vers moi. J'arrête de parler. Je ne l'ai jamais vu aussi furieux.

— Ce n'est pas le problème, répond-il, la mâchoire serrée. Même si, en effet, tu as trop bu, encore une fois. J'ai trouvé ça.

Il balance quelque chose sur le lit.

J'ai la tête qui tourne, si bien que je dois plisser les yeux pour distinguer le petit objet qui a atterri sur l'édredon en fourrure.

C'est une plaquette de pilules contraceptives. La mienne.

Oh, merde.

— Qu'est-ce qui t'a pris de fouiller dans mes affaires ? demandé-je, choisissant une approche défensive. Je suis sûre que tu as touché à mon iPad l'autre jour !

Soudain dégrisée, j'essaie de rejeter la faute sur Hugo. Je parie que c'était lui. Quelqu'un a lu mes e-mails, j'en suis sûre.

— Je ne fouillais pas dans tes affaires ! crie Hugo.

Je vacille légèrement, tout en portant une main à mes lèvres pour réprimer une terrible envie de glousser.

— Chut, les autres vont nous entendre. Tu ne voudrais pas contrarier Simon, quand même ? chuchoté-je avec exagération.

Hugo prend une profonde inspiration.

— Je croyais que tu voulais tomber enceinte, dit-il doucement, en s'efforçant de rester calme. On en a discuté. Donc pourquoi tu prends la pilule en cachette ?

À mon tour d'inspirer à fond.

— En effet, on en a discuté. Seulement c'est ce que tu veux *toi*. Pas moi. Je ne suis pas prête.

Je m'affale de tout mon long sur le lit et ferme les yeux. J'ai la tête qui tourne, je suis trop ivre pour avoir cette conversation maintenant. En sentant qu'Hugo me saisit les mains et me tire vers lui pour me forcer à me redresser, je rouvre les yeux.

— Oh non, lance-t-il, tu ne vas pas t'en tirer aussi facilement. On va en parler ici et tout de suite. Je me fiche que tu aies trop bu. Si tu ne te sens pas prête à fonder une famille, pourquoi tu ne me l'as pas dit ?

— Parce que je ne voulais pas te décevoir, prétends-je. Parce que, visiblement, tu meurs d'envie d'avoir des enfants, et je n'ai pas eu le cœur de refuser. Je me suis dit que ce serait plus facile de faire semblant.

C'est une demi-vérité, j'ai effectivement cru que ce serait une solution, mais ce n'est pas si simple. Ma situation est telle que je ne peux pas me permettre que Hugo me quitte ; qu'il décide que, finalement, je ne suis pas une femme pour lui. L'enjeu est trop important, je n'ai pas eu d'autre choix que d'agir ainsi. Seulement, il est hors de question d'en parler à Hugo.

Son visage s'adoucit.

— Oh, Ria, c'est trop bête. Bien sûr qu'on peut attendre. On a le temps. Bon, pas tout le temps du monde, mais quand même. Tu aurais dû me le dire. C'est toi que je veux. Ton bonheur, c'est tout ce qui m'importe.

Je me force à sourire.

— Pareil pour moi. Mais je ne veux pas de bébé. Pas maintenant.

Il me caresse le visage tout en restant sur la retenue. Il y a quelque chose qu'il ne me dit pas.

— D'accord, ma chérie. On peut attendre un an ou deux mais, tu sais, on ne rajeunit pas. Je vais te chercher un verre d'eau et ensuite, je crois que tu devrais dormir.

À mon réveil, j'ai la migraine, la bouche sèche, et Hugo n'est pas là. Je suppose qu'il est déjà descendu prendre le petit déjeuner, à moins qu'il ne m'évite à cause d'hier soir et de cette histoire de pilule. Il est contrarié, forcément, mais il finira par s'en remettre. Au bout du compte, il m'aime, j'en ai la certitude. Je regarde ma montre : presque 9 heures.

Matt et moi nous sommes mis d'accord, mais sur quoi, déjà ?

Ah oui, un texto. Je dois lui envoyer un texto. Je m'extirpe du lit et j'ouvre les rideaux, pour tomber sur une masse blanche. La couche de neige qui recouvre l'avant-toit situé sous la chambre est tellement épaisse qu'elle bloque la fenêtre, et j'entends le vent qui rugit.

J'espère que les garçons iront quand même skier histoire que Hugo ne me colle pas aux basques toute la journée, mais c'est peu probable.

Après avoir pris une douche brûlante, je me traîne jusqu'au salon. Je suis surprise de voir que Matt est déjà là et je sens le rouge me monter aux joues. Quant à Hugo, il est à table, apparemment plongé dans la lecture d'un journal français dont il ne lève pas le nez alors qu'il m'a entendue entrer, j'en suis sûre. Il faut croire que je ne suis pas encore pardonnée.

Je m'assieds sur la chaise voisine et lui touche doucement la main.

— Bonjour.

— Bonjour, répond-il avec un bref regard, avant de retourner à son journal.

— Les autres ne sont pas levés ?

— Il faut croire.

Millie entre.

— Bonjour, Ria. De quoi avez-vous envie ce matin ? Des œufs ?

Rien que d'y penser, j'ai un haut-le-cœur. Hugo toussote.

— Hum… Non merci, Millie, réponds-je. Des pancakes, ce serait possible ?

Elle acquiesce.

— Pas de problème. Avec du sirop d'érable, de la mélasse ? Ou alors je peux vous préparer une sauce au chocolat.

— Du sirop d'érable, s'il vous plaît, ce sera parfait. Merci.

Hugo s'obstine à garder le nez sur son journal. Il n'a que quelques vagues notions de français – je le parle nettement mieux que lui –, donc il fait forcément semblant de lire. Je surfe vaguement sur mon téléphone, curieusement mal à l'aise dans le silence qui s'installe. Si Cass ou Simon pouvaient descendre, ça m'arrangerait. À moins qu'ils ne soient déjà sortis ? Il y a peu de chances. Je vois mal Cass se lever aux aurores pour aller se promener, surtout par un temps pareil.

— Tu vas toujours skier avec Simon aujourd'hui, Hugo ? hasardé-je.

— À voir, répond-il d'un ton sec. Je n'ai pas encore croisé Simon, et d'après Matt, les remontées mécaniques ne vont peut-être pas ouvrir.

Je m'efforce de masquer ma frustration : je ne vais pas pouvoir m'isoler avec Matt si Hugo ne sort pas de la journée.

— Ah bon ? La météo est mauvaise à ce point ?

— Il faut croire, dit-il sans m'accorder un regard. J'imagine ta déception, ajoute-t-il d'un air pincé.

Je m'apprête à répondre – je ne sais quoi exactement – lorsque Millie revient et pose devant moi une énorme pile de pancakes et du sirop dans un pichet blanc. Je le touche : il est chaud.

— Ça a l'air excellent, Millie. Merci.

Elle sourit.

— Je vous en prie, Ria. Puis-je vous servir autre chose ? Café ? Thé ? Jus d'orange pressé ?

— Je veux bien un thé à la menthe, s'il vous plaît.

Hugo claque de la langue, car il sait que c'est mon remède à la gueule de bois. Je l'ignore et me tourne vers Matt.

— Hugo dit que les remontées mécaniques vont peut-être rester fermées aujourd'hui ?

Il esquisse une grimace.

— Ce n'est pas exclu, malheureusement. Est-ce que vous avez entendu la nouvelle ?

Hugo lève la tête.

— Quelle nouvelle ?

— On a trouvé un cadavre.

Deuxième partie

22

Décembre 1998,
La Madière, France
Louisa

Je ne suis jamais partie aux sports d'hiver. Forcément, quand on grandit dans un logement social, ce n'est pas une occasion qui se présente tous les jours. Depuis que je suis entrée à Oxford l'année dernière, j'ai pris l'habitude de passer tout cela sous silence. Mes voyelles se sont arrondies, je prends soin de détacher chaque syllabe (« déjeuner » au lieu de « déj'ner », par exemple), je ne dis plus que je vais aux toilettes mais que je vais me repoudrer le nez. Ce n'est pas volontaire, j'ai pris le pli naturellement. Maman me taquine là-dessus quand je rentre à la maison, elle dit qu'elle va devoir acheter de la belle vaisselle en porcelaine, mais je sais qu'elle ne m'en veut pas. Elle m'a élevée toute seule et elle est très fière de moi – je suis même la première personne de son entourage à aller à l'université. Et moi, je suis de ceux qui essayent toujours de se fondre dans la masse. De se faire passer pour quelqu'un d'autre. J'ai toujours été comme ça.

Évidemment, ce n'est pas moi qui ai proposé ce séjour au ski, ni Will, d'ailleurs. C'était l'idée d'Adam, son frère.

— Alors, qu'est-ce que tu en dis ? Tu viendras ?

Will et moi étions dans sa chambre, sous la couette, nus comme des vers. Je me suis redressée et j'ai enfilé un t-shirt.

— Avec toi et Adam ? Je ne suis pas sûre. Je ne voudrais pas gâcher vos retrouvailles.

Will a passé la main sous mon t-shirt et caressé mon sein gauche.

— Ça ne risque pas. Adam est peut-être mon frère, mais je le supporte mieux quand il y a d'autres personnes pour faire tampon. On finirait certainement par s'entretuer, si on passait une semaine seuls tous les deux. Et puis il sera avec sa copine, donc si tu te joins à nous, ça équilibrera.

Il a soulevé mon t-shirt et approché sa tête de ma poitrine pour me suçoter un téton. Puis il s'est assis et m'a regardée droit dans les yeux en me caressant la joue.

— S'il te plaît, Louisa. Je serai vraiment content que tu viennes.

Louisa. Avant d'entrer à Oxford, je m'appelais simplement Louise. J'esquisse une grimace.

— Tu sais que je ne suis jamais montée sur des skis ?

À ces mots, Will a bondi hors du lit.

— Et alors ? On s'en fiche ! Quand on part aux sports d'hiver, le ski, c'est accessoire. Il y a les paysages, la fondue, le vin chaud, l'alcool… et le sexe, bien sûr.

En le voyant gigoter le bassin, j'ai éclaté de rire. Puis il est venu se blottir contre moi comme un petit chiot.

— Là-bas, si j'arrive à te laisser sortir du lit, je pourrai t'apprendre à skier, si tu veux. Viens, s'il te plaît ! On passera une super semaine.

— C'est d'accord, ai-je répondu en lui caressant les cheveux.

Tout de suite, je me suis demandé où j'allais trouver l'argent, avant de chasser cette idée de mon esprit lorsque Will s'est remis à m'embrasser.

Si je n'y connais rien en ski, à part ce qu'il m'est arrivé de voir dans les émissions sportives du dimanche, j'avais des attentes vis-à-vis du chalet, qui ne correspondent du tout à la réalité. Alors que j'imaginais un hébergement de luxe avec fourrures, bois blond et vue sur les pistes, il est correct, certes, mais à mi-chemin entre un hôtel basique et une résidence universitaire. Quand Will m'a annoncé le prix du séjour, j'ai paniqué : jamais je n'allais trouver une somme pareille sur mes différents comptes, qui étaient déjà largement à découvert. Je ne lui ai pas dit que je n'avais pas les moyens – avec les gens de la fac, je reste toujours discrète sur les questions d'argent –, mais il a fini par s'en douter. Sentant que je risquais finalement de ne pas venir, il a proposé de me payer le voyage en guise de cadeau de Noël.

— Je n'en profiterai pas sans toi, a-t-il dit. En fait, je me tâte même à annuler : je ne vais pas payer pour avoir le privilège de tenir la chandelle entre mon frère et sa copine. Donc si je te paie le séjour, j'y gagne aussi. Tu me rendrais service en venant.

Je ne savais pas si c'était vrai, en tout cas j'ai trouvé ça très gentil de sa part. Parfois, je me dis que Will m'aime vraiment.

Quand il a dit que nous séjournerions dans un chalet, j'ai cru qu'il n'y aurait que nous deux, Adam et sa copine dans une maisonnette en bois, que quelqu'un serait là pour préparer nos repas, mais pas du tout. Il y a une bonne soixantaine de clients et les chambres se résument à un lit double, une armoire et une salle de bains minuscule, un peu comme dans les campus modernes. Le rez-de-chaussée comporte un salon avec une cheminée et des skis en bois accrochés au mur, ainsi qu'une salle à manger anonyme et purement fonctionnelle.

C'est notre premier soir sur place. Je ne connaissais pas Nell, la copine d'Adam, mais elle ressemble aux deux frères : elle est à l'aise avec les sports d'hiver et maîtrise le jargon. Contrairement à moi, rien ne l'oblige à jouer un rôle. Bien que l'hôtel ne soit pas haut de gamme, loin de là, j'ai l'impression d'être une imposture. Tous les trois parlent de leur dernier séjour au ski et je finis par décrocher, faute de pouvoir participer à la conversation. Je caresse la nuque de Will, je fais doucement courir mes doigts sur le pourtour de son oreille – je sais que ça lui plaît – pour essayer d'attirer son attention.

Avec succès.

— Louisa n'a jamais skié, dit Will. J'ai hâte de lui apprendre.

— Oh là là, c'est vrai ? s'exclame Nell avec condescendance. Fantastique ! Je me souviens à peine de la première fois que je suis montée sur des skis – je devais avoir trois ans. La légende familiale veut que j'aie pleuré toutes les larmes de mon corps.

— Espérons que ça se passe mieux pour Louisa, dit Adam en me décochant un clin d'œil.

— Je n'en doute pas une seconde, assure Will en me prenant la main. Je suis sûr qu'elle a ça dans le sang. Et je serai aux petits soins pour elle, de toute façon.

Tous les vêtements que j'ai apportés, je les ai empruntés à ma seule amie d'enfance qui skiait – je crois me souvenir qu'elle avait été repérée toute petite sur une piste artificielle et que son potentiel lui avait valu de décrocher une bourse européenne. Rien qu'en préparant mes bagages, je n'en revenais pas de la quantité d'affaires à prévoir. Pourquoi a-t-on besoin de gants intérieurs et extérieurs ? Pourquoi autant d'épaisseurs ? Est-ce que je suis vraiment obligée de porter ces drôles de collants ? Pourquoi porter une salopette aussi rembourrée, qui donne l'impression qu'on est obèse ? Ce tour de cou, à quoi ça sert ? Est-ce que je dois porter un bonnet ou plutôt un bandeau qui couvre les oreilles ? Le bandeau, ça ne fait pas trop années 1970 ? Pourquoi il faut prévoir un masque de ski *et* des lunettes ? Comment je saurai lequel des deux je dois porter et quand ? À la maison, lorsque j'ai essayé tout cet attirail et que je me suis regardée dans la glace, je me suis fait l'effet d'un Bonhomme Michelin. Puis j'ai tout retiré en quatrième vitesse parce que j'étais en train de me liquéfier. Et encore, il manquait les chaussures, les skis et les bâtons, qu'il faut louer sur place et qui représentent un budget non négligeable. Comme il est hors de question que Will paie tout, j'ai augmenté mon plafond de découvert. J'étais complètement perdue dans le magasin de location et je me suis laissé guider. Adam et Will ont longuement débattu de la taille de skis la plus adaptée ainsi que du réglage de mes fixations, sans que je voie ce dont il était question.

À cause de tout cet équipement, on met une éternité à se préparer le matin. Le petit déjeuner est servi à 8 heures – on n'est pas censés être en vacances ? – par de jeunes gens qui portent tous un polo flanqué du logo de l'hôtel. Au menu : du pain, des croissants, de la confiture, du Nutella, du beurre bizarre sans sel, des céréales dans des grandes boîtes en plastique, des œufs durs caoutchouteux et j'en passe. Je ne mange quasiment rien, je suis trop stressée.

Quant à Nell, on dirait une princesse qui passe ses vacances annuelles à la montagne. Elle porte une salopette beaucoup plus ajustée et moins matelassée que la mienne, ainsi qu'une doudoune à la taille cintrée que souligne une ceinture dorée. En comparaison, mon anorak orné de motifs géométriques de toutes les couleurs paraît à la fois criard et démodé, pour ne pas dire ringard – enfin, encore plus qu'il ne l'est déjà.

— Louisa, ça alors ! s'exclame-t-elle. J'adore ton look rétro !

Je lui adresse un sourire crispé tandis qu'elle se penche vers Will et moi pour nous embrasser sur la joue. Mes vêtements ne sont pas rétros, ils sont vieux, et je parie que Nell le sait.

— Adam n'est pas encore levé ? demande Will.

Nell verse du miel, des flocons d'avoine et du fromage blanc dans un bol et mélange le tout.

— Si, il est debout, il arrive. On partira juste après le petit déjeuner pour profiter du beau temps. J'ai entendu dire que ça allait se couvrir à partir d'après-demain.

Je regarde par la fenêtre : le ciel est d'un bleu étincelant. Dans cette salle à manger, l'atmosphère est irrespirable, j'ai trop chaud. Je me dis que j'ai peut-être mis trop d'épaisseurs, mais si je pose la question, Nell va me prendre pour une idiote. Il ne peut pas faire aussi froid dehors avec un soleil pareil.

Will me prend la main.

— Alors ? Tu es prête ?

J'acquiesce.

— On ne peut plus prête.

En sortant de la salle à manger, nous croisons Adam.

— Tu es sûr de ne pas vouloir réserver un moniteur pour Louisa ce matin ? demande-t-il. C'est difficile d'initier quelqu'un qui débute complètement.

Je remarque que le visage de Will s'assombrit.

— Ça va aller. J'ai envie d'apprendre à skier à ma copine.

Adam assène une claque sur l'épaule de Will.

— C'est ça. J'ai surtout l'impression que ça te chiffonnerait de la laisser passer toute une journée avec un beau Jean-Louis aux fesses parfaites.

— Ne dis pas n'importe quoi, rétorque Will.

Adam feint l'effarement.

— Oh là lààààà, je plaisantais ! Allez, profitez bien. Toi, Louisa, sois prudente et veille à ce que Will s'occupe correctement de toi.

— Compte sur moi ! lancé-je avec un grand sourire en espérant ainsi détendre l'atmosphère.

Adam peut être agaçant, mais pour le coup, je trouve que c'est Will qui prend la mouche.

Il ne desserre pas les dents alors que nous récupérons notre équipement au vestiaire, une pièce miteuse qui sent les pieds et dont le sol en ciment n'est que vaguement camouflé par des plaques de mousse déchirées. Non seulement les chaussures de ski sont ce qu'il y a de plus inconfortable au monde, mais je mets une éternité à les enfiler. Will, lui, est prêt en deux minutes et attend, assis sur un banc, le regard dans le vide, alors que je me débats pour glisser un premier pied dans l'espèce de grosse botte.

— Ça va ? finis-je par lui demander. Tu ne dis rien.

Maintenant que j'ai enfin réussi à caser mon talon, j'essaie de comprendre le fonctionnement des boucles et crochets en tout genre.

Will se tourne vers moi et sourit.

— Désolé. C'est juste que mon frère a le don de m'énerver, parfois.

— Il y a pire, dis-je en soufflant. Je le trouve même plutôt drôle dans son genre. Je peux difficilement juger étant donné que je suis fille unique, m'empressé-je d'ajouter – sinon Will va croire que je prends le parti d'Adam –, mais j'ai l'impression que les tensions sont inévitables au sein d'une fratrie.

Will hausse les épaules.

— J'imagine. Il veut toujours avoir le dernier mot et il adore me rabaisser. C'est comme ça depuis toujours et je ne vois pas pourquoi il changerait. Et puis…

Il laisse sa phrase en suspens.

— Et puis quoi ?

— Je lui en veux de me tourner en ridicule devant toi. C'est purement gratuit.

Il fuit mon regard et se penche en feignant d'ajuster une lanière sur sa chaussure. Remarquant qu'il rougit, je lui tapote le genou.

— Il ne faut pas que tu t'inquiètes pour ça. Je te promets de ne prendre aucune de ses piques au sérieux. Bon, allons-y. Il est temps que je me donne en spectacle sur les pistes.

Le temps d'arriver en bas d'une petite pente délimitée par un grillage, je suis déjà épuisée et j'ai fait tomber mes skis plusieurs fois. En plus, alors que nous n'avons pas parcouru plus d'une centaine de mètres, je meurs de chaud et je sens la sueur qui s'accumule sous mes aisselles et coule le long de mon dos. Je savais que j'étais trop couverte.

— Et voilà, ton tapis volant est avancé, annonce Will en désignant une espèce d'escalator plat qui monte jusqu'en haut de la colline.

Un tapis volant ? On est loin des *Mille et Une Nuits*, songé-je en voyant monter dessus des enfants qui ressemblent à des petits bibendums. Certains sont suivis par des hommes en anorak rouge, sans doute des moniteurs.

— Ça fait rêver, lancé-je avant de me forcer à sourire pour cacher ma bougonnerie. Ce n'est pas réservé aux moins de cinq ans ? Tu es sûr que j'ai le droit de l'utiliser ?

Will sourit.

— Mais oui. Je voulais que tu t'échauffes un peu ici avant de t'infliger le tire-fesses.

Ça y est, je panique. « Le tire-fesses » ? Ce mot ne me dit rien qui vaille. Qu'est-ce que c'est que cet engin ?

— Tu peux préciser ?

— C'est un autre type de remontée mécanique, mais ne t'inquiète pas, tu vas vite prendre le pli. On va y aller progressivement, d'accord ?

Il désigne d'un mouvement de tête le tapis roulant qui ne m'inspire aucune confiance.

— On y va ?

Will me précède pour que je voie comment m'y prendre. À vrai dire, ce tapis roulant n'a rien de sorcier ; je me souviens vaguement d'être montée sur un truc similaire les rares fois où j'ai mis les pieds dans un aéroport, sauf que celui-ci est légèrement incliné. Je panique quand même à l'approche du sommet parce que je ne sais pas comment descendre, mais je garde mes skis bien parallèles conformément à la consigne de Will. À l'arrivée, celui-ci me prend la main pour que je m'écarte et que je ne gêne pas les autres skieurs.

C'est après que ça se corse, lorsque Will m'explique que je dois descendre la pente avec les skis en « chasse-neige ».

— Regarde ! Tu joins les spatules et tu écartes les talons. Tes skis forment un V, comme l'avant d'un chasse-neige, tu vois ? m'explique-t-il comme si j'avais six ans.

Il dit aussi que je dois rentrer les fesses et transférer mon poids d'un côté puis de l'autre pour tourner, mais je n'écoute pas vraiment. J'ai déjà décrété que le ski, ce n'est pas pour moi. C'est un sport de riche, qu'il faut avoir appris tout petit comme les enfants sur cette pente, sinon c'est trop tard.

Je regrette déjà d'être venue, mais je ne peux décemment pas le dire après tous ces kilomètres parcourus, et encore moins à la personne qui m'offre le séjour. Alors j'essaie de garder le sourire, je mets mes skis en V et je descends la pente en suivant Will qui skie à reculons, tourné vers moi. Je m'arrête très souvent, je tombe à deux reprises, mais à chaque fois, il m'aide à me relever avec un grand sourire. Finalement, ce n'est pas si terrible.

— Bravo ! s'écrie Will lorsque nous atteignons enfin le bas de la descente.

Il applaudit et sautille partout, sous les regards amusés d'enfants juchés sur des skis alors qu'ils sont tout juste en âge de marcher.

— Très impressionnant !

Il ment mais avec enthousiasme, je dois le reconnaître.

— On se la refait et on tente une verte ?

Une verte ? Qu'est-ce que c'est que ça ? On ne va quand même pas skier sur du gazon ?

— D'accord, on recommence, réponds-je sans demander plus de précisions. Et puis on essaiera la verte.

Il s'avère qu'une « verte », c'est une piste verte, le niveau le plus facile mais tout de même un cran au-dessus de la pente que je viens de descendre. Et là, plus de tapis roulants ; à croire qu'ils sont réservés aux pentes pour les vrais débutants, histoire de leur donner une fausse impression de sécurité.

Dans un premier temps, je suis soulagée d'apprendre que nous allons rallier le sommet de la montagne dans un appareil qui s'appelle une bulle, parce que ça a l'air sympa. Et puis je constate qu'il s'agit d'une espèce de téléphérique qui, détail alarmant, ne s'arrête pas pour laisser aux gens le temps de monter. Non, on doit avancer comme on peut avec ces fichues chaussures de ski qui rendent la marche impossible, trimballer les skis et les bâtons encombrants comme pas permis – idéalement sans cogner les gens autour –, puis guetter un espace dans la foule et se jeter dans la cabine, sous peine de rester à quai.

Après que trois bulles sont passées sans que nous ne puissions monter – pourtant, nous sommes tout devant – je finis par arriver à sauter dans la suivante, ou plutôt à y basculer parce que Will m'y pousse. Je finis les quatre fers en l'air, tandis que mes skis tombent par terre dans un grand fracas – tant pis pour la discrétion. Will m'aide à me relever tandis que deux adolescents ramassent mes skis et me les tendent avec un bref « *Tenez, madame*[1] » assorti de regards méprisants.

1. En français dans le texte.

Lorsque la cabine entame son ascension, je contemple d'un air morne le magnifique paysage de montagnes qui se détachent sur un ciel bleu pur, sans aucun nuage. Ça ne se passe pas comme je l'espérais. Je savais que nous irions skier, évidemment, mais je pensais qu'une journée type se déroulerait comme suit : grasse matinée, partie de jambes en l'air, petit déjeuner copieux servi par de beaux Français en smoking, quelques descentes qui ne m'auraient pas demandé le moindre effort, viande et vin rouge au déjeuner, après-midi luge ou bataille de boules de neige comme dans les films, puis retour à l'hôtel, séance de jacuzzi, sieste crapuleuse dans un lit recouvert de fourrures, et enfin dîner avec, au menu, huîtres et champagne apportés par une Russe magnifique. J'ai manifestement abusé des James Bond.

Lorsque la cabine tressaute, une bouffée d'adrénaline m'envahit ; j'imagine déjà que le câble va lâcher et que nous allons nous écraser au sol. Mais non, fausse alerte : nous avons atteint le sommet et il est temps maintenant de mettre pied à terre. Je m'exécute tant bien que mal en trébuchant et en m'aidant de mes bâtons pour garder l'équilibre – car ça y est, Will a compris que c'était plus simple pour tout le monde qu'il porte mes skis. Je le suis jusqu'à la sortie de la station et plisse les yeux dans la lumière éblouissante.

Ce que je découvre n'a rien à voir avec la pente pour débutants d'en bas. Ici, les skieurs dévalent la piste à une vitesse folle. Mais d'où viennent-ils tous ? Will ne va pas m'infliger ça, j'espère ? On va me rentrer dedans !

Will pose une main sur mon bras.

— Tout va bien ? Je sais que c'est fréquenté par ici, mais ne t'inquiète pas : on va prendre le tire-fesses qui va nous emmener sur un secteur à l'écart et plus tranquille. Ce sera l'endroit idéal pour t'entraîner.

Il désigne une zone sur la gauche où je vois effectivement des gens qui ont l'air de skier plus lentement (là encore, surtout des enfants, quoiqu'un peu plus âgés que ceux que j'ai vus sur le tapis roulant et la pente pour débutants, qui me paraît maintenant ridicule en comparaison).

— D'accord, mais comment on va jusqu'au tire-fesses ?

— Hum… À ski ?

Je décèle une pointe d'agacement dans la voix de Will, et je peux comprendre. Je ne suis pas du genre rabat-joie, au contraire, j'ai tendance à être partante pour à peu près tout. Des champignons magiques trouvés en forêt : pourquoi pas ? Une balade à vélo et dans le plus simple appareil le long de la rivière Cherwell ? C'est parti ! Seulement là, c'est différent. Skier, ça me fiche la trouille et c'est tout sauf marrant.

Will dépose mes skis sur la neige, de part et d'autre de chacun de mes pieds, puis me tend la main.

— Tu te souviens comment on les fixe ? Alors chausse, et direction le tire-fesses.

Je sens que les larmes me montent aux yeux.

— Mais il y a trop de monde ! protesté-je.

Ma voix est aiguë et geignarde – je me déteste.

— J'ai peur qu'ils me foncent dedans ! Je suis trop lente alors qu'eux vont super vite !

Will me caresse le bras en esquissant un sourire qui se veut compréhensif.

— Tout va bien se passer. Je vais rester juste derrière toi pour m'assurer que personne ne te percute, et une fois là-bas, ce sera beaucoup moins stressant. Regarde, tu n'auras aucun virage à prendre. Il suffit d'aller tout droit et de rester en position de chasse-neige pour contrôler ta vitesse. Personne ne va te rentrer dedans.

Comment tu peux en être sûr ? hurlé-je intérieurement, mais je me force à articuler un « D'accord » d'une voix étranglée. Encore une fois, je mets une éternité à fixer mes skis, et, quand j'ai enfin terminé, Will chausse les siens en cinq secondes top chrono.

— Prête ? Alors rappelle-toi : mets tes spatules en V, fléchis les genoux et regarde droit devant. On vise le point de départ de ce tire-fesses là-bas, d'accord ? *On y va*[1] ?

— Quoi ?

Je ne comprends pas ce qu'il me dit, et en plus il faut que je mémorise toutes ses consignes.

— Aucune importance, c'est du français.

Lorsque Will s'élance, je vois rouge. Il a dit qu'il resterait avec moi ! Je pousse sur mes bâtons et dispose mes skis en forme de part de pizza pour tenter de le suivre.

— Super ! Tu vois ? Tu y arrives ! s'exclame-t-il alors que je glisse derrière lui à une allure d'escargot.

Je continue dans ma position courbée, la tête baissée, les fesses en arrière, bref, tout le contraire de ce qu'il m'a expliqué, en suivant le son de sa voix jusqu'à ce qu'il s'arrête. Par miracle, nous voilà arrivés au tire-fesses.

Celui-ci ne ressemble à aucune des remontées que j'ai vues jusqu'à présent. Il y a une file de skieurs qui patientent en file indienne puis, chacun leur tour, ils saisissent une grande tige en métal qui passe au-dessus de leur tête et la positionnent de façon à caler un disque entre leurs jambes pour que cette… chose les achemine tout en haut de la pente. C'est encore pire que la bulle.

Sentant le regard de Will sur moi, je me tourne vers lui et le fixe avec effroi.

— Sérieux ? Tu crois vraiment que je vais monter sur ce truc ?

Il se rembrunit aussitôt.

— Ça va bien se passer, Louisa ! Regarde, il y a des petits enfants qui y arrivent sans aucun problème. Il suffit

1. En français dans le texte.

de garder tes skis bien droits et de ne pas t'asseoir sur la perche. Tu dois juste t'appuyer dessus.

Un homme en anorak rouge saisit une tige puis cale un enfant sur ses pieds. Un mécanisme s'enclenche, puis ils entament ensemble leur ascension le plus sereinement du monde.

— Il n'y a pas moyen que je monte comme ça avec toi ? dis-je pour tenter d'apporter à cette situation une touche de légèreté que je suis loin de ressentir.

Will est le premier de nous deux à rire depuis le début de cette journée.

— Tu vas t'en sortir, tu verras.

Eh bien non, je ne m'en sors pas. À ma première tentative, je lâche l'espèce de grande canne. À la deuxième, j'arrive à la caler entre mes jambes, mais l'ensemble s'élance avec un soubresaut qui me surprend et m'envoie au tapis avant même d'avoir parcouru dix centimètres. Will et l'opérateur doivent intervenir pour m'aider à me relever, soit cinq minutes d'humiliation publique. La fois d'après, je glisse sur quelques mètres avant d'oublier la consigne de Will – ne pas s'asseoir sur la perche, seulement s'appuyer dessus –, et c'est de nouveau la chute.

C'est aussi douloureux que gênant. Tout le monde y arrive sauf moi. Je retiens difficilement mes larmes, et il est évident que la patience de Will s'émousse.

Et là, alors que je me laissais une dernière chance avant de jeter mes bâtons par terre et d'abandonner, je parviens par miracle à monter jusqu'au sommet.

Mais tout ça m'a épuisée, et je persuade Will que ce serait une bonne idée de s'arrêter pour déjeuner. Heureusement, il y a un café en face du tire-fesses, de l'autre côté de la petite pente sur laquelle nous nous trouvons.

Nous laissons les skis dehors – Will insiste pour que nous les séparions de façon à former deux paires désassorties et éviter de nous les faire voler –, puis nous nous attablons dehors. J'espère secrètement que quelqu'un va tout de même les subtiliser pour que mon calvaire prenne fin. Et peu importe que je doive payer la caution, le magasin n'aura qu'à prélever sur l'un de mes nombreux comptes que je n'arriverai jamais à renflouer. Je suis prête à tout, pourvu que ça s'arrête.

Mais une fois installée sur la terrasse délimitée par une balustrade en bois, je retrouve le moral. Le soleil brille et le paysage est magnifique, c'est indéniable.

Will tend le bras par-dessus la table et me prend la main.

— Tu t'es vraiment bien débrouillée ce matin, dit-il.

Je lui souris.

— C'est gentil de ta part, mais on sait tous les deux que ce n'est pas vrai.

Je marque une pause.

— Je ne suis pas sûre d'être douée pour le ski.

Il serre ma main dans la sienne, puis la retire et se cale contre le dossier de sa chaise en soupirant.

À ce moment-là seulement, je comprends que lui aussi devait avoir imaginé ces vacances autrement. Il devait nous voir en train de dévaler les pistes comme tous les autres touristes, de nous embrasser sur le télésiège, de retirer nos skis en quelques secondes pour aller au bar et boire une petite bière, un vin chaud ou que sais-je encore, avant de rechausser les skis sans effort et repartir de plus belle. Il n'a pas signé pour supporter des caprices et des crises de larmes.

— Je suis désolée, lui dis-je. Ça ira peut-être mieux cet après-midi. Je vais m'appliquer.

Il renverse la tête en arrière, s'étire de tout son long, puis se redresse et plonge son regard dans le mien. Je suis soulagée de voir que son visage est nettement plus détendu.

— Ne dis pas de bêtises, je sais que tu te démènes. Et puis, tout ce qui m'importe, c'est d'être ici avec toi.

23

Décembre 1998,
La Madière, France
Will

J'ai menti de bout en bout.

J'aime Louisa, vraiment. Je ne lui ai pas encore dit et j'ai cru que ces vacances seraient l'occasion idéale. Mais ce qu'elle peut me taper sur le système aujourd'hui !

Je sais que c'est difficile, le ski, au tout début. Cependant, je n'avais que quatre ans quand mes parents m'ont payé mes premiers cours et j'ai survécu, alors pourquoi fait-elle autant d'histoires ?

Et puis qu'est-ce qui m'a pris de me porter volontaire pour l'initier au ski ? C'est la pire idée que j'aie eue de toute ma vie. Depuis notre arrivée, j'ai descendu deux pistes de débutants, point barre. À ce rythme, c'est mal parti pour m'éclater cette semaine.

Au moins, elle a retrouvé le sourire. Une pause d'une heure, quelques bières, un peu de vin, un steak frites, une terrasse au soleil et je retrouve la Louisa que je connais. Elle s'extasie devant la météo, le paysage, et lâche même quelques allusions coquines sur ce à quoi nous pourrions employer notre fin de journée.

J'ai hâte d'y être, bien sûr, seulement j'espérais aussi skier. Alors j'ai un plan : je vais aider Louisa à redescendre jusqu'au village – c'est une piste verte, donc même elle, elle devrait s'en sortir. Le temps d'arriver, je suis à peu près sûr qu'elle en aura assez, alors je la laisserai là et je m'éclipserai le temps de caser quelques descentes sympas avant la fermeture des télésièges. Ce sera pour elle l'occasion de se détendre, pour moi l'occasion de skier, autrement dit : chacun sera gagnant.

— Bon, dis-je en reprenant ma carte de crédit au serveur, tu es prête à repartir ?

Je sens sa bonne humeur s'envoler aussitôt.

— Oh. J'imagine que oui. C'est quoi, le programme ?

— Eh bien, je me suis dit qu'on pourrait skier jusqu'en bas – c'est une piste sympa, large et facile, rien de stressant – et ensuite, on verra comment tu te sens.

Sous-entendu : tu vas rentrer au chalet et faire tout ce que tu veux tant que tu me fous la paix, pendant que j'irai tutoyer les sommets avant la fermeture des remontées mécaniques.

Elle sourit.

— Moi, skier jusqu'au village ? Mais bien sûr. Tu as de l'humour. Bon, qu'est-ce qu'on fait pour de vrai ? On reprend le tire-fesses ?

Ce n'est pas vrai…

— Hum, non, j'étais sérieux, réponds-je gentiment. Il n'y en a pas pour longtemps et c'est une piste très facile. On peut encore s'entraîner un peu si tu veux, mais je sais que tu vas très bien te débrouiller. Et je ne te lâcherai pas d'une semelle.

Elle esquisse une grimace, et l'espace de quelques secondes, je crois même qu'elle va se mettre à pleurer.

— Will, je suis désolée mais je ne m'en sens pas capable. Il n'y a pas d'autre moyen de redescendre ?

Je rêve ! Surtout, se montrer compréhensif. Je prends une profonde inspiration.

— Ben, si tu ne veux vraiment pas descendre à ski, tu peux toujours marcher jusqu'au téléphérique et redescendre par là.

Je désigne la station qui se trouve à une bonne trotte, et qui plus est en montée, je dois le reconnaître. Elle me lance un regard désespéré.

— Sérieux ? Je ne vais pas pouvoir marcher dans la neige jusque là-bas avec ces chaussures à la noix, encore moins si ça grimpe.

Elle avise tour à tour la station de téléphérique et le bas de la pente.

— Tu penses que ça nous prendrait combien de temps de redescendre à ski ? En étant réaliste.

— Hum… Un quart d'heure ? Vingt minutes maximum.

J'en mettrais trois si j'étais tout seul, pensé-je.

Elle lève de nouveau le nez vers le téléphérique et soupire.

— D'accord, on n'a qu'à essayer. Mais tu dois me promettre de rester avec moi quoi qu'il arrive.

Finalement, la descente nous prend quasiment une heure, sans compter les dix minutes qu'il faut à Louisa pour chausser ses skis.

— Voilà, comme ça, c'est bien, oui, la pointe du pied d'abord, appuie-toi sur moi, pousse sur ton talon… Reste comme ça. Non, tu glisses, là. Réessaye.

Je parle calmement et patiemment, je joue les parfaits petits copains, mais intérieurement, je hurle. Les conditions sont idéales aujourd'hui. Je sais que je devrais avoir envie de passer du temps avec ma copine géniale, mais pour l'instant, j'ai surtout envie de la tuer.

Une fois les skis enfin fixés, nous nous mettons en route et presque immédiatement, Louisa tombe. Je vois qu'elle a les larmes aux yeux.

— Hé, lui dis-je. Ne pleure pas.

— J'ai peur, Will, je ne vais pas y arriver. Je vais me blesser, j'en suis sûre.

Je lui touche le bras.

— Tu ne vas pas te blesser. Tu te débrouilles bien. Demain, tu auras de super sensations, je te promets.

Elle sourit faiblement, retire ses lunettes de soleil et essuie une larme.

— Désolée, je suis ridicule. Je vais y arriver.

Je culpabilise en la voyant si belle et si apeurée ; elle ne joue pas la comédie, ça se voit. Je décide de me montrer plus empathique et d'arrêter de penser à toutes les autres pistes que je pourrais être en train de dévaler. Je suis à la montagne avec Louisa et c'est tout ce qui compte. J'en connais qui tueraient pour être à ma place, et pas avec Adam et Nell en train de s'éclater sur des pistes rouges à flanc de glacier, avant de marquer une pause pour boire une bonne bière fraîche – pause qui ne durerait pas une heure parce qu'une *certaine personne* met une éternité à chausser et déchausser ses skis.

Non, vraiment, qui rêve de ça ?

Bon, ma résolution n'a pas tenu longtemps.

Louisa progresse tant bien que mal en chasse-neige sur la pente presque plane. Alors qu'elle décrit l'un de ces immenses virages dont elle a le secret – les plus larges que j'aie vus de ma vie –, un snowboardeur passe sur l'arrière de son ski, provoquant une énième chute.

Cette fois, elle a plus que les larmes aux yeux. Elle est soudain secouée de sanglots, elle ne peut plus respirer, de la morve lui coule du nez : bref, c'est la grosse crise.

— Je ne vais jamais y arriver ! hurle-t-elle entre deux hoquets. S'il te plaît, Will, ne me force pas ! J'ai trop peur !

Nous restons assis en bordure de la piste pendant dix minutes, je l'enlace par l'épaule et lui caresse le genou de l'autre main en attendant qu'elle se calme. Je l'encourage à respirer à fond, tout en prenant sur moi pour ne pas penser aux moments géniaux que je suis en train de rater.

— Le problème, Louisa, c'est que maintenant que tu es là, il va bien falloir que tu redescendes jusqu'en bas. C'est le principe du ski, malheureusement.

— Et les gens comme moi qui n'en sont vraiment pas capables ? Il n'y a pas des sauveteurs ? J'ai vu quelqu'un se faire secourir tout à l'heure.

Je ris en croyant qu'elle plaisante, mais à sa tête je comprends vite qu'elle est on ne peut plus sérieuse.

— Non. C'est seulement pour les gens qui sont blessés.

Et c'est reparti pour les grandes eaux.

— Donc je n'ai pas le choix ?

— Non, désolé. Mais écoute, une fois qu'on aura atteint le village, si tu préfères en rester là, ce n'est pas grave. Je ne vais pas te forcer, bien entendu.

Je t'en prie, jette l'éponge, ou si tu tiens à persévérer, ne me force pas à t'accompagner, supplié-je intérieurement.

Louisa acquiesce et se mord la lèvre.

— D'accord. Je suppose qu'on ferait mieux de se remettre en route, alors. Le plus vite on repart, le plus tôt ce sera terminé. Tu m'aides à me lever ?

Je la hisse sur ses pieds, puis c'est parti pour encore quarante-cinq minutes à descendre la piste avec d'infinies précautions. Heureusement, cette fois, les snowboardeurs se tiennent à distance.

24

Décembre 1998,
La Madière, France
Louisa

— Alors, Louisa, cette première journée sur les pistes ? lance Adam.

Nous sommes assis à une table de quatre dans la salle à manger impersonnelle du chalet, et on vient de nous servir l'entrée : du pâté, des toasts et quelques feuilles de salade qui ont triste mine.

— Pas évidente, dis-je en étalant distraitement du pâté sur un toast comme si c'était du beurre.

Je remarque alors que Nell procède beaucoup plus délicatement et je me sens rougir. J'ai beau multiplier les efforts pour assimiler les codes depuis que je suis à Oxford, je finis toujours par me planter. Il y a trop de choses à retenir.

Accessoirement, je suis déjà plus que pompette, ce qui n'aide pas. Je ne suis pas une grosse buveuse en général, mais une fois arrivée au pied de cette descente aussi horrible qu'interminable, j'ai senti que j'avais besoin d'un remontant pour me calmer. Will m'a emmenée dans un bar et a commandé deux vins chauds. Ce n'était pas vraiment ce dont j'avais envie – je n'ai jamais aimé ça les rares fois où j'y ai goûté –, mais finalement j'ai bien aimé. En fait, ça se boit comme du petit-lait.

Après avoir vidé mon verre, j'hésitais à en commander un autre lorsque Will a regardé sa montre.

— Chérie, tu m'en voudrais beaucoup si je filais pour descendre une ou deux pistes avant la fermeture du téléphérique ? m'a-t-il dit en me prenant la main par-dessus la table. Je n'ai pas l'impression d'avoir beaucoup skié aujourd'hui, je n'ai pas vu la neige depuis l'an dernier, il fait super beau, on annonce que ça va se couvrir dans deux jours…

— Bien sûr, vas-y, lui ai-je dit avec un sourire crispé, tout en sentant mon estomac se nouer.

Il ne veut pas être avec moi, ai-je pensé. *Il préfère skier. Je suis en train de lui gâcher ses vacances. Je ne suis pas une fille pour lui, je ne viens pas du bon milieu. Il préférerait être avec une bourge qui a eu droit à des leçons d'équitation et de ski quand elle était petite ; autrement dit, qui ne finirait pas en pleurs sur une piste verte et ne ferait pas tomber ses skis à tout bout de champ, contrairement à moi.*

Il s'est penché vers moi et m'a embrassée sur le front.

— Tu es un ange. Profites-en pour réfléchir au programme de demain. Je serai ravi de retourner skier avec toi, a-t-il proposé – mais je savais qu'il mentait. Et si tu n'en as pas envie, ce n'est pas grave. De toute façon, je te retrouve au chalet dans une heure. Et puis peut-être qu'on pourra…

Je lui ai caressé la joue et je lui ai dit :

— Peut-être… si tu es sage.

Au fond, c'était hors de question. J'avais mal partout et j'étais épuisée.

J'ai bu un deuxième vin chaud, puis un troisième pour me donner le courage d'affronter le long chemin jusqu'au chalet. Entre ces horribles chaussures et les skis à porter, j'ai cru que je n'y arriverais jamais. Comme j'étais d'une humeur massacrante, je me suis payé un gin tonic pour me remonter le moral avant de filer sous la douche. Lorsque je suis sortie de la salle de bains, Will était de retour. Il s'est lavé en vitesse, puis nous nous sommes installés au rez-de-chaussée autour d'un verre – encore un.

— Autrement dit, Will n'est pas aussi pédagogue qu'il le pensait ? s'esclaffe Adam.

Je vois Will se rembrunir comme quand Adam l'a provoqué ce matin, mais, de mon point de vue, ce n'est pas bien méchant. Je ne sais pas pourquoi Will démarre au quart de tour comme ça. Et pour être honnête, Adam a vu juste.

— Je ne pense pas être naturellement douée pour le ski, donc Will a été… aussi patient qu'il pouvait l'être.

Je ne suis pas mécontente de ma réponse pleine de diplomatie, parce qu'en réalité j'ai senti quasiment toute la journée que Will aurait préféré être n'importe où sauf avec moi. Au bar, il n'avait qu'une hâte, me fausser compagnie, filer sur les pistes et me laisser rentrer toute seule avec mes skis et tout le bazar. Il n'aurait pas dû m'emmener sur cette descente le premier jour. C'était trop long et trop difficile. Plus je bois, plus je suis énervée.

— Pas si patient que ça à t'entendre, insiste Adam. Will, je t'avais dit qu'il valait mieux lui réserver un cours avec un moniteur.

— Louisa s'en est bien sortie, ment-il à son tour. Tu n'y connais rien, Adam.

— Ça peut être très difficile au début, intervient Nell. D'après maman, papa me criait dessus parce que je m'y prenais mal et ça finissait toujours en crises de larmes. Ensuite, à chaque fois qu'on est partis aux sports d'hiver, elle a insisté pour me payer des cours particuliers, et j'ai nettement préféré apprendre avec une tierce personne. C'est beaucoup mieux pour tout le monde, je pense.

Elle se tourne vers moi.

— Tu veux tenter ça demain ? On pourrait te réserver une leçon.

Je hausse les épaules.

— Je ne suis pas sûre. Je crois que le ski, ce n'est pas ma tasse de thé.

— Oh, tu ne dois pas abandonner aussi facilement ! s'écrie Nell. C'est tellement génial une fois qu'on maîtrise les bases. Tu ne regretteras pas. On a tous eu du mal au début, n'est-ce pas, Will ?

Celui-ci opine.

— Oui, mais c'est à Louisa de décider. Si elle ne veut pas skier, rien ne l'y oblige.

Il me caresse le genou sous la table. En temps normal, je poserais ma main sur la sienne, mais pas cette fois. Ça crève les yeux qu'il ne veut pas me forcer à skier pour ne pas avoir à subir ma présence. Je suis trop lente et je l'empêche de s'amuser comme il l'entend. Seulement, je ne vais pas le laisser s'en tirer à si bon compte. Je n'ai peut-être aucune envie de remettre le couvert demain, mais il est hors de question que je passe la journée toute seule. Will n'aurait pas dû insister pour que je vienne s'il n'était pas prêt à quelques concessions pour passer du temps avec moi.

On débarrasse nos assiettes puis on nous apporte le plat principal, une tourte poulet-champignons à la pâte tout imbibée de sauce. Je prends la bouteille de vin sans étiquette et je me ressers un verre. La nourriture ne s'annonce pas fameuse cette semaine, mais voyons le bon côté des choses : c'est vin à volonté le soir, même s'il pique un peu.

Je trouve le temps long, avec Adam et Nell qui nous rebattent les oreilles avec leur journée, à grand renfort de termes comme « poudreuse », « schuss », « hors-piste » et d'autres que je ne retiens pas, tandis que Will n'ouvre quasiment pas la bouche. De mon côté, je suis vraiment fatiguée et j'hésite à m'éclipser pour filer au lit. J'espère que Will ne voudra pas faire l'amour, parce que je lui en veux toujours. J'essaie de me raisonner en me disant qu'il a au moins essayé de m'apprendre, que c'est normal qu'il ait envie d'en profiter, au lieu de devoir se coltiner une débutante. Mais je suis en colère, c'est plus fort que moi.

— Louisa ? Qu'est-ce que tu en penses ? demande Adam.

Je n'ai pas la moindre idée de ce que les autres étaient en train de dire : comme j'étais en train de ruminer, j'ai perdu le fil. Je devrais admettre que je n'ai pas entendu, mais sans que je sache pourquoi, devant Adam, j'ai l'impression d'être une pauvre cruche ; en plus, je peux compter sur Nell et lui pour dégainer une repartie dont ils ont le secret, si je reconnais que je n'écoutais pas.

— Oh, hum…, balbutié-je en sentant le rouge me monter aux joues.

— Ça me semble être une bonne idée, hein, Louisa ? intervient Will.

En le voyant sourire pour la première fois de la soirée, plein d'espoir, je réponds faute de mieux :

— Oui, super, pourquoi pas ?

— Excellent, dit Adam. Donc au programme pour toi demain matin, cours particulier. Et tu verras, très vite, tu skieras comme une pro !

25

Décembre 1998,
La Madière, France
Will

Je suis super content. Il fait moins beau qu'hier mais le temps s'annonce tout de même correct, et je vais pouvoir skier TOUTE LA JOURNÉE !

La plupart du temps, je trouve que mon frère n'est rien d'autre qu'un crétin arrogant, mais il a finement joué le jeu en poussant Louisa à prendre un cours particulier.

J'ai bien vu qu'elle n'avait pas entendu sa proposition, mais elle aurait dû le dire. Certes, je n'aurais pas dû profiter de sa distraction, d'autant que je la savais peu motivée. Sauf qu'il était hors de question de revivre une journée comme celle d'hier.

Heureusement qu'elle avait beaucoup bu, sinon elle me l'aurait sans doute reproché. Hier soir, elle s'est contentée de bafouiller : « Tu savais que je voulais pas retourner skier. Pourquoi tu m'as laissé accepter ? C'est pas juste », avant de s'écrouler sur le lit.

Je l'ai aidée à se déshabiller et j'ai prétendu avoir compris qu'elle avait changé d'avis.

— Ce sera super, ai-je ajouté. Ça me coûte de l'admettre, mais Adam n'a peut-être pas tort, pour une fois. Tu trouveras ça forcément plus facile d'apprendre avec quelqu'un dont c'est le métier.

Et quand bien même ce ne serait pas le cas, le moniteur est payé pour supporter tes jérémiades à ma place, ai-je songé. Il peut être beau, avoir un accent sexy, je m'en fiche. Louisa peut se rincer l'œil en toute innocence l'espace d'une journée, si ça me permet de m'éclater sur les pistes, je suis preneur. J'ai ajouté :

— Quoi qu'il arrive, je te promets de passer toute la journée du lendemain avec toi. On skiera à ton rythme, ou pas du tout. On pourra rester au lit à s'envoyer en l'air.

Je lui ai caressé le visage. Moi aussi, j'étais un peu ivre.

— Je t'aime, ai-je chuchoté.

Mais Louisa dormait déjà.

26

Décembre 1998,
La Madière, France
Louisa

Adam avait raison : je me sens beaucoup plus à l'aise avec un moniteur qu'avec Will et sa pédagogie approximative.

À mon grand soulagement, le cours débute sur la piste pour débutants où Will m'a emmenée hier matin. Jean-Marc skie devant moi en zigzaguant lentement alors que nous revoyons les bases du chasse-neige. Nous reprenons le tapis roulant puis nous redescendons la petite pente, encore et encore.

— Je pense que ton copain a brûlé les étapes en t'emmenant sur la piste verte, dit-il après une dizaine d'allers-retours. Je pense que tu en es capable maintenant, mais seulement si tu le souhaites.

J'accepte de retenter la piste verte et, quand arrive midi, je suis épuisée mais je commence à me débrouiller plutôt bien ; j'arrive presque à concevoir qu'on puisse prendre du plaisir à skier. Ma rancœur contre Will, qui m'a mis la pression pour finalement me laisser tomber, a quasiment disparu tellement je suis fière de moi. J'ai hâte de lui montrer de quoi je suis capable.

Ravie de ma matinée, je me dirige vers le restaurant où j'ai rendez-vous à 12 h 30 avec Will pour déjeuner.

J'arrive même à marcher sans faire tomber mes skis car Jean-Marc a pris le temps de me montrer comment les porter correctement, c'est-à-dire en calant les fixations à l'arrière de l'épaule et non pas devant, comme hier. Le reste de la journée s'annonce radieux. Je vais survivre, finalement.

Je me commande un vin chaud pour fêter ça et consulte le menu. J'espère que Will a bien profité de sa matinée avec Adam et Nell, parce que maintenant je compte passer l'après-midi à skier avec lui sans qu'il ait l'impression de se sacrifier. Bien que je ne sois pas encore très rapide, tant s'en faut, j'ai tout de même gagné en vitesse, donc il ne sera pas au supplice comme hier. Nous descendrons quelques pentes faciles, nous nous arrêterons pour prendre un verre, je le laisserai aller sur quelques pistes de son côté, parce que je suis d'humeur gentille et tolérante aujourd'hui, puis je rentrerai au chalet, sans faire tomber mes skis constamment, pour être douchée et pomponnée à son retour. Après un petit moment d'intimité, nous descendrons pour le dîner et non seulement je ne serai pas intimidée par Adam et Nell, mais je m'ennuierai moins parce que je comprendrai de quoi ils parlent. Je pourrai même participer à la conversation, leur raconter quelles pistes j'ai descendues, quelles remontées j'ai prises, employer des termes comme « schuss » à bon escient, bref, ce sera parfait.

Je jette un coup d'œil à ma montre : 13 heures. Will est en retard mais il n'y a sans doute rien de grave. Hier, j'ai mis beaucoup plus de temps que prévu pour descendre la piste verte ; ou alors, il est peut-être coincé sur une remontée mécanique. Après avoir commandé un deuxième vin chaud, je me replonge dans le menu.

Je lève la tête en sentant une bouffée d'air froid qui s'engouffre dans le restaurant. Adam vient de pousser la porte. Il balaye la salle d'un air pressé, me repère et s'affale en face de moi. Je ressens un léger malaise en le voyant seul. J'espère que Will ne s'est pas blessé.

— Louisa, vraiment désolé pour l'attente, dit Adam, le souffle court. Tu as commandé ? Et ton cours, c'était comment ?

— C'était super, merci Adam, mais où est Will ? Il va bien ?

Il retire son bonnet d'un geste sec, se retourne et adresse un signe à la serveuse de cette façon prétentieuse et supérieure propre aux personnes issues d'un milieu privilégié. Et, bien sûr, elle accourt.

— Oh là là, mon royaume pour une bière. J'ai FONCÉ jusqu'ici. Encore désolé pour le retard. *Une bière, s'il vous plaît*[1], dit-il à la serveuse, qui acquiesce et tourne les talons. Pardon, je suis grossier, je ne t'ai pas demandé si tu avais commandé. Tu veux quelque chose ?

Je lève mon verre de vin chaud.

— Je suis parée. Alors, où est Will ?

— C'est lui qui m'envoie : il s'excuse, mais on skiait sur un versant pas loin d'ici et il a cassé une de ses fixations. Ce crétin ne peut pas s'empêcher de tenter des sauts alors qu'il n'a pas le niveau. Bref, il s'est mal réceptionné, comme d'habitude, il a perdu ses skis et impossible de rechausser l'un des deux. Il a dû descendre à pied pour retourner au magasin de location et demander une nouvelle paire – il aurait pu aller ailleurs, mais c'était trop long et trop compliqué au niveau de la caution. Tout ça pour dire qu'il m'a demandé de te présenter ses excuses et de déjeuner avec toi à sa place. J'espère que tu n'as pas trop l'impression de perdre au change.

Je l'écoute avec une colère grandissante. Est-ce vraiment ce qui s'est passé, ou Will a-t-il envoyé Adam sous un faux prétexte pour éviter de se retrouver coincé avec moi

1. En français dans le texte.

cet après-midi ? Je me faisais une joie de lui montrer mes progrès, et tout tombe à l'eau.

Lorsque la bière d'Adam arrive, il la vide d'un trait et claque le verre sur la table.

— Ah, j'avais une de ces soifs ! Est-ce que tu as faim ? Je peux regarder le menu ?

Je lui tends la carte, qu'il passe en revue.

— Tu veux qu'on partage une *pierrade*[1] ?

Je ne sais pas ce que c'est, mais j'accepte quand même – d'une part parce que je n'ai pas envie d'avouer encore une fois mon ignorance, d'autre part parce que, maintenant que Will s'est décommandé, j'ai l'impression que ma journée est gâchée et je me fiche de ce que je vais manger.

— Excellente idée, réponds-je. Avec une bouteille de vin rouge ?

Je suis tentée de demander s'il y a une petite chance que Will arrive plus tard, mais je ne veux pas paraître trop accro.

Adam me regarde et sourit.

— J'aime entendre le mot « vin » dans la bouche d'une fille. Va pour une bouteille de rouge.

Je découvre qu'une *pierrade* consiste en une pierre chaude sur laquelle on met à cuire des tranches de viande de bœuf. Elle est servie avec une salade énorme, une assiette de frites gigantesque et quatre sauces différentes, toutes délicieuses. C'est Adam qui choisit le vin – je n'ai aucune idée du prix de la bouteille et j'espère qu'il ne s'attend pas à ce que nous partagions l'addition, parce qu'elle s'annonce salée.

C'est la première fois que je me retrouve tête à tête avec Adam et je suis agréablement surprise. Quand Will et lui sont ensemble, ils se balancent sans arrêt des vacheries ; ils

---

1. En français dans le texte.

ont toujours l'air en compétition, tous les prétextes sont bons pour se rabaisser mutuellement. En l'absence de son frère, Adam paraît en quelque sorte plus posé.

Nous parlons de son travail à la City. Adam m'explique que, même s'il est content de son salaire et du train de vie qu'il lui offre, il n'aime pas beaucoup ce qu'il fait et ne se voit pas rester éternellement dans le milieu de la finance.

— Le problème, dit-il en mâchant pensivement un morceau de viande presque crue qu'il a trempé dans la sauce la plus aillée, c'est que je n'ai pas d'autre idée de carrière, et puis ce serait difficile de renoncer à cet argent. On met le doigt dans un engrenage : un gros emprunt immobilier, une copine exigeante à satisfaire…

— Nell est exigeante ? demandé-je innocemment, comme si je n'avais pas remarqué. Vous êtes ensemble depuis combien de temps ?

Il ricane.

— Deux ans. Et oui, elle est exigeante, mais ce n'est pas grave. Je suis trader à la City, elle adore ça et tout ce qui va avec.

Il soupire.

— En fait, pour être honnête, c'est un échange de bons procédés.

— Comment ça ?

— Eh bien, elle est vraiment canon, donc… chacun y trouve son compte. Mais de façon différente, c'est tout.

Je ris.

— Si je comprends bien, ce n'est pas « la bonne » ?

Je dois être un peu ivre. En voilà une drôle de question.

Il se tourne pour s'adresser de nouveau à la serveuse.

— Disons que c'est la bonne pour l'instant. Il n'y a pas de mal à prendre un peu de bon temps, tu ne penses pas ?

Je ne sais pas quoi répondre, mais heureusement, la serveuse arrive.

— On ne vit qu'une fois et tout le blabla, renchérit Adam. Un dessert ?

Je réponds par la négative.

— Alors deux génépis, s'il vous plaît, dit Adam à la serveuse pendant qu'elle débarrasse nos assiettes.

Je sais que je devrais en vouloir à Adam de commander à ma place sans me consulter, mais d'un autre côté, j'apprécie son assurance.

— Qu'est-ce que c'est, le génépi ? demandé-je.

Adam se tourne de nouveau vers moi.

— Une liqueur de montagne. Tu vas aimer, je te le garantis. Il faut juste passer outre à la couleur. Bon, assez parlé de moi ; passons à Will et toi. Est-ce que c'est « le bon » ?

Je rougis.

— Je ne vais pas te le dire, tu es son frère.

Il se penche vers moi d'un air conspirateur.

— Je tiendrai ma langue, promis.

— Je ne crois pas, non, rétorqué-je en riant.

Il se rapproche encore et me regarde droit dans les yeux.

— Tu peux me faire confiance, insiste-t-il.

Face à ses pupilles noires et dilatées, je sens un frémissement en moi et je m'adosse à ma chaise en culpabilisant. Après que la serveuse nous a apporté nos boissons dans de petits verres à liqueur joliment décorés, nous goûtons en silence. Adam continue à me regarder avec intensité.

— C'est bon, hein ? finit-il par demander.

J'acquiesce, tandis que l'alcool me brûle la gorge. La liqueur est d'un vert pâle un peu bizarre, le goût est très fort mais sucré. Je reprends une gorgée qui me fait tousser.

— Oui, j'aime bien. Mais ce qui est sûr, c'est que je ne skierai pas cet après-midi après un festin pareil.

— Ne t'inquiète pas, regarde, répond Adam en désignant la fenêtre derrière moi.

En me retournant, je remarque que le temps a radicalement changé. Il neige à gros flocons et la montagne a disparu derrière un épais nuage.

— Ouah, sacrée différence !

— Ouais, dit Adam en reprenant une gorgée. Ce n'est pas un temps à skier, autant rester ici à boire. Ou alors on pourrait rentrer au chalet et profiter du sauna.

Je bois encore un peu du breuvage vert qui me chatouille agréablement les lèvres.

— D'accord.

Je réponds sans être sûre de ce que je viens d'accepter, mais j'ai le cerveau trop embrumé pour m'en soucier.

Adam se penche de nouveau vers moi.

— Alors, tu me parlais de Will.

Je souris.

— Tu mens. Tu essayais de me faire parler de Will, ce qui est très différent.

Du bout des doigts, je balance doucement le verre de liqueur.

— Tu avais l'air fâchée contre lui hier soir.

Je pose mon verre. Je ne pensais pas que quelqu'un avait remarqué. Est-ce que je cache si mal mon jeu ? À vrai dire, je pensais qu'aucune des personnes assises autour de la table ne me prêtait attention.

— C'est vrai. En fait, j'étais énervée à cause de cette histoire de ski. J'avais mal vécu la journée mais Will n'y était pour rien, et ça s'est beaucoup mieux passé aujourd'hui. Je ne lui en veux pas du tout.

— Dommage qu'il ne nous ait pas rejoints pour le déjeuner, quand même, dit Adam en se calant contre son dossier.

Qu'est-ce qu'il sous-entend ? Dois-je comprendre que cette histoire de fixation cassée n'était qu'un prétexte ?

Je ne vais pas laisser Adam jouer avec mes nerfs. Il profite de l'absence de Will pour essayer de semer la zizanie, c'est tout.

— En effet, c'est dommage. Mais ce n'est pas grave, je le verrai plus tard. Et il t'a demandé de le remplacer, donc…

Hum, c'était mal formulé. Je voulais dire que Will avait pensé à moi, pas que…

Adam sourit d'une oreille à l'autre.

— Tout à fait, et puis c'est l'occasion de se connaître un peu mieux. Tu veux un autre verre ?

Je regarde par la fenêtre. Alors qu'il neige encore plus dru, nous sommes bien au chaud près du feu qui crépite dans la cheminée. Je n'ai pas le courage d'affronter le froid.

— Je veux bien un dernier verre, réponds-je. Ensuite, je rentrerai au chalet pour me prélasser au sauna.

Finalement, ce n'est pas un mais trois autres verres que nous buvons, suivis de deux cafés, et il est quasiment 15 h 30 lorsque nous quittons le restaurant. Adam me donne ses bâtons puis, sans dire un mot, hisse mes skis sur son épaule, ce pour quoi je lui suis reconnaissante. Même si j'ai plus ou moins pris le coup de main, la neige, le vent violent et l'alcool m'auraient donné du fil à retordre.

Le vent me cingle le visage alors que nous progressons sur la petite route qui mène au chalet, et j'ai les mains gelées malgré mes gants épais. J'ai hâte de profiter de la chaleur du sauna. Arrivé au vestiaire, Adam range les skis dans les casiers et retire son bonnet.

— Pfiou ! Quel temps, hein ? J'espère que Will et Nell ne vont pas se retrouver coincés en haut. Si la météo continue de se dégrader, les remontées mécaniques risquent de fermer.

— Ça arrive ?

— Oui, parfois. Mais ne t'inquiète pas, tu retrouveras Will ce soir. Quand ils sont obligés de fermer les téléphériques, ils mettent en place des navettes de remplacement. S'il rate la dernière, il ne pourra s'en prendre qu'à lui-même. Espérons qu'il ait réglé cette histoire de fixation.

— J'en suis sûre. Il est plein de ressources.

Adam me regarde, dubitatif.

— Si tu le dis.

Nous voilà arrivés devant nos chambres respectives, situées l'une en face de l'autre. Je soupçonne celle d'Adam et Nell d'être plus grande et plus confortable que la nôtre, avec une plus jolie vue.

— Bon, toi, je ne sais pas, mais moi, je suis gelé. Je vais me changer. On se retrouve au sauna ? lance Adam.

Je rougis. Will verrait-il une objection à ce que je me joigne à son frère ? Je suppose que non. Un sauna ou une piscine, ça revient plus ou moins au même.

Enfin, je crois, parce que je ne fréquente pas trop les saunas.

— D'accord, dis-je. On se retrouve là-bas.

Dans la chambre, je retire mon anorak, ma salopette et mes différentes épaisseurs. Une fois nue, je me regarde dans le miroir en pied. La salopette qu'on m'a prêtée est trop serrée et a laissé une grosse marque rouge tout autour de ma taille ; sous les seins, j'ai une trace similaire causée par le frottement de mon soutien-gorge. J'aurais peut-être dû investir dans une brassière de sport, comme me l'avait conseillé mon amie, mais j'ai préféré rogner sur cette dépense.

Comme on frappe à la porte, je m'enroule dans une serviette pour aller ouvrir. C'est Adam, qui porte lui aussi une serviette passée autour de la taille.

— Désolé de te déranger, Louisa, mais je crois que j'ai oublié mon maillot de bain. Tu penses que Will m'en voudra si je lui emprunte le sien ? Si on était en Hollande, j'irais sans rien au sauna, mais il me semble que ça ne se fait pas en France.

Je rougis et ouvre un peu plus la porte.

— Bien sûr, entre. Je ne pense pas que ça dérangera Will. Je vais regarder dans ses affaires.

Adam s'assied sur le lit.

— Quand on était petits et qu'on partait en vacances, je me souviens que Will mettait un point d'honneur à défaire ses bagages pour tout bien ranger. Moi, je glissais ma valise sous le lit et je sortais ce dont j'avais besoin au fur et à mesure. Il est toujours comme ça ?

Je lui tourne le dos pour ouvrir l'armoire. Effectivement, les vêtements de Will sont rangés en piles impeccables. Sur les étagères du dessous, les miens sont enchevêtrés et disposés en un tas informe.

— Oui, dis-je. Tu devines certainement quelles sont nos étagères respectives.

Je parcours une pile de boxers soigneusement pliés. Une fois que j'ai trouvé le maillot de bain de Will, je me retourne et le brandis sous le nez d'Adam comme un trophée.

— *Voilà*[1], dis-je en le faisant légèrement tournoyer.

Adam sourit et se lève. Lorsqu'il me regarde de haut en bas, je me sens soudain vulnérable. Je lui tends le maillot, qu'il ne prend pas. En une seconde, son visage change d'expression. Je comprends alors ce qui est en train de se jouer.

Prise de panique, j'essaie de reculer mais il m'agrippe le poignet. Sa serviette tombe, et il m'embrasse de force tout en me plaquant contre la porte de l'armoire. De sa main restée libre, il pétrit l'un de mes seins, et l'espace d'un instant, je reste tétanisée. Puis, lorsqu'il colle son bassin contre le mien, ma serviette tombe à son tour.

J'émets un son étranglé en tentant de détourner la tête, mais il me saisit le menton, m'oblige à le regarder et fourre sa langue dans ma bouche, tout en saisissant mon autre bras pour le bloquer à la verticale.

— Qu'est-ce que tu fais ? crié-je, complètement affolée.

C'est là qu'Adam me jette sur le lit en continuant à me maintenir les mains au-dessus de la tête.

1. En français dans le texte.

— Épargne-moi ton petit numéro, grogne-t-il en glissant ses genoux entre les miens. Tu m'as allumé tout l'après-midi.

Il m'embrasse, me mord, me force à écarter les jambes et me pénètre d'un coup, m'arrachant un cri. Je me débats, je tente de dégager mes bras toujours bloqués au-dessus de ma tête pour le repousser, en vain.

— Je t'en prie, Adam, non… Tu te trompes.

Je tente de hurler mais n'émets qu'un chuchotement. Je ne sais même pas s'il m'entend.

— Je ne t'ai pas allumé, articulé-je.

Mais il continue. Sa respiration devient de plus en plus rapide et rauque, il va et vient violemment. J'essaie de me débattre mais il pèse sur moi de tout son poids, de sorte que je suis écrasée contre le matelas.

— S'il te plaît…, m'entends-je supplier.

Les mouvements de son bassin accélèrent encore, puis il pousse un gémissement, frissonne et roule sur le côté.

Je reste allongée sur le dos sans bouger tandis que des larmes perlent au coin de mes yeux et coulent sur mes tempes. Est-ce que je l'ai allumé ? Ce qui vient de se passer, est-ce que je l'ai voulu ? Je ne sais plus.

Adam s'assied, me jette un regard de côté, puis bondit sur ses pieds et remet sa serviette. Je tends la main pour prendre la mienne, tombée à côté du lit, et tenter tant bien que mal de camoufler mon corps. Je ne me suis jamais sentie aussi nue, aussi vulnérable.

Il est entré depuis moins de cinq minutes dans la chambre et me regarde à présent comme si de rien n'était.

— Pas la peine d'en parler à qui que ce soit, hein, Louisa ? On n'a rien fait de mal et tu en avais autant envie que moi. De toute façon, si tu prétends le contraire, personne ne te croira.

Il se saisit du maillot de bain et ouvre la porte.

— On se voit au sauna.

27

Décembre 1998,
La Madière, France
Louisa

Après le départ d'Adam, je suis tellement choquée que je reste un long moment les bras ballants.

Est-ce que c'est vraiment arrivé ?

Est-ce que je l'ai allumé ?

Est-ce que, comme il l'a dit, j'en avais autant envie que lui ?

Lorsqu'un frisson me parcourt, je me rends compte que je suis frigorifiée. Je me relève péniblement pour aller sous la douche, où je tourne le robinet à fond jusqu'à ce que la chaleur de l'eau soit quasiment insoutenable.

Je me frictionne avec le savon de luxe de Will, je me lave les cheveux, et pourtant j'ai l'impression d'être encore imprégnée de l'odeur d'Adam.

Est-ce que je dois raconter à Will ce qui s'est passé ?

Est-ce qu'il me croira ?

Est-ce qu'il pensera que c'est ma faute ?

Est-ce que c'était ma faute ?

Une fois enveloppée dans une serviette propre, je m'allonge sur le lit tout en contemplant ma peau irritée.

Will va bientôt rentrer.

Il ne doit pas me trouver étendue là et y voir une invitation. C'est ce qu'Adam a cru. Will n'est pas comme lui, mais… quand même, je ne veux pas qu'il se fasse des films.

Finalement, je me relève et j'enfile un jean et un vieux sweat-shirt à capuche. Je vais paraître débraillée par rapport à Nell, qui portera sans doute une tenue hors de prix achetée récemment, mais je m'en fiche. L'idée qu'on me touche me répugne. Qui que ce soit.

J'hésite à esquiver le dîner en prétextant une migraine mais, contre toute attente, je meurs de faim malgré le déjeuner copieux, et puis j'ai été assez râleuse et rabat-joie comme ça depuis le début du séjour ; si je ne fais pas attention, Will risque de me larguer. De plus, j'ai peur qu'Adam raconte ce qui s'est passé sans que je puisse donner ma version de l'histoire. Et s'il disait à Will que je l'ai dragué tout l'après-midi et que nous avons profité de son absence pour coucher ensemble ? Est-ce qu'il en serait capable ? Il est sans arrêt en train de chercher Will, mais de là à se vanter d'une chose pareille…

Je ne sais pas.

Will me croirait-il si je lui disais la vérité ?

Je ne sais pas non plus.

Je change d'avis, je troque mon sweat-shirt à capuche contre un haut plus joli – je ne veux pas que Will ait honte de moi – et je passe un foulard pour cacher les marques et les égratignures que j'ai au cou. Je peux toujours les mettre sur le compte des frottements causés par mon anorak, mais je ne veux pas qu'Adam voie sur ma peau les traces qu'il a laissées. Il serait capable d'y prendre plaisir.

Lorsque, deux heures plus tard, nous nous retrouvons tous les quatre pour le dîner, j'évite de croiser le regard d'Adam, alors que celui-ci se conduit le plus naturellement du monde. Il sert du vin à tout le monde en commençant par Nell et moi – le parfait gentleman –, chambre Will à propos de son ski cassé, me taquine gentiment en disant que j'ai craqué pour mon moniteur particulier... À croire que c'est un dîner ordinaire, un soir ordinaire pendant des vacances au ski ordinaires, où rien de particulier ne s'est passé, où personne n'a été violé.

Car oui, j'ai été violée. Ou alors c'est moi qui m'imagine des choses ? Le fait est qu'Adam et moi avons couché ensemble, mais... peut-être qu'il a dit vrai ? Peut-être qu'il ne m'a pas forcée ?

Est-ce que j'en avais envie ? Est-ce que j'ai pu l'amener à croire que j'en avais envie ?

Est-ce que ça revient au même ?

Là, je comprends qu'il est hors de question d'en parler à Will. Il ne me croira jamais. Même moi, en cet instant, je ne suis sûre de rien.

— Tu confirmes, Louisa ? lance Adam au moment où je me concentre de nouveau sur la conversation. On a super bien mangé à La Taverne. Dommage que Will, toujours aussi peu doué, ait loupé ça en cassant son ski et que Nell ait été trop lente pour suivre ma cadence.

Nell renifle.

— Je n'étais PAS trop lente pour suivre ta cadence. Je voulais rester de ce côté-là de la vallée au lieu de revenir par ici, parce qu'il y avait du soleil et que les pistes étaient plus à mon goût.

Je regarde Adam, mais juste une seconde car ça m'est trop douloureux. Je vois bien son petit air narquois. Estime-t-il que nous sommes liés par le secret de ce qui s'est passé en l'absence de Will ? Ou me regarde-t-il sans arrière-pensée ? Je me sens complètement perdue.

— Oui, le déjeuner était sympa, merci, dis-je machinalement.

Je me souviens seulement maintenant que c'est Adam qui a réglé la note. Le repas a dû coûter cher, avec le bon vin et toutes ces boissons. C'est ça, la raison ? Est-ce qu'il a jugé que je lui étais redevable ? Que je n'aurais pas dû accepter de boire autant s'il ne me plaisait pas ?

Si nous avions partagé l'addition, la suite aurait-elle pu être évitée ? Est-ce que j'aurais envoyé le bon message, à savoir « Je suis la copine de ton frère, on ne fait que déjeuner ensemble, on ne se doit rien » ?

Je ne suis qu'une pauvre idiote.

— Qu'est-ce que vous avez fait cet après-midi ? demande Nell en piquant sa fourchette dans un morceau de poulet tout sec.

— On est restés pas mal de temps au restaurant, Louisa m'a raconté sa vie, puis on est rentrés au chalet, répond Adam. Je suis allé au sauna – je croyais que Louisa m'y rejoindrait mais elle a changé d'avis. Ce poulet n'est vraiment pas bon, hein ? ajoute-t-il en levant sa fourchette et en lorgnant un morceau de viande.

Comment peut-il être aussi détendu ?

— J'ai pris une douche, expliqué-je d'une voix légèrement tremblante.

Je lève les yeux vers Adam mais il reste concentré sur son poulet, qu'il a entrepris de découper avec son couteau et sa fourchette. J'ai tenté de faire peser un sous-entendu dans ma voix. *Tu ne comprends pas que, si j'ai dû prendre une douche, c'est à cause de ce que tu m'as fait ?* Mais il a l'air complètement détaché. L'est-il vraiment ou joue-t-il très bien la comédie ?

Il enfourne son morceau de poulet et mâche avec exagération tout en grimaçant.

— Beurk, dit-il après avoir enfin avalé sa bouchée. Je propose de dîner dehors demain soir, la nourriture laisse franchement à désirer ici. D'ailleurs, en parlant de demain : qui part avec qui ?

— Eh bien, je vais skier avec Louisa, dit Will, puisque je n'ai pas pu aujourd'hui.

Il se tourne vers moi.

— Enfin, si tu es partante, bien sûr. Comme ça, tu me montreras ce que tu as appris. Je voulais absolument skier avec toi aujourd'hui, mais la réparation de ma fixation m'a pris tout l'après-midi.

En cet instant, je n'ai qu'une envie, me rouler en boule sous la couette, mais je ne peux pas faire ça sans m'en expliquer auprès de Will, ou pire, sans qu'il y voie une invitation à passer la journée du lendemain au lit avec moi, et cette perspective m'est insupportable. Surtout, je ne veux pas prendre le risque de me retrouver de nouveau seule avec Adam. Si je pouvais tout simplement ne plus exister…

Adam esquisse une grimace.

— Les prévisions météo pour demain ne sont vraiment pas terribles. Tu es sûre de vouloir skier, Louisa ?

Pas vraiment, non, mais au moment où j'ouvre la bouche pour répondre, Will dit :

— On avisera demain, mais pourquoi pas se laisser quartier libre le matin, déjeuner tous ensemble et décider de la suite du programme ?

— Bonne idée, répond Adam. Je sens que je vais mourir de faim d'ici là. C'est presque immangeable, ce soir.

Je me force à finir mon dessert, puis j'annonce que je suis fatiguée et que j'aimerais aller me coucher.

Lorsque Will dit qu'il vient avec moi, une bouffée de panique m'envahit – j'ai besoin d'être seule. Je tente de le convaincre de rester, mais il doit croire que je proteste pour la forme et m'emboîte le pas.

Une fois dans la chambre, je m'allonge sur le lit. Will fait de même, pose la tête sur ma poitrine et passe un bras autour de ma taille.

Je prends sur moi pour ne pas me dégager. Je ne veux pas qu'on me touche, seulement je ne peux pas lui dire pourquoi. Je l'ai bien compris.

— Tu es sûre que ça va ? demande Will, sans bouger. On ne t'a pas beaucoup entendue ce soir.

Il marque une pause.

— Rien ne t'oblige à skier demain, si tu n'en as pas envie.

Il lève la tête et me regarde.

— C'est ça, le problème ? Ou tu m'en veux parce que je n'ai pas pu revenir à temps pour le déjeuner ? Ce n'était pas ma faute, vraiment. Je tenais à skier avec toi cet après-midi.

Je me force à sourire.

— Ne dis pas n'importe quoi, tu n'y es pour rien. Je suis fatiguée, c'est tout. Mais bien sûr qu'on pourra skier demain. J'ai envie que tu voies mes progrès.

Il m'embrasse sur le bout du nez et repose la tête sur ma poitrine.

— Je peux te poser une question ? hasardé-je sans être sûre de la meilleure façon de la formuler.

Will déplace sa main et commence à me caresser l'intérieur de la cuisse. En temps normal, j'aurais envie de lui, mais là, je me sens agressée par ce simple geste. Je me dégage en feignant d'ajuster mon jean, comme si quelque chose me démangeait.

— Tout ce que tu veux, ma chérie, répond Will.

— Pourquoi Adam n'arrête pas de te rabaisser ?

Il lève la tête et me regarde en fronçant les sourcils.

— C'est une drôle de question. Pourquoi tu me demandes ça ?

— Pour savoir. J'imagine que, n'ayant pas de frères et sœurs, ni même de famille à part maman, j'ai parfois du mal à comprendre ce genre de relations.

Will se retourne sur le ventre de façon à pouvoir me regarder plus facilement.

— Je ne sais pas trop, en fait. Il a toujours été comme ça. Comme c'est l'aîné, il avait souvent le dessus sur moi quand on était petits. Pour tout te dire, je ne lui en ai jamais parlé et maman ne l'admettra pas, mais c'était moi qu'elle préférait. Comme j'ai eu un problème de santé dans l'enfance, elle m'a surprotégé et je pense que ça a rendu Adam jaloux.

— Tu es tombé malade ?

— Oui, j'ai dû être hospitalisé plusieurs fois pendant deux ans. Mais c'est du passé, j'ai fini par guérir et tout va bien maintenant.

— Ça devait être grave, quand même.

— Sans doute, je ne me souviens pas très bien. Cependant, j'imagine que ça explique pourquoi j'étais le chouchou de maman, et j'en ai profité, vu que j'avais quasiment tous les droits à la maison.

Je souris et lui caresse le visage.

— Comment pourrais-tu ne pas être le chouchou ?

— C'est gentil.

Will réfléchit quelques instants.

— En tout cas, ta question est intéressante. Il y a quantité de détails chez Adam qui font que je le trouve con et, quand on est ensemble, il passe quasiment tout son temps à me provoquer, mais il reste mon frère, que ça me plaise ou non. Il l'a toujours été et le sera toujours, on est liés. C'est peut-être difficile à comprendre quand on est enfant unique. Ça m'arrive souvent de le détester mais je sais que… qu'au fond je ne le déteste pas tant que ça.

Les larmes me montent aux yeux. Will ne me croira jamais. Je ne peux pas lui raconter ce qui s'est passé. Ce qu'Adam m'a infligé.

Sur ma joue coule une larme que Will essuie.

— Oh, tu es mignonne et moi, je te fais pleurer.

Il se penche vers moi et m'embrasse. Je réprime l'angoisse qui m'envahit et, au bout d'un moment, je réussis à me laisser aller. Rien n'a changé entre nous. Je ne le permettrai pas. Je ne laisserai pas Adam tout gâcher.

Soudain, Will a un mouvement de recul.

— Tu ne sens pas comme d'habitude, dit-il.

Nouvelle bouffée d'angoisse.

— Comment ça ? balbutié-je. Non, tu te trompes, ça doit être…

— Tu as utilisé mon savon ! s'écrie Will. C'est ça ! Tu as le même parfum que moi. Sur le coup, j'ai eu une drôle d'impression.

— Tu m'en veux ? Tu n'étais pas là et ça m'a fait penser à toi.

Il m'embrasse de nouveau.

— Bien sûr que non.

S'ensuit une pause.

— Je t'aime, Louisa.

Je lui rends son baiser.

— Moi aussi, je t'aime.

Adam disait vrai concernant les prévisions météo. Lorsque je regarde par la fenêtre le lendemain matin, je ne vois rien du tout – l'hôtel est plongé dans le brouillard.

— Merde, dit Will en tirant le rideau. Tu n'as pas envie de sortir par ce temps, j'imagine ?

Il se remet au lit et m'attire vers lui.

— J'ai une meilleure idée…

Mon cœur bondit de panique dans ma poitrine. J'y ai échappé hier soir en disant que j'étais fatiguée et que j'avais la migraine. Je ne vais pas pouvoir le repousser indéfiniment, mais là, tout de suite, la seule idée de coucher avec lui m'est insupportable.

Je l'embrasse chastement sur les lèvres puis je bondis hors du lit.

— Non, j'ai vraiment envie de skier ! Je me suis très bien débrouillée hier et j'ai envie de te montrer.

Même skier par mauvais temps me rebute moins que faire l'amour. Je me demande si ce blocage va perdurer.

J'ai du mal à imaginer que tout va rentrer dans l'ordre. Est-ce que ça aussi, Adam l'a détruit ?

Will rit.

— Eh bien, on peut dire que tu es pleine de surprises.

Il rejette les couvertures, se lève et s'étire.

— Dans ce cas, c'est parti.

À peine avons-nous quitté le chalet que je regrette ma décision. On n'y voit pas à plus de deux mètres, il se met à neiger et le vent se renforce.

— Avec un peu de chance, il fera meilleur en altitude, lance Will avec entrain en abaissant la barre du télésiège sur nos genoux.

J'esquisse un faible sourire. Ce ne sera pas le cas, bien sûr, nous serons encore plus exposés au vent. Mais ce n'est pas grave, je vais m'en sortir. Je sais skier, maintenant. Il n'y a pas de raison que ça se passe mal.

— Tu te sens en confiance ? s'enquiert Will. Si tu n'es pas à l'aise, on peut redescendre en télécabine. Ça ne me gêne pas, je te jure. Aujourd'hui, c'est toi qui décides.

Je sens que mes yeux se mouillent de larmes. Il est tellement gentil. S'il découvre ce qui s'est passé, il pourrait ne jamais me pardonner. Ou ne jamais pardonner à son frère. Ou à aucun de nous deux. Rien ne dit qu'il ne m'accusera pas d'affabuler. Je ne peux pas prendre le risque de lui dire.

Il ne voit pas mes larmes, mais celles-ci embuent mes lunettes.

— Non, je m'en sens capable, réponds-je. Il faut juste que je nettoie mes lunettes.

Nous descendons jusqu'au bas de la pente et je m'en sors bien, à tel point que nous reprenons le télésiège pour tenter une piste bleue, cette fois. Bien sûr, j'essuie quelques chutes, mais il n'y a pas de caprices ni de crises de larmes.

Will est gentil, attentionné et patient. Je suppose qu'il s'en veut pour le déjeuner raté d'hier, mais il est très loin de se sentir aussi mal que moi. Plus j'y pense, plus je me dis que je suis responsable, au moins en partie, de ce qui s'est passé avec Adam. Je n'aurais pas dû abuser du vin, le laisser commander des boissons aussi chères et payer l'addition. Je n'aurais pas dû le laisser entrer dans ma chambre alors que j'étais couverte d'une simple serviette. J'aurais dû me débattre davantage lorsqu'il m'a plaquée sur le lit, j'aurais dû crier, hurler, donner des coups. Je n'ai rien fait de tout ça.

Je suis gelée et épuisée lorsque nous nous arrêtons le temps d'un déjeuner bien plus simple que la veille. Au menu, c'est croque-monsieur, frites et bière, soit précisément ce dont j'aurais dû me contenter hier, je le comprends maintenant, au lieu de me laisser étourdir par un festin arrosé de vin et de liqueurs. Quelle imbécile !

— Bon, qu'est-ce qu'on fait cet après-midi ? demande Will. Tu veux retenter une descente ? Tu étais épatante, ce matin.

Je regarde par la fenêtre : la neige tombe à gros flocons. Je suis partagée entre un sentiment de devoir qui me pousserait à accepter et l'envie, nettement plus forte, d'en rester là car c'est au-dessus de mes forces.

— Tu m'en tiendrais rigueur si je te disais non ? Je suis vraiment fatiguée et j'ai un peu froid. Mais vas-y si tu en as envie, ça ne me dérange pas. Je ne veux pas t'empêcher de t'amuser.

Will tend le bras par-dessus la table et me prend la main.

— Tu ne m'empêcheras jamais de m'amuser. Et pour tout t'avouer, j'ai froid aussi. On n'a qu'à rentrer et profiter du sauna. Si j'ai bien compris, tu n'y es pas allée hier, finalement. Et ensuite, on pourrait…

Il hausse un sourcil et je me force à sourire. En ce qui me concerne, c'est hors de question, mais je m'en inquiéterai le moment venu.

Will adresse au serveur le geste universel qui signifie « L'addition, s'il vous plaît », puis nous commençons à rassembler nos affaires. En temps normal, je me réjouirais de passer tout un après-midi en tête à tête avec Will, sans aucune contrainte ; or, là, je ne suis qu'une boule d'angoisse. Je refuse qu'il me touche. Je refuse que qui que ce soit me touche.

Soudain, une bouffée d'air froid s'engouffre dans le restaurant et la porte s'ouvre sur Adam, qui fonce jusqu'à notre table. Lorsqu'il s'affale à côté de moi, je me recroqueville instinctivement sur ma chaise. Bien qu'il ne soit pas particulièrement grand ni corpulent, je le trouve envahissant de par sa simple présence.

Il commande une bière au serveur qui, malheureusement, ne nous a toujours pas apporté l'addition.

— Alors, la matinée a été bonne ? demande-t-il.

— Oui, Louisa m'a montré ce qu'elle avait appris, répond Will. Elle a vraiment progressé.

Adam me toise de haut en bas, puis m'assène une claque sur l'épaule. J'essaie de ne pas tressaillir, mais c'est plus fort que moi.

— Excellent ! s'exclame-t-il. Je savais que tu en étais capable.

— Où est Nell ? demande Will.

— Elle est rentrée au chalet. Elle n'aime pas ce temps. Mais je me suis dit que je vous trouverais ici et, Will, je voulais te proposer un truc qui sorte un peu de l'ordinaire, cet après-midi. Ça te dirait de prendre un guide pour aller skier hors-piste ?

S'ensuit un bref silence.

— Oh, je crois que je vais passer mon tour, désolé, répond finalement Will, faisant preuve de loyauté. Avec Louisa, on se disait qu'on allait rentrer et se détendre au sauna.

Il semble sincère, mais j'ai beau l'aimer, je sais que le sauna lui donnera des idées et rien que d'y penser, ça me révulse.

— Ne sois pas bête, interviens-je. On n'est là que pour quelques jours, il y aura d'autres occasions d'aller au sauna. Va skier avec Adam. Je suis crevée, je pense que je vais rentrer au chalet et faire la sieste. Je serai très bien toute seule, vraiment.

Will fronce les sourcils.

— Hum. Je t'ai déjà pas mal faussé compagnie au cours du séjour et je ne voudrais pas que tu croies…

— Tu as entendu la dame ! l'interrompt Adam. C'est D'ACCORD. Allez, bouge-toi, qu'on essaie de trouver un guide. J'ai vu une agence en face qui s'appelle Skitastic, je crois. On n'a qu'à aller voir s'ils ont quelqu'un de disponible.

Will me regarde sans savoir quoi dire.

J'acquiesce avec un sourire. J'échappe à un moment intime avec Will, et en plus Adam sera hors de ma vue. Tout ce que je ressens, c'est un immense soulagement.

— Ça ne me pose pas de problème, je t'assure. Vas-y. Je veux que tu profites.

Il m'embrasse sur la joue et se lève.

— Tu es la copine la plus géniale du monde. À tout à l'heure.

28

Décembre 1998,
La Madière, France
Will

Le temps a de quoi décourager la plupart des skieurs, même ceux qui, comme nous, ne passent qu'une précieuse semaine par an aux sports d'hiver et seraient prêts à skier dans à peu près n'importe quelles conditions. Sans surprise, il y a un guide disponible chez Skitastic. La météo est de plus en plus mauvaise, mais je suis quand même content de profiter de la montagne. J'étais sincère quand j'ai proposé à Louisa de rentrer au chalet avec elle. J'avais envie que nous passions du temps ensemble, et je m'en veux de l'avoir laissée si souvent en plan cette semaine ; d'un autre côté, elle m'a encouragé à aller skier avec Adam. C'est franchement fatigant d'être sur les pistes par ce temps, surtout quand on débute, donc je ne suis pas surpris qu'elle ait préféré rentrer pour faire la sieste. Je me rattraperai plus tard.

Notre guide, Cameron, est anglais, et on ne peut pas dire qu'il corresponde au stéréotype du moniteur de ski. Il ne se vante pas de travailler dans « le plus beau bureau du monde », il ne nous fait pas emprunter les remontées mécaniques pour le simple plaisir de nous montrer le sommet du mont Blanc – de toute façon, par ce temps, on ne le verrait pas, même si c'était la montagne voisine. Et surtout, pas de grand discours sur l'importance de prendre le temps de profiter de la montagne, de nous amuser, peu importe que notre niveau ne soit pas excellent, que nous ne puissions pas descendre certaines pistes ou que nos virages laissent à désirer.

Non, au lieu de tout ça, nous remplissons quelques formulaires puis il nous sonde rapidement sur nos aptitudes (« On skie depuis qu'on est tout petits et sur tous les terrains », dit Adam, la dernière partie de sa phrase étant légèrement exagérée) et nos attentes pour cet après-midi. (Là encore, Adam répond pour nous deux : « Quelque chose d'un peu extrême. ») Je ne le contredis pas ; après tout ce temps passé avec Louisa sur des pistes faciles, je ne suis pas contre quelques sensations fortes.

Alors que nous nous dirigeons vers le sommet, Adam n'arrête pas de parler, pose les questions habituelles à Cameron – depuis combien de temps il est là, ce qu'il pense de la météo, etc., mais c'est tout juste si l'autre répond. À vrai dire, il a un côté abrupt qui frise l'impolitesse. Cependant, j'imagine que ça finit par être lassant d'avoir les mêmes conversations tous les jours avec de parfaits inconnus qu'on ne reverra certainement jamais. Ou peut-être qu'il n'a tout simplement pas envie d'aller skier alors que la météo est horrible.

— Bon, dit Cameron, une fois là-haut, on redescendra par le versant arrière, qu'on appelle le Couloir noir.

À présent, le vent souffle si fort que j'ai beaucoup de mal à l'entendre. Comme mes lunettes de ski sont embuées, je ne vois déjà plus rien alors que nous n'avons même pas entamé la descente. Je les retire, je les essuie et je les remets, mais c'est encore pire.

— Le terrain n'est pas très difficile, mais dans ces conditions c'est important d'y aller lentement, explique Cameron. Je vais prendre la tête, du moins dans un premier temps. Essayez de rester juste derrière moi, et pas de précipitation. Je m'adapterai à votre rythme, évidemment.

— On n'est pas des petites vieilles ! proteste Adam. On est capables de tenir la cadence. Ne t'inquiète pas pour ça.

Cameron acquiesce.

— Très bien, alors allons-y.

Nous nous élançons. Cameron part devant à faible allure, tandis qu'une silhouette vêtue du même anorak nous rejoint et ferme la marche. Adam ne tarde pas à doubler Cameron de façon à être le premier. De mon côté, je préfère progresser à un rythme plus tranquille : je n'ai pas l'habitude de skier dans une couche de poudreuse aussi profonde et la visibilité est quasi nulle. Quelques minutes plus tard, la deuxième personne de chez Skitastic me contourne à pleine vitesse, puis j'atteins un virage où m'attendent Adam et Cameron.

— Le segment qui suit est plus raide donc il va falloir y aller doucement, même si je vois bien que tu aimes la vitesse, dit Cameron à Adam aussi fermement que possible, malgré le vent qui le force à hurler pour se faire entendre. Deux points à retenir : primo, ne pas surestimer son niveau ; secundo, privilégier la précision à la rapidité.

J'esquisse un rictus qu'aucun d'eux ne verra sous mes différentes écharpes. Ce petit rappel à l'ordre va très certainement énerver Adam. Il ne supporte pas qu'on lui donne des consignes ni qu'on remette en question son niveau de ski.

— Pigé, maugrée-t-il sans prendre la peine de cacher son agacement.

— Bien, je repars en tête, dit Cameron. S'il vous plaît, regardez où je vais et ne me doublez pas. Je connais très bien la zone, vous non, et c'est risqué de s'aventurer seul en hors-piste, surtout avec une météo pareille, sans savoir où on va.

— Pigé, je viens de le dire, rétorque Adam d'un ton encore plus sec.

Cameron acquiesce et s'élance avec fluidité.

— Putain ! Il est obligé de me parler comme ça, ce mec dont je n'ai même pas retenu le prénom ? grommelle Adam.

— Il est guide de montagne, c'est son travail d'assurer ta sécurité.

— J'ai plutôt l'impression qu'il me traite comme un gamin, rétorque Adam.

Il prend appui sur ses bâtons et s'élance à son tour, mais pas avec autant d'aisance et de légèreté que Cameron, même s'il pense certainement soutenir la comparaison. Et puis, dans le deuxième virage, c'est la chute.

Je le regarde avec horreur glisser sur plusieurs mètres, tandis que ses deux skis sont projetés dans les airs. Puis je le perds de vue à cause de la neige qui tombe à gros flocons. Merde.

— Adam ! Ça va ?

Pas de réponse. À cause des rafales de vent, il n'a peut-être pas entendu que je l'appelais. Ou peut-être que si et que sa voix ne parvient pas jusqu'à moi.

— ADAM !

Toujours rien.

— J'ARRIVE ! hurlé-je à pleins poumons. Ne bouge pas !

Merde. Merde. Je ne suis pas doué dans ce genre de situations. Je prends appui sur mes bâtons et commence à descendre avec lenteur et prudence. Je ne le dirai jamais devant Adam, mais de nous deux c'est lui, le meilleur skieur, et je ne sais pas ce qui a provoqué sa chute. Du verglas ? Un rocher ? La malchance ? Je ne veux pas qu'il m'arrive la même chose.

Bon sang, bon sang, bon sang. Au moins, ses skis se sont détachés, limitant le risque de blessure aux jambes.

Merde ! Ses skis ! Où est-ce qu'ils sont ? Je me retourne pour scruter la pente, mais la neige qui tombe dru m'empêche de voir. Ils peuvent être n'importe où. Tant pis, je m'en préoccuperai plus tard. Le plus urgent, c'est de retrouver mon frère.

— ADAM ! ADAM !

Cette fois, je crois percevoir un son – à moins que ce ne soit que le vent.

— Reste où tu es ! J'arrive !

Et là, je l'entends distinctement.

— Par ici !

Une vague de soulagement me submerge.

— Tu es où ? hurlé-je.

— Par ici, pauvre con ! rétorque Adam d'un ton qui a au moins le mérite de me rassurer sur son état. Dans la neige !

— Oh, « dans la neige » ! Super, ça m'aide beaucoup !

— Je suis là, gros malin !

Je m'oriente grâce au son de sa voix, bien qu'elle soit en partie étouffée par le vent. Je skie aussi lentement que possible en slalomant avec précaution, pour éviter de tomber à mon tour. Puis, à quelques mètres en contrebas, je distingue enfin l'anorak coloré d'Adam qui se détache sur le blanc de la neige.

— Ah, te voilà. Qu'est-ce qui s'est passé ?

— Aucune idée. Une faute de carre, j'imagine.

Il marque une pause.

— Où sont mes skis ?

Mon estomac se tord. J'aurais dû les ramasser au passage, seulement j'ai paniqué, ma priorité était de le retrouver. Même si, encore une fois, il n'aurait pas dû tomber.

— Ils sont là où tu les as laissés, dis-je calmement.

— Mais merde, Will, pourquoi tu n'as pas pensé à les récupérer en descendant ?

Super. Il se vautre et c'est sur moi que ça retombe.

— J'ai préféré vérifier que tu ne t'étais pas cassé le cou ou que tu n'avais pas fini au fond d'un ravin, espèce d'ingrat.

— OK, et comment je descends, maintenant ?

Nous réfléchissons quelques instants tandis que le vent nous hurle dans les oreilles.

— Je pourrais rattraper les guides, remonter avec eux au sommet et récupérer tes skis quand on redescendra jusqu'à toi, proposé-je.

— Pas question, répond Adam en se relevant péniblement. Tu ne vas pas te barrer en me laissant ici à me les geler. Je ne suis pas tombé loin ; si on remonte un peu, on retrouvera mes skis. Ce n'est pas la mer à boire.

Je me tourne pour scruter le segment que nous venons de descendre, mais la montagne ne forme plus qu'une masse blanche qui se confond avec le ciel.

— Je doute que ce soit possible, dis-je en secouant la tête. Tes skis peuvent être n'importe où, on ne les retrouvera jamais. À mon avis, il vaudrait mieux…

— OK, fais comme tu veux, m'interrompt Adam. Moi, je remonte les chercher. Tu n'as qu'à continuer à descendre.

Il commence à gravir la pente d'un pas lourd. Au bout de quelques mètres, il se met à quatre pattes et continue à progresser en brassant la poudreuse. De toute façon, la pente est telle que c'est la seule façon de procéder.

Et merde, je ne peux pas le laisser là, tout seul. Je déchausse et le suis, tout en transbahutant mes skis et mes bâtons maladroitement. Il ne vaut mieux pas que je les pose, je risquerais de ne plus les retrouver.

L'ascension est rude, et très vite, je transpire dans mon anorak malgré le vent froid et mordant. Je reste à distance d'Adam, car il est inutile que nous couvrions tous les deux la même zone. Je m'apprête à lui crier que c'est une perte de temps, que j'ai changé d'avis et que je vais descendre prévenir les guides, trouver un magasin de skis et lui en rapporter une nouvelle paire, bref, tout sauf rester sur ce versant glacial où la visibilité est nulle, lorsqu'il s'exclame :

— J'en ai un !

Quel soulagement. Je rejoins tant bien que mal Adam, qui brandit son ski comme un javelot.

— Tu vois ? exulte-t-il. Je te l'avais dit, ça va aller. L'autre ne doit pas être loin. Allez, on continue à chercher.

Nous commençons à fouiller la poudreuse à l'aide de nos bâtons, seulement Adam a beau dire, rien ne garantit que le deuxième ski soit dans les parages, et on ne voit absolument rien. La couche de neige est encore plus épaisse par ici.

— Tu ne peux pas descendre sur un seul ski ? demandé-je avec impatience. Vu que tu es un athlète hors pair.

— Pas sur ce type de terrain, t'es con ou quoi ? répond-il. Aide-moi, il est forcément dans le coin.

Mais je ne tiens plus dans ce froid.

— Putain, Adam, c'est ridicule. On va mourir tous les deux ici si on n'est pas plus prudents. Je descends prévenir les guides. Ils sont certainement en train de paniquer à l'idée qu'on ait pu se perdre. Il y a forcément une procédure pour ce cas de figure. Ils pourront peut-être envoyer un chasse-neige te chercher, un truc dans le genre.

— C'est trop raide, aboie Adam. Aide-moi à chercher, c'est tout.

Je commence à avoir vraiment peur et je pense que lui aussi, même s'il ne l'admettra jamais. Il faut que l'un de nous agisse.

— Non, je descends, lui dis-je. On risque de perdre un temps fou pour rien.

— Bordel, Will, aide-moi ! À quoi bon avoir passé autant de temps à chercher si tu…

— Je vais prévenir les secours, insisté-je. C'est ce qu'il y a de plus raisonnable, que tu le veuilles ou non. Si tu ne peux pas descendre avec un seul ski, tu vas devoir attendre ici. Même si je ne sais pas encore comment, je te jure d'envoyer quelqu'un te chercher. Les secouristes ne vont pas te laisser en plan. Ça va aller.

Je pose doucement mes skis, mais entre la pente trop raide et mes fixations enneigées, impossible de les rechausser. Et là, j'explose.

— Putain, Adam ! Pourquoi je t'ai écouté, merde ? Pas moyen de remettre mes skis, maintenant !

— Parce que c'est ma faute, peut-être ? hurle-t-il à son tour. Aide-moi à trouver le deuxième, qu'on parte d'ici.

Lorsque j'entends enfin l'une de mes fixations qui se clipse, je prends une profonde inspiration.

— Adam, je pense qu'il vaut mieux pour nous deux que j'aille chercher de l'aide. Si je te propose ça, ce n'est pas pour avoir le dernier mot ou pour t'abandonner – même si ce n'est pas l'envie qui m'en manque, je dois te l'avouer. Mais je suis sûr qu'on a dévié du chemin d'origine, et les guides risquent de nous chercher au mauvais endroit. Et comme on est sur un secteur hors-piste, inutile de compter sur une patrouille. C'est dangereux ; on risque notre peau, là, Adam. Je dois y aller, prévenir les guides que tu es là et que tu es coincé. D'accord ? Et ils pourront envoyer des secours. C'est la seule solution.

Sans répondre, Adam s'obstine à larder la neige de coups de bâton. Et puis merde. Moi, je me tire d'ici. Ça y est, deuxième ski en place. Mais alors que je m'apprête à m'élancer, Adam m'agrippe.

— Tu ne vas nulle part.

— Lâche-moi.

Je tente de me dégager, mais impossible de me retourner car je suis gêné par mes bâtons et mes skis qui pointent dans la mauvaise direction. Il me pousse, et nous tombons tous les deux.

Ma tête heurte alors quelque chose de dur.

29

Décembre 2020,
La Madière, France
Hugo

— Un cadavre ? demandé-je. Qu'est-ce que qui s'est passé ?

— On n'en sait pas plus pour l'instant, répond Matt. La nouvelle est tombée ce matin à l'aube. Les autorités doivent mener leur enquête, et en attendant personne ne peut skier dans la zone de découverte du corps. De toute façon, ils ne peuvent pas ouvrir les remontées mécaniques situées le plus en altitude à cause du vent, donc... Il y a quelques pistes ouvertes au bas de la station, mais elles n'ont pas beaucoup d'intérêt, sauf pour les débutants.

— Oh, c'est affreux ! dit Ria.

Je la regarde pour la première fois depuis qu'elle est descendue. Malgré sa pâleur et sa mine effarée, elle est toujours aussi belle. L'élan de désir que je ressens m'agace, parce que je lui en veux toujours et que je ne vais pas la laisser s'en tirer à si bon compte.

Matt acquiesce avec gravité.

— Comme vous dites. Tout ce que je sais, c'est que les opérations menées par la police et les secouristes prennent plus de temps que prévu à cause des intempéries. La route qui mène à la station est bloquée, et impossible de faire décoller un hélicoptère en raison des vents violents, alors...

— Quelle histoire, murmuré-je.

Le regard de Ria se pose d'abord sur moi, puis sur Matt – un peu trop longtemps sur ce dernier à mon goût. Sentant mes joues chauffer, j'enfouis le visage dans mon journal et fais semblant de lire.

— En effet, c'est terrible, répond Matt. La police a délimité une zone très étendue. Et il va sans dire que, dans une petite station comme celle-ci, les ragots et les spéculations vont bon train. On ne connaît même pas l'identité du défunt, il peut aussi bien s'agir d'un habitant du village que d'un touriste. Et à mon avis, on ne le saura pas avant un bon moment.

— Est-ce qu'on a une idée de ce qui s'est passé ? s'enquiert Ria. Qui a trouvé le corps ? Au fait, c'est un homme ou une femme ?

Matt esquisse une grimace.

— Comme je le disais, pour l'instant il n'y a que des hypothèses. Si j'ai bien compris, un dameur a failli rouler dessus alors qu'il redescendait au village tôt ce matin. Je ne sais pas où exactement, mais ça m'étonnerait qu'il s'agisse d'un skieur, parce qu'il y a toujours une patrouille qui récupère les traînards en fin de journée. Je penche plutôt pour quelqu'un qui a abusé de l'alcool dans un bar hier soir et s'est perdu sur le chemin du retour, ou qui est tombé et s'est assoupi dans la neige.

Il marque une pause.

— Sans vouloir spéculer, bien sûr.

— Ce genre d'accident arrive souvent ? demandé-je.

— Non, heureusement. Je n'en ai jamais fait personnellement l'expérience en tout cas. Ce sont des informations qui circulent parfois dans la presse ou parmi les professionnels du milieu. C'est dramatique, mais les gens sont en vacances, boivent trop et se croient invincibles. La montagne peut être dangereuse, et il faut la respecter.

Un silence tombe sur la pièce. Puis Matt frissonne et ajoute :

— Bref, j'en ai terminé avec mon petit laïus. Des nouvelles de Simon et Cass ?

Je lève les yeux de mon journal qui est en français et dont donc je ne comprends pas un traître mot. J'aurais dû descendre avec mon iPad.

— Je ne les ai pas encore vus, mais j'imagine qu'ils ont du mal à émerger. La soirée s'est terminée tard. Je suis à peu près sûr qu'ils ne sont pas sortis.

— Vous savez si Cameron est resté dormir, finalement ? demande Matt.

— Aucune idée.

Je fais semblant de retourner à ma lecture. J'ai honte, mais pendant quelques secondes je me surprends à espérer que le corps retrouvé dans la neige soit celui de Cameron. Je chasse rapidement cette idée. Ce type a beau être un vrai con, personne ne mérite de mourir dans de telles conditions.

— Je ne sais pas non plus, dit Ria.

— OK, répond Matt après un instant de réflexion. Bon, je l'appellerai plus tard. Inutile de le déranger pour rien.

Le petit déjeuner se poursuit en silence.

Troisième partie

30

Avant

Maman a fondu en larmes. Je ne voulais pas avaler mon dîner – des Weetabix, comme souvent quand elle est trop fatiguée pour cuisiner – et j'ai tout balancé par terre. J'ai cru que maman allait me crier dessus à cause de ma bêtise, mais elle n'a rien dit, elle s'est assise sur l'une de nos deux chaises de cuisine branlantes et a sangloté très, très fort, avec de gros hoquets qui l'empêchaient presque de respirer.

— Maman ?

Lorsque j'ai posé ma main sur la sienne, elle l'a retirée pour s'essuyer les yeux avec colère.

— Maman, ne pleure pas…

Elle a continué sans prononcer un mot, si bien que j'ai fini par l'imiter.

Soudain, elle a bondi et s'est réfugiée dans un coin de la cuisine en plaquant les mains sur ses oreilles. Elle a crié « Non, non, non ! », puis elle s'est écroulée par terre, toujours en pleurant, mais plus doucement.

Je suis descendue de ma chaise même si, d'habitude, je n'en ai pas le droit avant d'avoir fini mon assiette. Je me suis dit que, cette fois, ça ne dérangerait pas maman. Ou peut-être que ça la dérangerait encore plus que d'habitude, je ne savais pas trop.

J'ai poussé ma chaise jusqu'à l'évier et je suis montée dessus pour prendre un torchon gluant qui avait une drôle d'odeur.

Puis je suis redescendue et j'ai tapoté le lait et les céréales, comme j'ai vu maman le faire les autres fois où j'ai renversé ma nourriture. Seulement, au lieu de nettoyer, j'ai eu l'impression d'étaler la flaque encore plus et j'ai espéré que maman ne se mette pas à me crier dessus.

— Maman, je m'en occupe, ai-je dit en tapotant encore et en lui montrant le torchon. Regarde.

J'ai désigné la flaque par terre. Elle était toujours là, mais ça ne m'a pas empêchée de dire :

— Voilà, il n'y a plus rien.

Elle a continué à pleurer, le visage enfoui dans ses mains. Ne sachant pas comment la consoler, je lui ai dit que j'étais une grande fille, que j'allais me débrouiller toute seule pour me coucher et qu'elle devait se reposer. J'ai cru que, comme ça, elle se sentirait mieux. Elle était toujours très fatiguée.

Je suis allée dans la chambre où nous dormions toutes les deux, je me suis déshabillée et j'ai enfilé mon pyjama. Je me fichais qu'il soit trop petit et déchiré à un endroit, parce qu'il était décoré de jolies bulles. C'était le vêtement que je préférais porter, et parfois je le gardais toute la journée, et même la nuit suivante. La plupart du temps, maman ne le remarquait pas.

Je me suis couchée avec mon nounours et j'ai ouvert l'un des rares livres que je possédais. Je n'arrivais pas à les déchiffrer, mais, quand maman était dans un bon jour, elle me les lisait et j'ai fini par les connaître par cœur. Malheureusement, des bons jours, il n'y en avait pas souvent.

J'ai eu du mal à savoir si mon nounours s'était endormi, parce que ce n'était pas dans ses habitudes de parler ou de bouger beaucoup, donc je suis allée jusqu'à la fin du livre. Je ne me souvenais pas de tous les mots de maman et il est possible que je me sois trompée par endroits, mais je ne pense pas que mon nounours m'en ait voulu. Nous passions beaucoup de temps ensemble car je ne connaissais pas d'enfants de mon âge. Puis j'ai fermé les yeux alors que la lumière était encore allumée, comme toujours quand je m'endormais ; comme ça, les monstres ne pouvaient pas entrer dans la chambre en l'absence de maman. Quand elle venait se coucher, elle éteignait la lumière mais ça ne m'inquiétait pas ; je savais que les monstres ne viendraient pas si elle était là, même si elle dormait. Elle me protégeait.

J'ai fermé si fort les yeux que j'ai commencé à avoir mal, alors je les ai rouverts mais maman n'était toujours pas là. J'ai retenu mon souffle pour essayer d'entendre si elle pleurait toujours, mais impossible à dire. J'ai chanté doucement à mon nounours, parce qu'il aimait les chansons. Je n'en connaissais pas beaucoup, seulement celles qui passaient à la télé, mais ça n'avait pas l'air de le déranger.

Quand mon nounours dansait au son de mes chansons, je riais, mais tout doucement pour ne pas déranger maman. Elle n'aimait pas que je fasse du bruit une fois que j'étais dans la chambre. Je ne savais pas lire l'heure, mais parfois, elle me couchait alors qu'il faisait encore jour et je mettais des heures à trouver le sommeil. Enfin, ça m'était égal tant que j'avais mon nounours. C'était un bon ami. Le seul que j'avais, à vrai dire.

Quand j'ai fini par m'endormir, maman ne m'avait toujours pas rejointe. Et à mon réveil le lendemain matin, elle n'était pas dans la chambre.

Je me suis levée et j'ai appelé maman. Elle n'était pas au salon non plus. La plupart du temps, elle passait la nuit dans notre chambre, mais il lui arrivait de s'endormir devant la télé et je la retrouvais le lendemain matin sur le canapé. Là, la télé était toute noire et il n'y avait personne dans la pièce.

— Maman ? Maman ?

D'habitude, je me réveillais la première, mais parfois, même si c'était très rare, maman était déjà dans la cuisine en train de prendre son petit déjeuner quand je me levais. Je ne l'y ai pas trouvée non plus.

Je me suis dit que ce n'était pas grave, que je n'étais plus une petite fille et que je pouvais préparer mon petit déjeuner toute seule. Ça m'était déjà arrivé. Parfois, maman était trop fatiguée ou trop triste pour sortir du lit et je me débrouillais toute la journée, comme une grande.

Mon bol préféré et les céréales que j'avais renversés la veille étaient toujours par terre, et le paquet de Weetabix, toujours sur la table, alors je suis montée sur la chaise pour l'attraper. Puis j'ai pris un bol dans le placard et une cuillère dans le tiroir – la plus belle, avec un dessin de princesse sur le manche. J'ai sorti le lait du frigo, je l'ai reniflé, comme maman, j'en ai versé dans le bol et j'ai ajouté un peu de sucre en poudre.

Quand j'ai terminé les Weetabix, que j'ai trouvés bons, j'ai déplacé la chaise jusque sous l'évier et j'ai passé le bol sous l'eau, comme maman faisait quand l'évier débordait de vaisselle. Il était déjà quasiment plein et ça sentait bizarre, mais je n'ai pas essayé de laver les autres choses, parce que j'ai vu des couteaux et je n'avais pas le droit d'y toucher. Maman disait qu'ils étaient tranchants et que je risquais de me blesser. Parfois, elle retroussait ses manches pour que je voie les coupures qu'elle s'était faites sur les bras à cause des couteaux. Elle voulait que je sache à quel point ils étaient dangereux ; je n'aimais pas quand elle me montrait ça et je détournais les yeux.

Ensuite, je suis retournée dans la chambre et je me suis habillée. Mes vêtements de la veille traînaient encore par terre, alors je les ai remis. Puis je suis allée au salon et je me suis mise devant la télé, mais les programmes n'étaient pas intéressants et il n'y avait pas de dessins animés. Parfois, je n'avais pas le droit de regarder la télé parce que maman avait la migraine et elle disait que le bruit la gênait.

Au bout de plusieurs heures, j'ai de nouveau eu faim. Comme maman n'était toujours pas rentrée, je me suis resservie en Weetabix et j'ai continué à regarder la télé. Quand j'ai voulu remanger le soir venu, j'étais à court de lait, alors je suis remontée sur ma chaise et j'ai mis de l'eau du robinet sur mes Weetabix. J'ai eu beau ajouter du sucre, ce n'était pas très bon, mais j'ai mangé quand même parce que j'étais affamée.

Quand la nuit est tombée, j'ai remis mon pyjama et je suis retournée au lit.

Maman n'était toujours pas rentrée. Même avec la lumière et mon nounours serré contre moi, j'ai commencé à avoir peur.

Au réveil, j'avais le ventre qui gargouillait et toujours aucune nouvelle de maman. J'ai appelé, j'ai vérifié dans toutes les pièces, pas de réponse.

Comme le paquet de Weetabix était vide, j'ai ouvert le frigo et j'ai vu une boîte de fromage en triangles. D'habitude, je mangeais ça sur une tartine et c'était maman qui la préparait, puisque j'avais interdiction de toucher aux couteaux. Vu que j'avais très faim, je me suis dit qu'elle ne m'en voudrait peut-être pas trop pour cette fois, à condition que je sois très prudente. J'ai ouvert un tiroir, j'en ai sorti un couteau avec d'infinies précautions et j'ai étalé le fromage sur un quignon tout dur trouvé dans la boîte à pain. Je devais me limiter à un triangle, sinon c'était du gâchis et l'argent ne poussait pas sur les arbres, disait toujours maman. J'ai mangé, j'ai trouvé ça bon, seulement j'avais encore faim, alors j'ai déballé les deux triangles restants et je les ai mangés tout seuls, sans pain ni rien. Normalement, c'était interdit, mais je me suis dit que maman ne m'en voudrait peut-être pas pour cette fois.

— Maman ! ai-je crié du plus fort que j'ai pu. Maman !

Elle n'était pas là.

J'ai rallumé la télé et je me suis assise sur le canapé en câlinant mon nounours.

Le soir, maman n'était toujours pas rentrée et j'avais mangé le peu qu'il restait dans les placards et le frigo. Les haricots blancs, que j'ai mangés froid parce que je n'avais pas le droit de toucher à la gazinière sous peine de me brûler, c'était pas bon. J'ai mangé un autre morceau de fromage qui traînait, et puis un yaourt qui piquait un peu la langue. J'avais encore faim, mais il faisait nuit et c'était sans doute l'heure d'aller au lit, alors je me suis couchée et j'ai chanté des chansons à mon nounours jusqu'à ce que je m'endorme.

Le lendemain matin, toujours pas de maman. J'avais tellement faim que mon ventre me faisait mal, et les placards étaient vides. Dans ces cas-là, maman allait au magasin pour acheter à manger, et comme elle était absente j'ai voulu y aller à sa place. Seulement, pour ça, j'avais besoin d'argent – maman avait pour habitude de dire que les courses coûtaient toujours trop cher. Et là, je me suis souvenue que j'avais de l'argent ! Parfois, pour me féliciter d'avoir été très sage, maman me donnait quelques pièces en cadeau. Elles étaient petites, marron et je les gardais dans un bocal à part.

Je me suis habillée et j'ai renversé tout le contenu de mon bocal sur le lit. Comme je ne savais pas compter, j'étais incapable de dire la somme qu'il y avait, mais ça m'a paru beaucoup, donc j'ai cru que je pourrais acheter plein de nourriture et que je n'aurais plus jamais faim. J'ai mis l'argent dans mes poches – ça prenait de la place parce qu'il y avait beaucoup de pièces – et je suis allée chercher, dans la cuisine, le sac de courses de maman. J'étais toute contente, je me suis dit qu'elle serait fière de moi quand elle rentrerait – et soulagée, aussi, de ne pas avoir à s'en occuper alors qu'elle était si fatiguée.

J'ai pris une chaise et je l'ai placée devant la porte d'entrée de façon à pouvoir atteindre la poignée. J'ai essayé de l'abaisser, mais elle résistait, alors j'y suis allée à deux mains. Impossible d'ouvrir la porte. Je me suis alors souvenue qu'il y avait parfois dans la serrure une clé que maman tournait pour que nous soyons en sécurité la nuit. J'ai regardé tout autour de moi, mais pas de clé.

Alors que mon ventre gargouillait, je me suis mise à pleurer en pensant que je ne pouvais pas sortir, aller au magasin et acheter à manger pour maman. Elle allait être triste que j'aie vidé le frigo et les placards, et en plus, je n'avais pas réussi à nettoyer par terre avec le torchon.

Je me suis mise à tambouriner à la porte.

— Maman ! Maman ! Maman !

31

Site du *Daily Mail*

13 décembre 2020

Le corps retrouvé tôt ce matin à La Madière, une station de ski des Alpes françaises, pourrait être celui de Will Cassiobury, porté disparu en 1998 suite à un accident de ski.

On doit la macabre découverte au conducteur d'une dameuse qui rentrait chez lui après une nuit de travail. D'après les autorités, les récentes intempéries pourraient avoir entraîné plusieurs avalanches de faible ampleur mais suffisantes pour déloger le corps du lieu où il reposait à l'origine.

Une autopsie complète va être effectuée. Le plus proche parent de M. Cassiobury, son frère, qui skiait avec lui lors de sa disparition, est attendu à La Madière pour procéder à l'identification formelle du corps.

32

Décembre 2020,
La Madière, France
Hugo

— C'est terrible, cette histoire, dit Simon. Quand on pense à ce pauvre homme qui est resté enfoui dans la neige durant tout ce temps. Quelle fin…

— Affreux, renchérit Cass.

Au chalet, l'atmosphère est feutrée. Rien n'est encore officiel, mais il semble établi que le corps retrouvé est celui d'un certain Will, mort dans un accident il y a plusieurs années.

— J'ai entendu dire que son frère était en chemin, précise Matt. Rien n'est sûr mais, si j'ai bien compris, l'âge, le sexe et le lieu de la découverte, compte tenu des avalanches récentes, semblent indiquer que c'est lui. Il n'y aura pas de confirmation avant l'identification formelle.

— La famille doit être soulagée qu'il ait été enfin retrouvé, souligne Cass. Je ne peux même pas imaginer…

Elle frissonne, puis se penche pour déposer un baiser sur la tête d'Inigo. Lorsque celui-ci pousse un soupir d'aise, je sens une bouffée de chagrin m'envahir en pensant au bébé que Ria veille à ne pas avoir pour l'instant.

Elle est montée s'allonger dans la chambre car elle ne se sent pas bien, dit-elle. Qu'elle ne compte pas sur moi pour compatir. Elle n'avait qu'à pas boire autant. Elle n'avait qu'à pas me mentir.

33

Décembre 2020,
Phuket, Thaïlande
Adam

Je m'attendais à tout sauf à ça.

La vitesse à laquelle ils m'ont localisé, à l'autre bout de la planète, est impressionnante.

Je vais certainement passer pour un homme sans cœur en disant ça, mais au cours des deux dernières décennies, j'ai rarement pensé à Will, à l'accident et aux événements qui l'ont précédé.

Sur le moment, la presse a parlé de moi comme d'un miraculé ayant survécu à une nuit de tempête après s'être perdu en montagne. Je n'ai pas menti, quand j'ai dit aux journalistes que l'accident m'avait changé – c'était vrai. Il m'a fait comprendre qu'on n'avait qu'une vie. Je n'allais pas la gâcher en restant à la City, à occuper un poste qui rapportait, certes, mais ne me plaisait pas.

Donc, j'ai démissionné et j'ai pu partir en voyage grâce à une prime que j'avais touchée – avec Nell, dans un premier temps. Nous avons fait du bénévolat dans des orphelinats en Afrique, participé aux vendanges en France, travaillé sur un yacht dans les Caraïbes pendant un temps. Au début, c'était le paradis. Je n'aurais pas pu être plus heureux.

Et ce que j'ai dit quand j'ai repris connaissance, c'était la vérité : je n'avais aucun souvenir de la mort de Will ni du séjour. Tout ce que je savais, c'était que j'avais perdu deux phalanges à cause des engelures et que j'avais passé la nuit recroquevillé à l'intérieur d'un trou creusé dans la neige, près d'un rocher. Les sauveteurs n'en revenaient pas que j'aie survécu à la tempête, étant donné l'altitude – et moi non plus, d'ailleurs, une fois le choc passé. Will avait toujours été le plus pragmatique de nous deux, et pourtant c'était moi qui avais réussi à improviser, je ne sais trop comment, un abri de fortune, tandis que lui semblait s'être évaporé dans les airs.

Avec le temps, je me suis rappelé plus en détail ce qui s'était passé, la culpabilité a commencé à me ronger, puis Nell et moi avons rompu lorsque mes idées noires, assorties parfois d'accès de violence, lui sont devenues insupportables. J'avais de plus en plus de mal à couler des jours tranquilles au soleil alors que le corps de mon frère gisait sur le versant d'une montagne enneigée. Après avoir suivi une thérapie qui ne m'a été d'aucune utilité, j'ai fini par me construire une vie – pas exceptionnelle, certes, mais confortable, en tâchant d'écarter de mon esprit toute pensée en rapport avec Will, parce que c'était plus facile. À vrai dire, je n'ai pas trouvé d'autre moyen d'assumer. J'ai tourné la page – l'accident remontait à plus de vingt ans, après tout – et j'arrivais à vivre avec.

Jusqu'à aujourd'hui.

Il faut que je retourne à La Madière, je le sais. Seulement, je ne veux pas remuer le passé. Ce qui est fait est fait. Je ne vois pas ce qui pourrait en ressortir de bon, pour qui que ce soit.

34

Avant

— *Ohé ! Ohé ? Est-ce que tout va bien ?*

Quelqu'un a rabattu le clapet de la fente à lettres pour regarder chez nous.

Assise par terre près de la porte avec mon nounours, je pleurais en appelant maman depuis si longtemps que j'avais mal à la gorge. Je me suis tue en entendant cette voix de femme qui avait l'air gentille – même si maman disait toujours que ça n'existait pas pour de vrai, les gens gentils, que même quand ils en donnaient l'impression ils pouvaient changer en une seconde, et que je ne devais pas accorder ma confiance à n'importe qui.

Je me suis levée.

— *J'ai faim ! ai-je hurlé. Et je n'ai rien à manger.*

— *Mon Dieu, a répondu la femme. Est-ce que ta maman est là ?*

— *Non.*

— *Et ton papa ?*

— *Il est très loin.*

— *Je vois. Où est ta maman ?*

— *Je ne sais pas. Elle est peut-être sortie faire des courses, en tout cas elle n'est pas rentrée.*

— *D'accord, ma chérie. Ne t'inquiète pas, on va régler ça. Toi et moi, ensemble. Tu es toute seule depuis combien de temps ?*

— Je ne sais pas. Longtemps.

— Tu peux m'ouvrir la porte ?

— Je n'ai pas le droit. Il y a peut-être des gens méchants. Et de toute façon, elle est coincée. Je voulais aller au magasin pour acheter à manger parce que je n'ai plus rien, seulement je n'ai pas réussi à ouvrir la porte, j'ai mal au ventre et…

Je pleurais tellement que j'avais du mal à parler.

— Du calme, ma chérie, je vais t'aider. On va te sortir de là, te donner à manger et retrouver ta maman. Je vais appeler quelqu'un qui va nous aider à ouvrir la porte, puis je resterai avec toi et on discutera jusqu'à son arrivée. C'est d'accord ?

J'ai acquiescé, oubliant que la gentille dame ne me voyait pas.

— C'est d'accord, ma chérie ?

— Oui.

— Alors ne bouge pas. Je passe chez moi, j'appelle quelqu'un et je reviens, c'est promis. Tu veux bien faire ça pour moi ? Tenir le coup encore deux minutes ?

— Oui.

— Bien. Je reviens dès que possible, promis.

La dame est partie et je me suis rassise près de la porte en serrant mon nounours tout contre moi. J'espérais qu'elle tiendrait parole, parce que j'avais vraiment mal au ventre. Heureusement, quelques minutes plus tard, le clapet de la fente à lettres s'est soulevé de nouveau.

— Ça y est, ma chérie, les policiers arrivent. Ils vont ouvrir la porte, te faire sortir et t'aider à retrouver ta maman.

— J'aurai à manger ?

— Bien sûr, mon trésor, dès que tu seras sortie d'ici. Les policiers m'ont dit au téléphone de ne pas te donner quoi que ce soit, parce que tu dois d'abord voir un médecin. Mais je suis sûre que ce ne sera pas long. Tu veux jouer à un jeu en attendant ?

— Oh oui. Ou on pourrait chanter une chanson.

— Très bonne idée. Par quoi tu veux commencer ?

C'était chouette de chanter avec la dame, qui connaissait les mêmes chansons que moi, mais nous avons vite fait le tour. Maman ne chantait pas souvent avec moi, elle disait que ça lui donnait mal à la tête, alors je chantais tout doucement à mon nounours. Sheila, c'était le nom de la dame, m'a dit de donner de la voix, que ça m'aiderait à garder le moral. Je ne comprenais pas ce qu'elle voulait dire par là, mais ça avait l'air chouette, alors c'est ce que j'ai fait et ça m'a plu, même si j'avais aussi l'impression de désobéir à maman. Sheila a calé le clapet de la fente à lettres pour que nous puissions mieux nous entendre. J'aimais bien Sheila. Ça ne m'arrivait pas souvent de rencontrer de nouvelles personnes. D'habitude, j'étais toute seule avec maman, et la plupart du temps elle était trop fatiguée ou ne se sentait pas assez bien pour jouer, alors je restais avec mon nounours.

J'arrivais au bout d'une comptine quand il y a eu un grand bruit dehors.

— Ah, il va falloir qu'on arrête, trésor, a dit Sheila. Les policiers sont arrivés. Je vais rester là et attendre, comme ça je pourrai te dire bonjour quand tu seras sortie. Mais d'abord, ils vont discuter avec toi, d'accord ? Tu ne dois pas avoir peur, tu ne t'es attiré aucun ennui. Tu es une petite fille vraiment très courageuse et ça m'a fait plaisir de chanter avec toi. On pourra recommencer un autre jour ?

— Oui, j'aimerais bien.

— Ohé ! a dit une autre voix de femme. Je m'appelle Anna, je suis assistante sociale et je suis là pour m'occuper de toi. Est-ce que tu vas bien ? Tu n'es pas blessée ? Tu es toute seule, c'est bien ça ?

— J'ai mal au ventre, j'ai faim et maman n'est pas là, ai-je dit.

— D'accord. On va te donner à manger très bientôt. Pour l'instant, je veux que tu ailles à la fenêtre de la pièce d'à côté – je pense que c'est ton salon – de façon qu'on puisse te voir. Sheila sera dehors et tu pourras lui faire coucou. Tu veux

bien me rendre ce petit service ? Quand tu seras à la fenêtre, il y aura un gros boum parce que la police va devoir casser la porte pour te faire sortir, te donner à manger et t'aider à retrouver ta maman.

— Mais maman sera fâchée si vous cassez la porte.

— Ne t'inquiète pas pour ça, on réparera après. Tu veux bien aller à la fenêtre ? Tu m'y verras, je serai avec Sheila et tu pourras nous faire coucou. Tu es d'accord ?

Je ne bouge pas.

— Tu es toujours là, ma chérie ? Tu es d'accord ?

— Oui, je vais aller à la fenêtre avec mon nounours.

Je me suis levée, je suis allée dans le salon, j'ai tiré le rideau et j'ai agité la main en direction des deux femmes que j'ai vues. Elles ont souri et m'ont fait coucou aussi. Elles avaient l'air gentilles, pas du tout méchantes ou effrayantes.

Un homme a crié, il y a eu un gros boum et la porte s'est ouverte en grand. Le bruit a été si fort que je me suis mise à pleurer en plaquant mes mains sur mes oreilles. Un monsieur et une dame en uniforme sont entrés, le monsieur m'a prise dans ses bras en disant : « Tout va bien, ma petite, tu es en sécurité. » Dans le couloir, il m'a déposée sur une chaise avec des roues – j'ai trouvé ça bête vu que je sais marcher, mais je l'ai laissé faire parce qu'elle était bien confortable, cette chaise. On m'a enroulée dans une couverture toute douce, et tout à coup je me suis sentie très fatiguée, et en plus, j'avais faim. J'ai serré mon nounours très fort contre moi.

Nous sommes descendus par l'ascenseur, on m'a placée à l'arrière d'un grand van jaune qui ressemblait à une ambulance, mais je me suis dit que je devais me tromper puisque je n'étais pas malade. Anna est restée avec moi et m'a demandé depuis quand j'étais toute seule et si ça m'était déjà arrivé avant. J'ai dit que je ne savais pas combien de temps ça faisait et que maman m'avait déjà laissée toute seule, mais jamais au point que je sois obligée d'acheter à manger, et que si je m'étais mise à taper contre la porte, c'était parce que je pouvais pas sortir faire les courses.

On m'a emmenée à l'hôpital, et c'était rigolo parce que c'était une première pour moi, on a même allumé la lumière bleue et la sirène de l'ambulance. Là-bas, j'avais ma propre chambre et c'était chouette, parce que je n'avais jamais eu une chambre rien qu'à moi, et plein de gens gentils sont venus me poser des questions et me regarder un peu partout. J'ai dû faire pipi dans un flacon, ce qui n'était pas facile même si une infirmière m'a aidée. Ils m'ont aussi mis un truc dans la bouche pour vérifier que je n'avais pas trop chaud – j'avais bien dit que non. La seule chose que je n'ai pas aimée, c'est quand ils ont passé une espèce de bandeau autour de mon bras qui l'a serré très fort, mais heureusement, ça n'a pas duré longtemps. Pendant tout ce temps, Anna est restée avec moi, et après que plein de gens sont passés me voir et m'ont posé des questions et que j'ai cru que j'allais avoir un trou dans le ventre tellement j'avais faim, une gentille dame m'a apporté un plateau avec du poisson pané et de la purée, mon plat préféré.

— Prends le temps de bien mâcher, m'a dit la dame. Si tu n'as rien mangé depuis longtemps, tu risques d'être malade.

Elle m'a aussi donné un gobelet d'eau violette qui n'avait pas bon goût, mais Anna m'a dit que je devais être courageuse et le boire. Elle a utilisé un mot que j'ai oublié, mais si j'ai bien compris, j'étais toute sèche à l'intérieur.

L'autre dame avait tort, parce que j'ai tout englouti très vite sans être malade. Quand j'ai dit à Anna que j'avais encore faim, elle a tiré sur une ficelle qui pendait du plafond, puis elle a demandé s'il y avait à manger pour moi. La dame a dit qu'elle allait voir ce qu'elle pourrait trouver ; finalement, elle est revenue avec un beignet recouvert de sucre.

Après l'avoir dévoré, j'étais très fatiguée et j'ai dit à Anna que je voulais dormir.

— Est-ce que maman va venir me chercher demain ? ai-je demandé. Et est-ce que la porte va être réparée ? Elle sera très fâchée de la trouver cassée.

Tout à coup, en revoyant maman assise par terre en train de sangloter, je me suis sentie très triste alors que je venais de me régaler avec le poisson pané et le beignet. Si la porte était toujours cassée à son retour, elle risquait de se remettre à pleurer.

— La porte a été sécurisée… enfin, personne ne peut entrer, et elle sera certainement réparée très bientôt – demain, avec un peu de chance. Et on est en train de chercher ta maman. Tu es sûre de ne pas avoir une grand-mère ou un grand-père ? Des oncles ou des tantes, peut-être ? Des cousins ?

— Non, mamie est au ciel. Il n'y a que maman.

— Pas de papa ?

— Maman m'a dit qu'il habitait très loin.

— Tu ne le vois jamais ? Tu ne sais pas où il vit ?

J'ai secoué la tête.

— Je vois, a dit Anna. Bon, on va faire tout ce qu'on peut pour la retrouver.

— Et si vous ne la retrouvez pas ? Il n'y a rien à manger à la maison, la porte est cassée et je ne peux pas aller au magasin.

Soudain, j'ai de nouveau eu très peur.

— Tu vas souvent au magasin toute seule ? a demandé Anna.

— Non, j'y vais avec maman. Mais cette fois, je voulais y aller parce qu'il n'y avait plus rien à manger.

Elle a hoché la tête.

— D'accord. J'espère qu'on aura des nouvelles de ta maman à ton réveil, mais dans le cas contraire, tu iras chez une gentille famille le temps qu'on la retrouve. Il y aura peut-être d'autres enfants avec qui tu pourras jouer. Est-ce que ça te semble être une bonne idée ? Quoi qu'il arrive, on ne te laissera plus jamais toute seule sans rien à manger, je te le promets.

— Je pourrai prendre mon nounours avec moi, si je vais dans une gentille famille ?

— Évidemment. Il sera le bienvenu.

— Alors c'est d'accord. Mais juste le temps que maman revienne.

C'était la première fois que je mettais les pieds dans une vraie maison. J'en avais vu seulement à la télé, ou alors j'en longeais quand j'allais au magasin avec maman. Chez nous, c'était un appartement avec quelqu'un qui vivait au-dessus et quelqu'un d'autre qui vivait en dessous. Parfois, on entendait de la musique ou des cris qui venaient de chez les voisins. J'aimais bien entendre d'autres gens parce que ça me donnait l'impression d'avoir de la compagnie, mais maman, elle n'aimait pas. Parfois, elle se bouchait les oreilles et criait « Taisez-vous, taisez-vous, taisez-vous ! » pour couvrir les bruits. Quand ça arrivait, j'allais dans une autre pièce et je chantais à mon nounours.

Anna m'a accompagnée jusqu'à cette maison parce qu'on n'avait toujours pas retrouvé maman, et elle m'a dit que j'allais vivre ici pendant qu'on continuait à la chercher. Elle m'a expliqué que le monsieur et la dame qui habitaient là accueillaient des enfants comme moi dont les parents ne pouvaient plus s'occuper pendant quelque temps, mais qu'on n'y restait jamais pour toujours. Elle a dit que ce serait comme vivre chez moi et que je pourrais garder mes habitudes, mais j'ai tout de suite vu que ce ne serait pas pareil. C'était comme les maisons à la télé avec une maman, un papa et d'autres enfants, les rideaux étaient ouverts et il y avait même une coupe de fruits sur la table.

Anna s'est accroupie devant moi de façon à me regarder dans les yeux et a dit :

— Si tu es d'accord, je vais te laisser ici avec Rhonda et Nick, qui vont t'aider à t'installer dans ta nouvelle chambre. Si tu as des questions ou quoi que ce soit qui te tracasse, toi ou Rhonda pouvez m'appeler à n'importe quelle heure.

— Quand est-ce que je verrai maman ? Si elle rentre et qu'elle ne me voit pas à l'appartement, elle va se demander où je suis.

— Ne t'inquiète pas pour ça. Dès qu'on l'aura retrouvée, on lui dira que tu es en sécurité.

— Et on me ramènera chez moi ?

Anna a marqué une pause.

— Hum… oui. Lorsqu'on sera sûrs qu'elle n'est pas trop… fatiguée pour s'occuper de toi correctement, tu pourras la revoir.

— Mais en attendant, tu vas bien t'amuser ici ! a lancé gaiement Rhonda. Tu veux que je te montre ta chambre et qu'ensuite, je te présente à tes nouveaux frères et sœurs ?

— J'ai des frères et sœurs ?

J'étais toute contente, parce que j'avais toujours voulu une sœur, quelqu'un comme moi avec qui jouer – un frère, j'étais moins sûre.

— Eh bien, c'est comme ça qu'on vous appelle, a répondu Rhonda. Ici, vous formez une famille.

J'avais une chambre pour moi toute seule et je n'arrivais pas à y croire. Elle était super jolie, avec des rideaux roses à fleurs, un grand lit et une couette bien moelleuse avec des fées dessinées dessus. C'était un vrai lit qui restait là tout le temps, pas un pliant comme chez maman.

Il y avait aussi une armoire et une commode, seulement je n'avais rien pris à part mon nounours. Comme je n'avais pas de vêtements de rechange pour le lendemain, j'en ai parlé à Rhonda et elle m'a dit que ce n'était pas grave, qu'elle allait me prêter de quoi m'habiller en attendant qu'Anna passe à l'appartement et me rapporte quelques affaires. Elle a ajouté que, comme ça, je me sentirais chez moi, mais j'ai trouvé ça bizarre vu que, de toute façon, je n'étais pas chez moi. Parmi les rares vêtements que je possédais, je voulais mon pyjama à motif de bulles et mon t-shirt préféré avec un hibou. Mes autres habits étaient pour la plupart trop petits, et maman disait toujours que je grandissais trop vite, que l'argent ne poussait pas sur les arbres et que j'allais devoir attendre. Je me suis demandé si les vêtements que me prêterait Rhonda seraient plus jolis et m'iraient mieux.

Lorsque nous sommes redescendues au rez-de-chaussée, j'ai vu d'autres enfants dans la cuisine. Rhonda a dit :

— Tu veux t'asseoir et manger des galettes ?

— Oh oui, s'il vous plaît !

Je ne voyais pas de quoi elle parlait, mais je me suis dit que toute nourriture était bonne à prendre.

— Je te présente Ben, Ryan et Layla, tes nouveaux frères et sœur.

Layla était très grande, presque aussi grande qu'une adulte, et les garçons étaient un peu plus âgés que moi.

— Et voici William, a ajouté Rhonda en désignant un bébé allongé dans un cosy posé par terre.

— Elle est où, ta mère ? a demandé Ben en mangeant une galette au chocolat.

Pour la première fois depuis mon arrivée, Rhonda a élevé la voix.

— Ben ! Tu sais que ce ne sont pas des questions que l'on pose dans cette maison. Ta nouvelle sœur parlera de sa famille en temps voulu, et seulement si elle en a envie. Sinon, tant pis.

— Ma mère est en prison, a claironné Ben.

— Je ne sais pas où est la mienne, ai-je répondu, mais elle va revenir très bientôt.

— Bien sûr, a marmonné la grande fille, tout le monde dit ça.

Sur ce, Rhonda s'est exclamée sans que je comprenne bien pourquoi :

— Layla ! S'il te plaît !

La première fois, j'ai habité chez Rhonda et Nick pendant presque deux ans et j'en ai gardé de bons souvenirs. Les autres enfants – mes frères et sœurs, on insistait pour que je les appelle comme ça – restaient moins longtemps, ils arrivaient et repartaient. Il y avait toujours du monde avec qui jouer, et une fois que je m'y suis habituée, ça m'a plu. J'ai commencé l'école, et là aussi, je me suis fait des amis. J'ai eu du mal au début parce que je ne connaissais pas mes tables de calcul ni mon alphabet ni plein d'autres leçons que la plupart des enfants de mon âge savaient déjà, puis c'est devenu plus facile et j'ai eu des bulletins rien qu'à moi qui montraient à quel point je m'en sortais bien.

Même s'il a fallu deux semaines pour retrouver maman, qui dormait dans la rue, je ne suis pas rentrée tout de suite à l'appartement et elle non plus, d'ailleurs. Anna m'a expliqué que maman était dans un hôpital spécial et qu'elle m'emmènerait la voir toutes les semaines. J'essayais de sourire, d'être contente de voir ma maman, mais au fond j'avais peur. Parfois, elle était assise dans sa chambre et ne parlait pas vraiment. Anna lui racontait ma vie à l'école, mes résultats, mes loisirs, et puis elle disait « On passe un bon moment, non ? » toutes les cinq minutes, alors que non, on ne passait pas un bon moment du tout. J'avais hâte de partir, parce que maman n'écoutait même pas.

D'autres fois, maman pleurait et Anna essayait de lui tenir la main, de lui tapoter le bras, seulement maman ne voulait pas et allait se cacher dans un coin – ces visites-là, c'était les pires. Ou alors elle me serrait contre elle à m'étouffer, en répétant qu'elle était désolée et que je méritais une meilleure maman. Je n'aimais pas ça non plus, parce que je ne savais jamais quoi répondre et que je me retrouvais parfois avec sa morve sur mes vêtements.

Au bout d'un moment, maman est sortie de l'hôpital pour aller vivre dans un appartement qui était bien plus joli que le précédent, et les visites se sont mieux passées. Au début,

Anna m'accompagnait toujours quand j'allais la voir. Elle ne pleurait pas, il y avait souvent un gâteau fait maison et l'appartement était toujours propre et bien rangé, avec des rideaux ouverts. Parfois, maman m'emmenait au McDonald ou au parc pour donner à manger aux canards. Anna a fini par ne plus venir pour nous laisser toutes les deux.

Puis un jour, Anna a dit que maman pouvait recommencer à s'occuper de moi et m'a demandé ce que j'en pensais. Je ne savais pas quoi dire. L'appartement de maman était pas mal et j'avais ma propre chambre, mais ce n'était pas aussi bien que chez Rhonda et je savais que Rhonda ne me laisserait pas toute seule sans rien à manger. C'était il y a longtemps, mais je m'en souvenais encore et il suffisait que j'y repense pour que j'aie mal au ventre. Mais c'était ma maman et, malgré ce qui s'était passé, j'avais quand même envie de vivre avec elle, donc j'ai dit que j'étais d'accord tant que Rhonda et Anna restaient mes amies et passaient me voir de temps en temps. Anna a dit que c'était possible et qu'elle me rendrait visite très souvent, et Rhonda a dit qu'elle pourrait toujours m'accueillir si j'en avais envie ou si maman avait besoin d'un peu de temps pour elle, à condition qu'elle soit d'accord.

Puis je suis montée dans ma chambre et j'ai pleuré sans que personne ne le remarque.

35

Décembre 2020,
La Madière, France
Hugo

Cameron passe nous voir, hélas. Par moments, je déteste être chef d'entreprise et devoir me montrer aimable avec des gens comme lui.

— Qu'est-ce que c'est que ces têtes ? lance-t-il en balayant le salon du regard. Quelqu'un est mort ou quoi ?

S'ensuit un silence gêné. Matt s'éclaircit la voix.

— Oui, Cameron, une mauvaise nouvelle vient de tomber. Vous n'avez pas entendu ? On a découvert un corps.

— Je ne suis pas au courant, je sors tout juste de chez moi. Un corps ? Qui l'a trouvé ?

— Un dameur. Mais ce serait *a priori* une mort ancienne, un type qui est décédé il y a longtemps et dont la dépouille a été délogée par les intempéries récentes. Apparemment, son frère va venir ici pour confirmer l'identité et s'occuper des démarches.

— Son frère ? répète Cameron en se passant une main sur le visage. D'accord. Le pauvre.

Matt consulte un document sur une planchette à pince.

— Justement, Didier, de l'office de tourisme, m'a appelé car il n'arrivait pas à vous joindre. Il se demandait si vous pouviez héberger le frère en question. Comme cet homme est en deuil, Didier se voit mal lui demander de payer l'hôtel. Vous seriez d'accord ? C'est la moindre des choses, je pense.

Je garde les yeux rivés sur mon iPad en me demandant si cette conversation ne m'est pas indirectement destinée. Matt ou ce type, Didier, n'essaieraient-ils pas de présenter Cameron sous un jour sympathique pour me convaincre de proposer ses chalets sur mon site ? J'ai toujours du mal à analyser ce genre de situation. Si seulement Olivia était là… Elle, elle saurait.

— Hum, je ne sais pas trop, dit Cameron, je suis un peu pris au dépourvu. Est-ce qu'on a de la place ?

— C'est sûr, on nous prévient à la dernière minute, mais il y a sûrement moyen de s'arranger. Il me semble que le chalet L'Alpaga est disponible. Je dois passer au bureau dans deux minutes, je vérifierai à ce moment-là. Et puis c'est toujours mieux de cultiver ses relations avec l'office de tourisme, non ?

Cameron soupire.

— Oui, j'imagine. Allez, c'est d'accord. On va accueillir ce pauvre bougre, si ça peut l'aider.

— Donc je propose le chalet L'Alpaga à Didier, ou il y a un autre endroit qui vous paraît plus indiqué ? demande Matt. Sous réserve de nos disponibilités, bien sûr.

— Non, non, on peut le mettre n'importe où, tous mes chalets sont super, rétorque Cameron en se rengorgeant. Propose-lui ce qu'on a sous la main et ça ira très bien. Mais débrouille-toi pour que la presse sache que je le dépanne, d'accord ? Sinon, ça n'a aucun intérêt.

— C'est noté.

En voyant Matt griffonner quelques mots, je me plais à croire qu'il s'agit d'une bonne grosse insulte. J'espère que oui ; en tout cas, moi, je ne pourrais pas résister à la tentation.

Cameron regarde par la fenêtre.

— En supposant que le frère arrive jusqu'à la station, bien sûr, parce que la météo est encore mauvaise et la route risque de fermer.

La suite de la journée est horrible.

Je suis soulagé d'apprendre que la quasi-totalité des remontées mécaniques ont fermé, autrement Simon insisterait pour que nous sortions braver la tempête. Non pas que traîner dans le chalet toute la journée soit particulièrement agréable, étant donné l'ambiance. Ria ne quitte pas la chambre et elle est d'une humeur telle que je préfère ne pas trop la déranger. Simon reste assis au salon et regarde par la fenêtre d'un air lugubre en se plaignant de rater une journée de ski. Le bébé, sans doute sous l'effet de l'atmosphère plombée, hurle par intermittence. Millie vérifie que nous n'avons besoin de rien, puis sort emmitouflée dans un gros manteau pour préparer l'autre chalet en vue de l'arrivée du frère.

Je ne sais pas quoi penser du geste de Cameron. Y a-t-il ne serait-ce qu'une once d'altruisme dans sa proposition de loger le nouvel arrivant ? Ou n'est-il, comme je le soupçonne et comme ça a transparu dans sa conversation avec Matt, qu'un salopard dénué de scrupules, qui n'hésite pas à tourner une situation tragique à son avantage ?

Lorsque je monte en fin d'après-midi, Ria dort ou fait semblant. Elle n'a quasiment pas bougé du lit, où je m'assieds pour la contempler quelques instants. Elle est tellement belle. Avec ses yeux clos et sa respiration douce, on dirait une enfant. Si nous avions une petite fille, est-ce qu'elle lui ressemblerait ? Je ressens alors un regain de colère en repensant à ce que j'ai découvert. Ce bébé n'existera pas tant qu'elle prendra la pilule.

Lorsque je pose doucement la main sur sa cheville, elle ouvre les yeux.

— Désolé, je ne voulais pas te réveiller.

Ria se redresse.

— Ça ne fait rien. Écoute, répond-elle en me prenant la main, je suis désolée. J'aurais dû te dire, pour la pilule. Mais je ne voulais pas te décevoir…

Voyant ses yeux qui s'embuent, je lui caresse le visage. Je l'ai rarement vue pleurer jusqu'à présent.

— Allons, ma chérie, murmuré-je alors que ma colère s'envole. Tout va bien. Tu n'es pas prête pour l'instant, point. Et si tu ne l'es jamais, je m'en accommoderai. Tu es tout pour moi.

Ce n'est pas tout à fait vrai. Je veux vraiment des enfants, seulement je ne me vois pas non plus renoncer à Ria. Pour l'heure, tout ce qui m'importe, c'est qu'elle arrête de pleurer, quitte à sortir des phrases bateau.

Phrases qui n'ont pas l'effet escompté, bien au contraire : Ria se met à sangloter.

— Je ne suis pas assez bien pour toi, Hugo, gémit-elle. Je suis tellement désolée. Je vais essayer de faire des efforts, je vais me calmer sur l'alcool et arrêter de prendre la pilule, je te le promets. Tout de suite, si tu veux ! Tiens, je vais jeter la plaquette dans la poubelle ou par la fenêtre ! Non, non, pas par la fenêtre, des animaux risqueraient de la manger et de devenir stériles. Il y a des animaux qui vivent dans la neige ?

Elle se penche vers moi, m'embrasse puis tend la main pour déboutonner mon pantalon.

— Allons-y, faisons un bébé ! Ne me quitte pas, Hugo !

En temps normal, je ne repousserais pas Ria si elle me sautait dessus de la sorte – ce qui, il faut le reconnaître, est assez rare ces temps-ci –, mais je ne l'ai jamais vue dans cet état et je la trouve effrayante. Je me dégage doucement.

— Ria, ne dis pas n'importe quoi. Bien sûr que je ne vais pas te quitter. Mais tu m'as l'air légèrement… agitée. Il vaudrait mieux que tu dormes et qu'on en reparle plus tard.

Elle s'affale sur le lit, apparemment plus apaisée.

— D'accord, on n'a qu'à faire ça.

Elle tourne la tête vers moi.

— Raconte-moi ce qui se passe en bas. Il y a du nouveau à propos du corps qu'on a découvert ?

Ah, voilà qui pourrait expliquer son comportement étrange. Elle est peut-être plus sensible que je ne le crois.

— Ce serait un homme mort il y a longtemps. Il paraît que son frère va venir à La Madière pour identifier le corps.

Lorsqu'elle acquiesce, elle a de nouveau les larmes aux yeux.

— Je vois. Quelle terrible épreuve.

Je lui prends la main.

— Comme tu dis, mais cet homme y trouvera peut-être une forme de réconfort. Il pourra tourner enfin la page après toutes ces années.

Elle prend une profonde inspiration et expire lentement.

— Oui, j'imagine. Mais je pense qu'il est parfois préférable de ne pas remuer le passé. Pas toi ?

En y voyant une allusion à cette histoire de pilule, sur laquelle il vaut mieux en effet ne pas revenir, je lui prends la main et dis :

— La plupart du temps, oui. Mais c'est son problème à lui, pas le tien. Allez, repose-toi.

J'ajoute en lui caressant doucement la poitrine :

— On pourra passer à l'étape bébé plus tard, mais seulement si tu en as envie.

Elle esquisse un faible sourire.

— Oui, bonne idée.

36

Avant

Au début, tout se passait bien. Maman m'avait aménagé une jolie chambre dans notre nouveau chez-nous – elle était moins bien que chez Rhonda, mais quand même nettement mieux que celle qu'on partageait dans l'ancien appartement, dont j'avais encore quelques souvenirs. C'était propre, il n'y avait pas plein de vaisselle sale dans l'évier et toujours du lait au frigo. Les petits plats de maman n'étaient pas aussi bons que ceux de Rhonda, mais elle m'a dit qu'elle avait suivi des cours de cuisine et de « parentalité ». Ça, je ne comprenais pas trop – soit on était un parent, soit on n'en était pas un –, mais bon, je la croyais. Les choses ont changé : je mangeais toujours des Weetabix au petit déjeuner, parce que j'aimais bien et que maman disait que c'était bon pour moi – même que parfois, elle ajoutait une banane coupée en morceaux – mais pas aux autres repas. Mes vêtements sentaient bon le propre et ils étaient à ma taille, maman se levait tous les matins et se couchait tous les soirs dans son lit, le lait dans le frigo avait une odeur normale et les yaourts ne piquaient pas la langue.

Le plus gros changement, c'était que maman travaillait, donc elle ne pouvait plus rester au lit toute la journée parce qu'elle était trop fatiguée ou trop triste pour se lever. Elle m'a aussi dit qu'elle prenait des médicaments spéciaux que le médecin lui avait donnés pour qu'elle soit moins triste et plus « équilibrée » – ce que je n'ai pas compris parce que ce n'était pas comme si elle tombait souvent, mais ce qui était sûr c'est qu'ils avaient l'air de la rendre plus heureuse. Et comme j'allais à l'école, nous ne restions plus enfermées toutes les deux du matin au soir. Nous avions un nouveau réveil, maman devait se lever pour m'accompagner tous les matins, elle n'a jamais oublié et j'étais presque toujours à l'heure. J'avais plein d'amis à l'école et les professeurs disaient que j'étais bonne élève. Je rentrais à la maison avec des dessins ou des objets que j'avais fabriqués, et maman les exposait dans la cuisine. Entre les aimants sur le frigo et les gâteaux avec glaçage qu'elle préparait parfois quand une copine venait jouer, je me serais crue à la télé.

Alors qu'Anna me rendait souvent visite au début, elle a fini par venir de moins en moins, même si elle disait toujours que je pouvais l'appeler quand je voulais ; elle a même vérifié que son numéro était bien sur le frigo. Ça aussi, ça avait changé : maintenant que maman travaillait, elle gagnait assez d'argent pour que nous ayons notre propre téléphone à l'appartement, et je n'avais plus peur de rester coincée à l'intérieur sans rien à manger si jamais elle partait. De toute façon, elle ne me laissait plus toute seule.

Puis maman a rencontré un homme qui s'appelait Dave, mais même s'il m'offrait des bonbons et des barres chocolatées, je ne l'aimais pas beaucoup. J'étais habituée à ce qu'il n'y ait que maman et moi, et quand Dave venait à la maison, il me donnait une pièce pour que j'aille dans ma chambre. Et même si ça me faisait plaisir d'avoir une pièce et des bonbons, je n'aimais pas qu'on m'oblige à aller dans ma chambre, seulement je ne disais rien pour ne pas contrarier maman. Je me suis demandé s'il fallait que je parle de Dave à Anna, mais comme je ne voulais pas que maman ait des ennuis ou qu'elle pleure, je n'ai rien dit.

Et puis, un jour, en rentrant de l'école, j'ai vu que Dave était parti et j'ai trouvé maman assise par terre dans la cuisine en train de pleurer. Le lendemain matin, elle a disparu, alors j'ai appelé Anna.

Au cours des années qui ont suivi, l'histoire s'est répétée : tout allait bien, maman se comportait normalement, travaillait à mi-temps comme femme de ménage ou serveuse dans des cafés, pour avoir des horaires qui correspondent à ceux de l'école. Puis elle rencontrait un homme – certains étaient mieux que d'autres – et se désintéressait de moi. Au bout de quelques semaines ou de quelques mois, l'homme la quittait, elle s'effondrait complètement et on me renvoyait chez Rhonda le temps qu'elle reprenne assez de force pour s'occuper de moi.

Parfois, il s'écoulait quelques semaines entre le moment où maman craquait et celui où j'allais vivre ailleurs, sur ma décision ou celle d'Anna. À la même époque, j'ai commencé à découvrir certaines choses sur mon père et les événements qui avaient précédé ma naissance.

J'avais toujours posé des questions sur lui. Quand j'étais petite, maman me racontait qu'il vivait loin, très loin, à la montagne. Je l'imaginais jeune et beau, peut-être avec une petite barbe. Il vivait dans une maisonnette en pierre et rassemblait des moutons avec un chien qui était aussi son meilleur ami, il conduisait un tracteur, se lavait dans un ruisseau plutôt que dans une baignoire ou une douche… Quand je demandais pourquoi il ne vivait pas avec nous, ni même pourquoi il ne venait jamais nous voir, maman se contentait de répondre qu'il était trop loin. Parfois, elle me passait ce qu'elle appelait « leur » chanson, « Everybody Hurts », de REM. J'aimais bien la mélodie mais je trouvais les paroles tristes, et je me demandais pourquoi ils n'avaient pas choisi une chanson plus joyeuse. Je ne l'ai jamais dit à maman, parce que je ne voulais pas qu'elle pleure.

Quand j'avais à peu près huit ans, j'ai commencé à envisager que maman ne sache pas qui était mon père, comme certains de mes camarades de classe, ou bien qu'elle l'ait quitté quand j'étais toute petite et qu'elle ne veuille pas me le dire. J'ai pensé qu'elle avait peut-être inventé cette histoire d'homme vivant dans la montagne et de chanson qu'ils écoutaient ensemble juste pour entretenir l'illusion que j'avais un gentil papa quelque part qui aimerait bien me rencontrer s'il ne vivait pas aussi loin.

Je n'avais jamais envisagé qu'il puisse être mort, jusqu'à la dernière crise de maman.

J'avais alors quinze ans et la situation n'allait pas en s'arrangeant. Cette semaine-là, tous les soirs après les cours, je trouvais maman au lit en train de pleurer ou de dormir. Elle avait tout de même dû se lever à un moment donné pour manger, vu le désordre qu'elle avait laissé dans la cuisine. Tous les soirs, il fallait que je range pour éviter que ça sente mauvais et essayer de la soulager un peu. Ça ne changeait pas grand-chose, bien sûr : elle pleurait quand même.

Je rentrais de plus en plus tard de l'école à cause de cette ambiance déprimante. Parfois, je passais la nuit chez une copine, mais j'étais gênée vis-à-vis des parents, et je ne voulais pas qu'ils commencent à poser trop de questions. Quand j'étais plus jeune, je demandais à Anna et aux psychothérapeutes qu'elle m'envoyait consulter pourquoi maman était comme ça. Ils se contentaient de variations sur le thème « Ce n'est pas ta faute ni la sienne, c'est juste que son cerveau fonctionne de telle façon qu'elle a du mal à gérer certaines situations ». Ce n'était pas ce que j'appelais une réponse et ça ne m'avançait pas beaucoup.

Je me considérais comme une enfant plutôt sage et facile à vivre. J'avais de bonnes notes, je ne fumais pas, je ne buvais pas, je ne séchais pas les cours. Enfin, j'aurais pu, car la moitié du temps, maman n'aurait rien remarqué. Parfois, quand elle traversait une mauvaise passe, qu'elle disparaissait ou qu'elle se tailladait les bras avec un couteau de cuisine et que Rhonda m'hébergeait, je demandais à Anna à quoi bon retourner chez maman, si elle ne pouvait pas s'occuper de moi. Anna disait que maman me voulait auprès d'elle, que c'était son droit, mais à condition qu'elle aille mieux, et qu'on agissait toujours dans mon intérêt.

Ça, j'avais du mal à le croire.

Ce soir-là, le temps que je rentre de cours après un passage chez Callie et un détour par le parc, il faisait presque nuit et aucune lumière n'était allumée chez nous. Je me suis dit que maman devait encore être au lit. J'ai prié pour qu'elle dorme et qu'elle ne soit pas en train de hurler ou de pleurer, comme ça arrivait parfois. J'étais fatiguée et pas d'humeur à endurer une de ses crises. Assoupie, elle était plus facile à gérer.

Je suis allée dans la cuisine car je mourais de faim. Cette semaine-là, les placards étaient quasiment vides. Comme maman, alors femme de ménage, n'allait plus travailler, j'ai pensé qu'on l'avait renvoyée et qu'elle me le cachait. Le déjeuner gratuit de la cantine n'allait pas me permettre de tenir toute la nuit, donc j'espérais trouver dans le congélateur un vieux plat à réchauffer au micro-ondes. Lorsque j'ai actionné l'interrupteur, j'ai sauté au plafond en trouvant maman assise à la table de la cuisine avec, devant elle, un verre et une bouteille de vodka à moitié vide.

— Purée, maman, tu m'as fichu une de ces trouilles ! me suis-je exclamée. Qu'est-ce que tu fabriquais dans le noir ?

Elle m'a regardée, les yeux vitreux, et a tapoté la chaise à côté d'elle.

— Assieds-toi, a-t-elle dit.

Si maman ne manquait pas de problèmes, ce n'était pas dans ses habitudes de boire, alors je me suis méfiée. Je me suis assise en retenant ma respiration pour ne pas sentir l'odeur âcre qui émanait d'elle. Elle ne s'était pas douchée de toute la semaine.

— Tu sais, toutes les questions que tu me poses sur ton père…, a-t-elle articulé avec difficulté.

— Hum…

Ne l'ayant jamais vue dans un état pareil, je ne savais pas comment réagir. Je ne voulais pas la provoquer. Je ne posais plus tellement de questions sur mon père car le sujet semblait toujours aussi sensible, mais ce soir-là, elle semblait décidée à m'en parler. J'ai pensé que la meilleure tactique était de l'interrompre le moins possible.

— Il est mort, a-t-elle lancé d'une voix grave. MORT !

Elle a ponctué sa phrase d'un coup de poing sur la table qui m'a fait sursauter.

— Oh.

Contre toute attente, je me suis sentie au bord des larmes pour un homme que je n'avais pourtant jamais connu. Pourquoi me l'annonçait-elle maintenant, après toutes ces années ? Devais-je la croire sur parole ?

— Qu'est-ce que… Qu'est-ce qui lui est arrivé ?

— Ce SALAUD, a-t-elle crié. Il… Il…

— Papa, tu veux dire ?

Nouveau coup de poing sur la table.

— NON ! Son ENCULÉ de frère.

J'ai tressailli, car je l'avais rarement entendue proférer des vulgarités et certainement pas ce mot.

— Son frère ? Le frère de qui ?

J'ai cru un instant qu'elle délirait sous l'emprise de l'alcool. Quand j'allais la voir à l'hôpital, elle tenait parfois des propos sans queue ni tête. Anna imputait toujours son comportement aux médicaments qu'on lui donnait, mais là, c'était différent : malgré son ivresse, elle semblait étrangement lucide, et ça m'a donné la chair de poule.

— Will, a-t-elle poursuivi. Ton père s'appelait Will. Son frère… son frère l'a obligé à sortir ce jour-là. Dans la montagne. Et il est mort. Par sa faute. Par la faute d'Adam.

— Tu m'as dit qu'il vivait en montagne… mais où ? Je croyais que tu avais tout inventé.

Elle m'a agrippé le poignet en essayant de me fixer, mais ses yeux étaient comme incontrôlables. Puis elle est partie dans un éclat de rire quasi démoniaque.

— Il est MORT en montagne, il n'y vivait pas ! On était en vacances. Au ski. Il skiait. Tout est la faute d'Adam. Et avant ça… Avant… qu'ils aillent skier… tu sais… tu sais ce qu'il m'a fait ? J'étais douée. Intelligente. J'étudiais à Oxford. J'avais toute la vie devant moi. Et Adam a tout bousillé en tuant Will. Et avant ça, il…

— Il a tué mon père ? l'ai-je coupée d'une voix étranglée.

Elle s'est affaissée sur sa chaise.

— Ils n'ont pas dit ça. Ils ont dit que c'était un accident. Mais JE SAIS ! JE SAIS ! Ils sont partis skier tous les deux et Adam est revenu, sans Will. Il est mort par la faute d'Adam. C'EST POUR ÇA QUE JE SUIS DANS CET ÉTAT ! QUE JE VAIS MAL ! Et avant, il, il, il…

— Quoi ?

Elle a balayé ma question d'un revers de main.

— Je ne peux pas te le dire, c'est trop affreux. Tu n'as pas à le savoir.

Elle a tenté de se lever, pour retomber immédiatement. J'ai passé les mains sous ses aisselles et je l'ai aidée à se mettre debout.

— Allez, on va te mettre au lit.

— Will Cassiobury… Will Cassiobury, le seul homme que j'aie jamais aimé. Tous les autres ont été des gros salauds. Ne te mets pas en couple, ma petite chérie, a-t-elle balbutié en agitant son index sous mon nez. Reste célibataire, ne laisse pas les hommes entrer dans ta vie. C'est une perte de temps. Ils foutent toujours tout en l'air.

Après avoir hissé maman sur son lit, je l'ai bordée.

— Will Cassiobury ? lui ai-je demandé. C'est le nom de mon père ?

Mais elle dormait déjà.

37

Décembre 2020,
Haute-Savoie, France
Adam

J'ai honte de l'admettre, mais en apprenant que la route menant à La Madière est fermée, je pousse un soupir de soulagement. Finalement, je vais peut-être échapper à ce séjour, à cette épreuve atroce que représente l'identification du corps de mon frère après vingt ans passés sous la neige.

C'est fou comme les distances sont raccourcies de nos jours ; on peut aller n'importe où très vite. Même si j'étais à l'autre bout du monde lorsqu'on m'a contacté, je suis arrivé en France dès le lendemain. Je ne sais pas comment la police a fait pour me localiser aussi rapidement, mais j'imagine que ça n'a rien de bien sorcier, à notre époque. Mon français n'étant que très rudimentaire, je n'ai pas tout à fait compris ce qu'on m'a dit. À part que, étant le seul proche de Will encore en vie, il fallait que je vienne.

Après l'accident, j'ai choisi la solution de facilité, c'est-à-dire la fuite. Je ne supportais pas de voir la souffrance dans les yeux de mes parents alors que, dans le même temps, ils essayaient désespérément de ne pas m'imputer la responsabilité de l'accident. J'aimerais pouvoir dire que, si j'ai voulu profiter de la vie, c'était en mémoire de Will, mais je mentirais. Je me suis laissé porter, j'ai subvenu à mes besoins grâce à des petits boulots puis, depuis la mort de mes parents il y a cinq ans, grâce à mon héritage, que j'aurais dû partager avec Will. C'est pourquoi j'ai pu sauter dans le premier avion dès que la police m'a contacté.

J'ai réservé un billet en business. Je pourrais prétendre que j'ai voulu rendre hommage à Will en respectant un certain standing. Que j'ai bu autant de champagne en sa mémoire.

Mais là encore, ce serait mentir. Je l'ai fait parce que j'en avais les moyens.

Malgré mon fauteuil de luxe, les repas concoctés par un chef étoilé du *Guide Michelin* et l'alcool à volonté – sur lequel je ne lésine pas –, ce voyage est un enfer. L'avion est dérouté à cause de chutes de neige comme on n'en avait plus vu, ironie du sort, depuis l'hiver où Will est mort. Nous avons fini par nous poser sur un aéroport situé à plusieurs kilomètres de celui où nous étions censés atterrir, et visiblement, ce n'est pas parce qu'on a déboursé une somme à trois zéros pour un siège en business qu'on monte plus vite dans la navette. Ça n'empêche pas non plus de se retrouver dans un gymnase reconverti en hébergement d'urgence avec des dizaines d'autres personnes à manger de la soupe servie par des gentilles dames de la Croix-Rouge.

Je compatis pour les couples et les familles autour de moi qui râlent à propos du temps perdu sur leurs précieuses vacances, des conditions d'accueil et du manque d'informations, pendant que des employés d'agences de tourisme épuisés, reconnaissables à leurs anoraks aux couleurs vives, s'efforcent de garder le sourire en répétant des platitudes du style : « Désolé, monsieur, les routes sont bloquées et nous n'avons pas d'autre solution à vous proposer pour l'instant. Dès que nous aurons plus d'informations, nous vous les communiquerons. » Je suis pris d'un haut-le-cœur en reconnaissant, sur certains des anoraks, le logo de l'agence Powder Puff, *via* laquelle Will et moi avions réservé ce dernier séjour au ski.

Alors que ces familles désespèrent d'arriver à destination, de mon côté, je préférerais être n'importe où sauf à la montagne. Si le trajet n'était pas aussi compliqué, je serais tenté de partir sans demander mon reste, de retourner à l'aéroport, de reprendre l'avion et de retrouver ma plage. De prétendre que je n'ai pas pu rallier la station. De dire que j'ai essayé, mais que le voyage a tourné court.

Et puis qu'est-ce que je fabrique ici, au juste ? Il est quasi certain que le corps retrouvé est celui de Will. Ce n'est pas ma venue qui va le ressusciter.

Peut-être que ça m'aidera.

Ou, encore une fois, peut-être pas.

38

Décembre 2020,
La Madière, France
Hugo

— Oh là là, qu'est-ce qu'on s'ENNUIE, râle Ria pour la énième fois.

Aujourd'hui, nous avons déjà joué au Monopoly, au Trivial Pursuit, au poker et au black jack. À cause de la neige, nous n'avons plus Internet ni le câble. Nous avons fait l'amour, c'est toujours ça de pris, mais maintenant, Ria tourne en rond comme un lion en cage.

— J'en ai marre d'être là, insiste-t-elle. Quand est-ce qu'on va pouvoir partir, à ton avis ? J'ai vraiment envie de rentrer à la maison.

— Chérie, tu as entendu Millie, les routes sont fermées aujourd'hui. Et même si ce n'était pas le cas, il y a plein de vols annulés, donc je ne vois pas par quel miracle on réussirait à monter dans un avion. Comme la météo est censée s'améliorer dans deux jours, on rentrera par le vol prévu, et en attendant…

— Dans deux jours ? s'écrie Ria. Je suis sûre que tu peux te débrouiller, Hugo.

J'esquisse une grimace.

— Hum, non. J'ai beau trouver flatteur que tu me croies aussi puissant, je ne suis pas de taille à lutter contre la pire tempête qu'on ait vue depuis plus de vingt ans. Et puis il y a pire comme endroit pour se retrouver coincé, ma chérie, ajouté-je en essayant de lui prendre la main. On a tout le confort, on est au chaud, en sécurité, la cuisine de Millie est excellente…

— Et le vin est bon, renchérit Simon en levant son verre comme s'il portait un toast.

Bien qu'il ne soit que 16 heures, la bouteille posée devant lui est déjà largement entamée.

Ria se dégage et appuie le front contre la baie vitrée, tandis que j'entends Inigo qui se remet à pleurer à l'étage.

— C'est à devenir claustrophobe, se plaint Ria. Tout ce que je veux, c'est rentrer à la maison.

39

Avant

À mon réveil, maman était partie – pour changer. Je suis allée à l'école parce que j'en avais marre de m'occuper d'elle ; depuis que j'étais en âge de me débrouiller seule, je ne ressentais plus le besoin d'appeler Anna à chacune de ses disparitions. Sinon tout le monde allait s'affoler alors que maman serait certainement là quand je rentrerais, comme d'habitude.

Sauf que cette fois, j'étais en cours de maths quand un surveillant est entré pour me dire que je devais aller voir la proviseure.

Tout de suite, j'ai eu un mauvais pressentiment. Qu'est-ce que maman avait encore fait ? Est-ce qu'il avait fallu de nouveau l'interner ? Je me souvenais encore de la fois où, vêtue d'une simple chemise de nuit, elle avait renversé des étagères dans un supermarché devant des élèves de mon école qui l'avaient reconnue. J'espérais qu'il n'y avait pas eu un incident du même acabit.

Ça ne m'a pas étonnée de trouver Anna dans le bureau de la proviseure – quand un événement de ce genre se produisait, elle finissait toujours par être prévenue ; en revanche, la présence de deux policiers, un homme et une femme, m'a interpellée. En les voyant, je me suis dit que maman avait été arrêtée.

— Ah, te voilà. Merci d'être venue. Tu veux bien t'asseoir, s'il te plaît ? Je crains que nous n'ayons une mauvaise nouvelle à t'annoncer.

Je n'avais jamais entendu Mme Hardcastle, la proviseure, parler d'une voix aussi douce.

— C'est ma mère ? ai-je demandé.

Question idiote. Évidemment, de qui d'autre aurait-il pu s'agir ?

— Oui, malheureusement, a répondu Anna.

Elle avait la voix étranglée, comme si elle se retenait de pleurer. Ce n'était pas la première fois, loin de là, qu'Anna se déplaçait jusqu'à l'école quand il y avait un problème avec maman, mais je ne l'avais jamais vue aussi bouleversée.

— Qu'est-ce qu'il y a ? ai-je demandé d'une voix brisée. Que s'est-il passé, cette fois ?

Anna s'est approchée et m'a pris la main.

— Je ne sais pas comment t'annoncer ça… ta mère a été retrouvée morte tôt ce matin.

J'ai regardé Anna et, malgré ses yeux mouillés de larmes, j'ai cru que j'avais mal entendu.

— Pardon ? Mais je l'ai vue hier soir… Elle est morte, vous dites ?

J'ai secoué la tête.

— Il doit y avoir une erreur. Je l'ai vue. Elle était à la maison. Avec moi.

Anna a regardé la policière puis s'est de nouveau tournée dans ma direction.

— Une enquête va être ouverte, bien sûr, mais il semblerait qu'elle ait mis fin à ses jours.

Elle a marqué une pause.

— Elle est tombée du haut d'un parking en ville. Elle est morte sur le coup et n'a pas souffert.

Je me suis dégagée brutalement et j'ai plaqué mes mains sur mes oreilles en criant :

— Non, non, non ! Ne dites pas ça ! Vous vous trompez !

J'ai senti des larmes mouiller mes joues. Je n'avais même pas remarqué que je pleurais.

Anna m'a pris doucement les mains, les a écartées de mes oreilles et m'a serrée dans ses bras tandis que je sanglotais.

— Je suis vraiment désolée, a-t-elle dit d'une voix douce. Je t'ai trouvé une famille d'accueil temporaire et nous parlerons des autres… démarches plus tard. Est-ce que tu veux y aller maintenant ?

Je l'ai regardée en m'essuyant les yeux, mais les larmes ne s'arrêtaient plus de couler.

— Je vais vivre chez Rhonda ?

— Malheureusement, elle ne peut pas t'héberger cette fois-ci. Tu seras dans une autre famille, mais on s'occupera très bien de toi.

C'est là qu'a commencé la pire période de ma vie. J'ai appris que Rhonda souffrait d'un cancer du sein et qu'elle ne pouvait plus mener de front l'accueil des enfants et sa chimio. La vie avec maman avait beau être chaotique et imprévisible, au fond, je sentais qu'elle m'aimait, et moi aussi, je l'aimais. Maintenant qu'elle était partie et que Rhonda ne pouvait plus s'occuper de moi, j'avais l'impression de me retrouver seule au monde.

Sandra et Terry, le couple qui m'a recueillie, étaient certes très gentils, mais je me suis retrouvée avec des ados de mon âge qui avaient connu des épreuves difficiles dans leur vie, comme moi, et qui étaient donc passablement traumatisés, comme moi. Sandra et Terry avaient l'air d'être des gens bien, ils s'efforçaient de recréer l'atmosphère familiale que j'appréciais chez Rhonda, mais entre la violence, la haine et le bruit de mes compagnons d'infortune, je vivais dans la peur. Il a fallu qu'un des garçons m'agresse sexuellement pour que je sois envoyée dans une autre famille d'accueil. J'ai souvent déménagé, certaines familles étaient mieux que d'autres, mais je me sentais ballottée en permanence et je ne rêvais que d'avoir enfin mon propre chez-moi.

Suivant l'exemple de maman, j'ai commencé à me mutiler car c'était mon seul moyen de ressentir une émotion quelconque. Ça, ou laisser des hommes, jeunes ou vieux, avoir un comportement déplacé envers moi alors que, après tout, je n'étais encore qu'une enfant. J'aimais le pouvoir que j'exerçais sur eux, même si je me sentais sale après coup. Mes nuits étaient peuplées de rêves tordus dans lesquels je blessais des gens et dont je me réveillais étrangement excitée. Je n'en ai jamais parlé à mes thérapeutes, car je me doutais que ce n'était pas normal et je ne voulais pas finir enfermée comme maman.

Il m'arrivait d'être furieuse contre elle à cause de son geste. Comment avait-elle pu m'abandonner encore une fois ? S'était-elle souciée de ce que j'allais devenir, orpheline à l'âge de quinze ans seulement ?

Cependant, la plupart du temps, c'était contre le frère de mon père que ma colère se dirigeait. Dès que je fermais les yeux, je revoyais maman me racontant ce dont il s'était rendu coupable – à la fois pleine de haine et brisée, vulnérable. Elle n'y pouvait rien si elle était dans cet état, ce n'était pas sa faute. Le responsable, c'était le frère de mon père, qui avait causé sa mort et fait de la vie de ma mère un enfer.

Sans lui, rien de tout ça ne serait arrivé. Maman serait sortie diplômée de l'université, elle aurait eu une belle carrière, elle aurait épousé mon père et j'aurais grandi dans une famille normale. J'aurais eu une enfance idyllique et rurale – peut-être à la montagne, qui sait ? – au lieu d'être trimballée de famille d'accueil en famille d'accueil. Ou nous aurions pu vivre dans une grande maison avec jardin dans la banlieue de Londres, papa aurait travaillé dans une banque et maman aurait eu un atelier de confection de bijoux à la maison, ou toute autre activité qui lui aurait laissé le temps de s'occuper de moi ; nous aurions préparé des gâteaux, échangé notre maquillage. Tous les trois, nous aurions passé nos vacances au soleil, dans une grande villa avec piscine nichée au milieu des oliviers. De temps en temps, il y aurait eu des disputes pour des broutilles, avant une grande réconciliation devant un bon repas. Maman aurait été normale et moi aussi, elle n'aurait pas sombré de la sorte si mon père n'était pas mort. Si, comme me l'a dit maman, son frère ne l'avait pas tué. Tout était sa faute.

Will Cassiobury. La veille de sa mort, maman m'avait enfin révélé le nom de mon père. Avait-elle alors conscience du geste qu'elle s'apprêtait à commettre ? Était-ce la raison qui l'avait poussée à me le dire ? Sans doute. Et elle devait vouloir que je la venge. Elle ne pouvait pas s'en charger elle-même parce que cet homme l'avait détruite, mais rien ne m'empêchait de prendre le relais.

Forte de cette décision, j'ai tapé le nom de mon père sur Google. J'ai parcouru rapidement les résultats, sans rien trouver sur un dénommé Will Cassiobury qui serait décédé dans un accident de ski. Mais à l'époque de sa mort, les journaux ne publiaient pas ou peu de contenu en ligne, contrairement à aujourd'hui.

Il y avait tout de même d'autres moyens d'en savoir plus, et j'étais déterminée. Les gens n'ont pas attendu Internet pour jouer les détectives. Moi aussi, j'allais enquêter.

Je ne voulais pas décevoir maman.

Je passais beaucoup de temps à la bibliothèque. Je disais à mes différentes familles d'accueil que j'y allais pour réviser, et comme je changeais souvent de logement et parfois même d'école à cette période, personne ne remarquait que mes notes baissaient. Bien que j'aie continué à assister à la majeure partie des cours, je consacrais tout mon temps libre à essayer de glaner des informations sur mon père, donc mes devoirs en pâtissaient. Ils me paraissaient dérisoires comparés à mon enquête.

Ne connaissant pas la date précise de l'accident – je ne savais même pas à quel endroit exact il était survenu, à part dans une station de sports d'hiver –, il m'a fallu du temps pour trouver ne serait-ce qu'une mention de mon père. Je n'aurais jamais cru qu'il y avait autant d'accidents de ski tous les ans, et dans toutes les régions du monde. Et même lorsque j'ai fini par tomber sur quelques rares articles portant sur mon père et sa mort, j'ai été déçue par leur brièveté et leur manque de détails. Comme si, pour tout le monde à part moi, mon père n'était rien de plus qu'une statistique, une mort tragique, certes, mais sans intérêt, un décès parmi d'autres, et ça n'a fait que nourrir ma colère.

Enfin, j'ai déniché un article du Daily Mail *où étaient évoqués mes parents, le frère de mon père, prénommé Adam, ainsi que sa petite copine de l'époque, une certaine Nell Herrera. Comme il mentionnait également une enquête ouverte sur l'accident, j'ai eu une autre piste à suivre, car qui disait enquête disait rapport. L'article précisait que mon père et son frère skiaient avec des guides, sans les nommer.*

Il m'a fallu encore plusieurs semaines pour trouver, archivé sur microfiche, le rapport d'enquête publié par un magazine de ski. Le nom des deux guides, des Britanniques, y figurait. En lisant qu'ils n'avaient pas été inquiétés, bien que certaines « irrégularités » aient été constatées, ma colère a laissé place à la rage. Absolument aucune sanction pour n'avoir pas assuré la sécurité d'un homme dont ils étaient responsables. Pour l'avoir tué.

J'ai cherché le nom des deux guides dans Google, et j'ai obtenu un résultat. Alors j'ai commencé à élaborer un plan.

40

Décembre 2020,
La Madière, France
Adam

Entre les enfants qui pleurent, les aspirants vacanciers qui se lamentent sur leur sort et l'afflux continu de naufragés de la route, je ne ferme quasiment pas l'œil de la nuit. Et puis j'appréhende ce qui m'attend une fois que j'aurai rallié La Madière.

J'ai de nombreux regrets à propos de ce séjour, et si je pouvais remonter le temps j'agirais de façon radicalement différente. En fait, je ne serais pas parti du tout, ou alors seulement avec Nell. Nous n'aurions pas été obligés de dormir dans ce chalet affreux que Will avait choisi pour éviter d'intimider sa copine en l'emmenant dans un endroit trop luxueux.

Comment elle s'appelait, déjà ? Leah ? Lisa ? Un prénom dans ce genre-là. C'était une manipulatrice doublée d'une arriviste. Elle pensait avoir touché le gros lot en mettant le grappin sur mon petit frère mais j'avais vu clair dans son jeu, avec son accent affecté et sa drôle de façon de tenir son couteau.

Bien sûr, il n'y avait pas moyen d'en parler à Will. Il était complètement mordu, sans que je comprenne pourquoi. Elle était plutôt jolie, d'accord, mais elle n'avait rien d'extraordinaire, à mon humble avis – avis qu'il ne m'a évidemment pas demandé.

Je suis conscient de ne pas m'être couvert de gloire dans mon, disons, « comportement » vis-à-vis d'elle au cours de ce séjour. J'imagine qu'aujourd'hui, avec tout ce battage autour de #MeToo auquel je n'ai pas pu échapper même en Thaïlande, on dirait que je l'ai forcée. Que je l'ai agressée. Peut-être même que je l'ai violée.

Or ce n'est pas ce qui s'est passé. Pas du tout. Après coup, elle a joué les saintes-nitouches, mais c'était ce qu'elle voulait. Elle m'avait allumé tout l'après-midi. Et puis je connais les filles dans son genre. Elle aurait largué Will sans sourciller si un plus gros poisson s'était présenté en lui proposant une grande maison à la campagne et un solitaire gigantesque à montrer à toutes ses copines.

Mais je n'ai pas envie de penser à elle aujourd'hui. Louisa, voilà comment elle s'appelait. Du moins, c'était ce qu'elle prétendait. Je parie que son vrai prénom, c'était Louise. Elle doit être mariée, mère de deux enfants et toujours à côté de la plaque malgré ses efforts désespérés, comme ceux qu'elle a déployés pendant ces vacances. Elle a dû se trouver quelqu'un comme Will, ou même comme moi. De nous deux, j'étais promis à la plus belle carrière et donc au plus beau salaire.

Assis sur mon lit de camp, je mange le petit déjeuner servi par la Croix-Rouge qui consiste en un café et un croissant étonnamment bon, tout en observant les touristes furieux qui harcèlent les employés dans l'espoir de leur arracher des informations.

Ma situation n'a rien à voir avec la leur, évidemment. Une grande part de moi espère entendre que les routes vont rester fermées, qu'on est vraiment désolés mais que les sports d'hiver, ce ne sera pas pour cette fois et qu'on va nous faire remonter dans des cars direction l'aéroport.

Je suis en paix avec l'accident. D'accord, c'était mon idée d'aller skier, mais au-delà de ça, je ne suis pour rien dans ce qui s'est passé sur ce versant de montagne. Et je ne laisserai pas un événement qui remonte à plus de vingt ans détruire ma vie. Quoi qu'il en coûte.

41

Avant

J'ai abandonné le lycée juste avant de passer mes examens de fin d'année. Les cours ne m'intéressaient plus, mes notes étaient en chute libre car je ne faisais plus mes devoirs et je séchais les cours pour avoir plus de temps à consacrer à mes recherches. Maman était intelligente, elle était allée à Oxford, et pour quel résultat ? Elle a passé le reste de sa courte vie à se morfondre, avant d'être retrouvée morte au pied d'un parking. Non merci, très peu pour moi.

Je me suis inscrite dans une école hôtelière avec l'aide d'Anna. Celle-ci était surprise que je choisisse de quitter le lycée à l'approche des examens, car elle estimait que j'avais le potentiel pour suivre de bonnes études. Elle me connaissait depuis toute petite, et je sais que ça peut paraître pathétique étant donné qu'elle était payée pour s'occuper de moi, mais je la considérais comme ma famille – avec Rhonda, qui était désormais tellement malade que je ne voulais pas la déranger avec mes problèmes. Je savais que j'avais beaucoup de chance d'avoir Anna à mes côtés. Elle me disait toujours de croire en mes rêves, et quand je lui ai annoncé mon intention de devenir cheffe cuisinière, elle était ravie de m'aider à me lancer.

Même si, au départ, ce métier n'était pour moi qu'un moyen de parvenir à mes fins, une fois à l'école hôtelière, j'ai découvert avec surprise que non seulement j'aimais cuisiner, mais que j'étais douée. Alors que je ne m'étais jamais vraiment occupée de la préparation des repas dans mes différentes « familles », je trouvais que la démarche de préparer un plat goûteux à partir d'ingrédients basiques était étonnamment satisfaisante. Je prenais plaisir à marier telle viande et tel poisson avec telle herbe ou telle épice, à inventer des plats végétariens et végétaliens. La pâtisserie m'amusait beaucoup, j'aimais élaborer des gâteaux sophistiqués, les napper de glaçage et jouer avec des saveurs qui sortaient de l'ordinaire. Je trouvais ça réconfortant. Mes différents thérapeutes y auraient certainement vu une aspiration à la convivialité, un lien avec la dimension affective de la nourriture dont j'avais cruellement manqué durant l'enfance. Ils auraient peut-être vu juste. Ou peut-être que cette activité me correspondait, tout simplement.

En plus de la cuisine, on nous a enseigné l'art de la cueillette : comment choisir les meilleurs pissenlits et les meilleures orties pour préparer des tisanes ou de la soupe, comment chercher les baies dans les haies, même en ville, et distinguer celles qui étaient propres à la consommation. Où et comment trouver des champignons, comment les cuisiner, comment reconnaître ceux qui n'étaient pas vénéneux. C'est ce que j'ai préféré dans mon cursus.

42

Décembre 2020,
La Madière, France
Hugo

Nous voilà attablés autour d'un énième jeu de société. Simon a un sérieux coup dans le nez ; Inigo pleure toujours à l'étage ; Cass, assise dans un fauteuil, feuillette distraitement un magazine en regardant de temps en temps par la baie vitrée d'un air lugubre ; dehors, la neige n'en finit plus de tomber. Je commence à comprendre Ria : effectivement, il y a de quoi devenir claustrophobe.

Millie apporte encore un plateau de gâteaux et de café.

— Est-ce que tout va bien ?

Elle ne récolte qu'un vague assentiment général.

— Je crains que vous ne puissiez pas skier demain non plus, ajoute-t-elle. Mais la route est censée rouvrir dans la journée, donc espérons que les conditions reviendront bientôt à la normale. Il faut aussi que je vous pose une question.

Nous levons tous la tête, soudain intéressés.

— Vous vous souvenez que Cameron n'a pas hésité à proposer une chambre au frère du skieur dont le corps a été retrouvé ? Malheureusement, la tempête a brisé une vitre dans le seul chalet que nous avions de disponible, et il a été inondé. Cameron voudrait savoir si vous accepteriez de l'héberger ici. Je sais que c'est beaucoup vous demander, mais le pauvre en voit de toutes les couleurs. Pour l'instant, il est coincé dans un gymnase converti en hébergement d'urgence pour les touristes en perdition. Étant donné qu'il vient identifier le corps de son frère, Cameron ne veut pas qu'il arrive ici sans avoir de point de chute.

— Pas de 'blème, proclame Simon après avoir pris une bonne lampée de vin rouge. C'est bien la moindre des choses, et on ne peut pas dire qu'on manque de place.

— Non ! s'exclame Ria, provoquant un mouvement de tête général dans sa direction. Je suis désolée, mais ça me met mal à l'aise, précise-t-elle d'une voix plus posée.

Je remarque qu'elle a les larmes aux yeux.

— Pourquoi ? aboie Simon en la toisant avec dédain. Le chalet est immense, c'est tout juste si on remarquera sa présence. Et puis ce n'est l'affaire que d'un ou deux jours, non ? Allez, Ria, sois un peu charitable.

Il avale encore une grosse gorgée de vin.

— On peut bien faire ça pour ce pauvre type, franchement.

J'abonde dans son sens.

— Chérie, ce n'est pas un si gros effort, tu ne trouves pas ?

D'une, je ne comprends pas sa réaction épidermique ; de deux, je ne veux pas que Simon nous prenne pour des gens égoïstes qui refusent de rendre service. Je ne le qualifierais pas d'altruiste, d'après ce que j'ai pu constater, mais on ne sait jamais.

Ria se lève brusquement, le visage rouge et bouffi, et monte l'escalier quatre à quatre, sans que je sache si elle est fâchée ou bouleversée. Quelle mouche l'a piquée ? Gêné qu'elle se conduise de la sorte devant Simon, je me sens obligé de m'excuser.

— Je vais lui parler. Je suis sûr qu'elle va accepter. Elle doit être dans sa mauvaise période du mois.

En surprenant l'expression qui passe sur le visage de Cass, je me souviens que c'est le genre de réflexion dont il vaut mieux s'abstenir, surtout devant les femmes.

— Enfin, je pense qu'elle se sent un peu oppressée à force d'être enfermée ici. Elle n'arrête pas de dire qu'elle veut rentrer à la maison.

J'aurais peut-être dû me taire, parce que là, je m'enfonce.

Alors que je monte l'escalier pour rejoindre Ria, j'entends Millie demander à Simon :

— Donc est-ce que je peux dire à Cameron que c'est d'accord ? Il m'a demandé de le prévenir au plus vite. Il aura du mal à trouver une autre solution au débotté, avec tous les autres logements de la station qui sont pleins à craquer.

— Pas de problème, assure Simon. On est ravis de pouvoir aider, et Ria s'en remettra.

Je suis un peu agacé qu'il parle au nom de nous tous, mais là encore, je peux difficilement le contredire. Si seulement je savais pourquoi Ria se conduit aussi bizarrement…

J'ouvre la porte de notre chambre en m'attendant à la trouver allongée sur le lit, mais elle marche vers moi comme une furie, avec son anorak sur le dos et ses bottes à la main.

— Chérie ? Où est-ce que tu vas ?

— Je ne peux pas rester ici une seconde de plus ! s'écrie-t-elle, les yeux exorbités. Je vais prendre l'air !

Je ne l'ai jamais vue dans cet état-là.

— Ria, attends ! On va trouver une solution, je vais en toucher un mot aux autres. Tu as vu le temps qu'il fait ? Tu ne peux pas t'aventurer dehors en pleine tempête, c'est dangereux !

Elle me pousse pour que je la laisse passer.

— Je sors. Laisse-moi tranquille, Hugo, s'il te plaît. Ça va aller.

— Tu acceptes que je t'accompagne, au moins ?

J'envoie valser mes pantoufles et pars à la recherche de ma salopette.

— Non ! me crie-t-elle. J'ai besoin d'être seule.

Elle descend les escaliers en trombe. Je sens une bouffée d'air glacial qui s'engouffre dans l'entrée au moment où elle ouvre la lourde porte du chalet, que j'entends se refermer avec fracas.

Lorsque je redescends au salon, Cass est seule sur le canapé gigantesque. Je lui demande si je peux m'asseoir et joins le geste à la parole. L'assise du canapé s'enfonce mollement sous moi. Comme tout est calme dans le chalet, je suppose qu'Inigo dort enfin.

Cass me sourit gentiment tout en étirant ses manches de pull jusque sur ses mains, malgré la chaleur agréable qui règne dans la pièce grâce au feu de cheminée.

— Ne te sens pas obligé de me tenir compagnie.

Maintenant que je suis assis près d'elle, sa jeunesse me frappe. J'ai de la peine pour elle. Qu'est-ce qu'elle fabrique avec cet abruti de Simon ?

— Alors, que penses-tu de cette semaine ? demandé-je. Ce n'est pas ton premier séjour aux sports d'hiver, si ?

Cass esquisse une grimace.

— Non. J'ai travaillé une saison en tant qu'employée de chalet, comme Millie, il y a quelques années. Mais comme mon patron mettait un point d'honneur à ce qu'on soit constamment occupés, je n'avais pas souvent l'occasion de skier. Enfin, ça m'est arrivé, mais je n'ai pas un bon niveau et ce temps m'a découragée.

Elle marque une pause.

— L'ambiance est un peu bizarre ici, non ?

J'acquiesce.

— Oui, on peut dire que c'est mouvementé.

S'ensuit un silence gêné. Puis Cass se lance dans une grande explication, peut-être pour meubler.

— Au début, j'étais stressée d'être là, sachant que Simon est déjà venu avec une de ses ex. Je suis jalouse et angoissée depuis la naissance d'Inigo. Je me sens vraiment bête, avec le recul. Il y a de quoi relativiser, quand on apprend qu'un corps a été découvert.

J'acquiesce machinalement, mais au lieu d'écouter Cass je pense à Simon, qui connaissait déjà La Madière. Je ne sais plus si Ria est déjà venue ou non.

Je n'en suis pas très fier, mais je me rends compte que je n'ai pas vraiment adressé la parole à Cass de tout le séjour, alors j'embraye :

— Comment vous vous êtes rencontrés, déjà, Simon et toi ?

Elle rougit.

— Oh, c'est terrible mais… J'étais traiteur, Simon a fait appel à moi pour un dîner qu'il donnait avec sa femme. Comme je te le disais, j'ai été employée de chalet, puis j'ai lancé une petite entreprise à mon retour au Royaume-Uni. Simon et moi, on est restés en contact, il m'a demandé d'organiser des déjeuners de travail et…

Elle marque une pause.

— Leur couple battait déjà de l'aile quand on s'est rencontrés, il a commencé à se confier à moi et puis, de fil en aiguille… Une fois que le divorce a été officiellement prononcé, Simon m'a demandée en mariage.

Encore une fois, je n'écoute Cass qu'à moitié car j'essaie de me souvenir si Ria a mentionné un précédent séjour ici. Il me semble bien que oui. Était-ce avec Simon ? Est-ce elle, l'ex dont a parlé Cass ? Si oui, Cass est-elle au parfum ? Est-ce qu'il y a eu quelque chose entre eux ? Est-ce que ça pourrait expliquer le comportement bizarre de Ria tout au long de cette semaine ? Simon a-t-il essayé de la draguer ? Est-ce la raison pour laquelle elle reste enfermée dans sa chambre ?

J'ai un coup de chaud, j'essaie de me concentrer sur ce que dit Cass, mais sa voix ne me parvient que de très loin.

Je me souviens que c'est Ria qui a réservé le chalet ; en revanche, je ne sais plus qui a eu l'idée d'inviter Simon. Est-ce que c'était moi ? Olivia ? Ria ? Comme je n'arrive plus à réfléchir avec Cass qui blablate, je me lève et lui dis :

— Oh, Cass, je suis désolé mais j'ai un appel urgent à passer. On en reparle plus tard, d'accord ?

— Euh… Oui, bien sûr, répond-elle, décontenancée.

J'ai mauvaise conscience de la laisser en plan alors qu'elle était en train de se confier à moi, mais je m'en inquiéterai plus tard. J'ai mes propres problèmes à gérer.

Une fois dans notre chambre, j'essaie de me souvenir qui a eu l'idée de ce séjour. Pendant que je suis là, je pourrais en profiter pour fouiner de nouveau dans l'iPad de Ria. Elle a pour habitude de le verrouiller et je la sens particulièrement à cran sur le sujet depuis notre arrivée. Il y a peut-être un secret là-dedans qu'elle ne veut pas que je découvre.

43

Décembre 2020,
La Madière, France
Adam

Lorsque je monte dans un car en fin d'après-midi, la bonne humeur n'est pas au rendez-vous. On pourrait s'attendre à ce que les touristes exultent à l'idée d'arriver enfin à destination après cette attente interminable, mais non : autour de moi, les gens ne parlent que du temps perdu alors qu'ils devraient déjà être sur les pistes, et c'est à qui a la pire histoire à raconter sur le thème « Vacances pourries », à qui a perdu le plus d'argent, à qui a eu le pire trajet, à qui a passé le plus de temps sur la route loin de toilettes en état de marche, bref, à qui a connu la pire galère. J'ai bien envie de leur demander s'il leur est déjà arrivé de rentrer de vacances en laissant un membre de leur famille mort sur un versant de montagne, puis de devoir revenir des années plus tard pour l'identification du corps, mais je m'abstiens, évidemment. Je ne sais pas encore comment ça va se passer, sur un plan purement logistique. Je ne sais même pas où se trouve le corps de Will. Est-ce qu'il *faut* que je le voie ? Peut-être pas. Et je ne suis pas sûr d'en avoir envie. En tout cas, le directeur de l'office de tourisme, un homme à la voix chaleureuse, qui m'a téléphoné après que j'ai été contacté par la police, semblait penser que je voudrais voir l'endroit où il a été retrouvé, pour « un temps de recueillement », comme il l'a dit dans un anglais parfait.

Après plusieurs heures passées à rouler au pas sur une route en lacets, nous voyons un panneau qui annonce notre arrivée à La Madière. La station a certainement beaucoup changé depuis la dernière fois. Et Nell, qu'est-elle devenue ? Elle a dû se trouver un mari riche. Elle était jolie, certes, mais superficielle. Je me demande si elle est heureuse. Et je pense aussi à Will, à tout ce temps qu'il a passé enseveli sous la neige. Mort, sans avoir eu le choix de sa destinée.

Il ne méritait pas de disparaître ainsi, mais je refuse d'être tenu pour responsable. Quoi qu'il arrive, je ne laisserai pas cet accident bousiller le reste de ma vie.

44

Avant

Peu après avoir quitté l'école hôtelière, j'ai décroché un poste d'employée de chalet au terme d'une sélection rigoureuse avec entretien et repas complet – entrée, plat, dessert – soumis à un jury de goûteurs. Je m'étais aussi préparée en étudiant pendant des heures sur Internet les profils de jeunes femmes qui travaillaient dans ce milieu pour savoir ce qui était attendu d'elles, jusqu'à leur tenue vestimentaire. Bien que je n'aie jamais mis les pieds dans une station de sports d'hiver, et encore moins dans un chalet, j'ai franchi toutes les étapes et, quelques semaines plus tard, je suis partie pour les Alpes.

C'était la première fois que je quittais le Royaume-Uni. Anna m'a aidée à obtenir un passeport et a même payé les frais de dossier, alors que ça ne devait pas faire partie de ses attributions. C'était aussi la première fois que je prenais l'avion. J'ai eu l'impression de retenir ma respiration pendant l'intégralité du vol, tellement tout me paraissait irréel, tandis que mes nouvelles collègues – je suppose qu'on peut les appeler comme ça – papotaient et blaguaient comme si c'était la routine. D'ailleurs, c'était sans doute le cas pour elles. J'imagine que la plupart partaient en vacances plusieurs fois par an depuis toutes petites.

Il y a eu tout de même quelques exclamations du style « Ouah, regardez la neige ! » au moment où notre autocar est arrivé à La Madière. Comme je n'avais jamais vu plus de quelques flocons qui ne tenaient même pas au sol, je n'en croyais pas mes yeux. On aurait dit un film de Noël, une carte de vœux ou le couvercle d'une boîte de chocolats, entre le manteau d'un blanc étincelant qui s'étalait à perte de vue et les énormes stalactites dont je me suis dit qu'ils risquaient de tuer quelqu'un en tombant.

En plus de mon passeport, Anna m'a payé une bonne paire d'après-skis avant mon départ. « Tiens, cadeau de Noël en avance. Il ne faudrait pas que tu aies froid aux pieds ! » m'a-t-elle dit. Heureusement, la société de location de chalets fournissait, en plus de l'uniforme, une doudoune flanquée d'un logo que nous devions porter dès que nous étions à l'extérieur du chalet, même en dehors de nos heures de travail. C'était un grand soulagement pour moi, vu le prix des anoraks de ski.

À notre arrivée, nous avons été réparties sur une demi-douzaine de chalets. La plupart des filles s'étaient déjà arrangées entre elles pour le partage des chambres, soit parce qu'elles se connaissaient de l'école hôtelière, soit parce qu'elles avaient déjà travaillé ensemble. J'ai eu de la chance, je me suis retrouvée dans une chambre pour moi toute seule.

C'était de loin la plus belle chambre que j'aie jamais occupée. Le lit était gigantesque, moelleux comme un nuage et recouvert de fourrures. J'en ai caressé une : on aurait dit le pelage d'un chat de pedigree. Dans la salle de bains, il y avait une douche immense et une grande baignoire sur pieds. Quant aux serviettes, je n'en avais jamais vu d'aussi blanches ni d'aussi épaisses, avec chacune un monogramme et un flocon de neige brodé.

Puis, une fois la formation sur place terminée, chacune a emménagé dans son logement de fonction, le mien se résumant à un cagibi sans fenêtre avec un lit étroit au dernier étage du chalet qu'on m'avait assigné. J'ai fait profil bas et je me suis mise à travailler dur, sans trop me mêler aux autres. Le poste impliquait des horaires à rallonge, certains clients étaient des abrutis finis, mais j'adorais cuisiner et même le ménage ne me dérangeait pas la plupart du temps. Dans l'ensemble, ça se passait bien. J'avais l'impression de jouer à la maman pour la première fois de ma vie. Et surtout, ce travail routinier me permettait de réfléchir à loisir. D'anticiper, d'échafauder un plan, d'imaginer la pire façon de rendre la vie impossible à la personne qui avait contribué à détruire la mienne.

Jusqu'à ce que survienne un événement imprévu.

45

Décembre 2020,
La Madière, France
Ria

La force du vent me coupe le souffle au moment où je claque la porte du chalet pour braver la tempête. J'ai beau porter mes bottes fourrées qui coûtent les yeux de la tête et ma doudoune Moncler, je regrette immédiatement de ne pas avoir enfilé ma salopette. En voyant Millie multiplier les allées et venues depuis ce matin, j'ai cru qu'il devait être possible de se déplacer à pied sans trop de problèmes. Mais le chemin qui part du chalet n'a pas été dégagé et il y a des congères gigantesques, la plupart plus hautes que moi.

— C'est dangereux ! a crié Hugo alors que je prenais mes jambes à mon cou.

Il a peut-être raison mais peu importe, j'ai un appel à passer et je ne peux pas prendre le risque qu'un occupant du chalet épie la conversation.

Je me précipite dans le premier café que je trouve en pensant être la seule à quitter le confort et la chaleur de son chalet par ce temps, mais, surprise, la salle est bondée. Le feu crépite dans la cheminée, les gens boivent, rient, discutent comme si de rien n'était. Comme si rien n'avait changé. Je suppose que, pour eux, c'est le cas. En entendant qu'on avait trouvé un corps dans la neige, ils ont dû penser « le pauvre » – à la limite, ils ont dit une prière en silence et poussé un soupir de soulagement parce qu'ils ne connaissaient pas le défunt – et ils sont passés à autre chose.

Alors que, pour moi, c'est tout le passé qui me revient en pleine figure. J'ai l'impression d'être revenue vingt ans en arrière. Et maintenant que le frère du skieur rapplique, tout est terminé. Il va forcément nous reconnaître, poser des questions, vouloir remonter le fil des événements, détails à l'appui. Et je ne suis pas sûre de pouvoir continuer à mentir. Pas si je me trouve face à un homme dont le frère vient de passer vingt-deux ans enseveli sous la neige.

Était-ce inéluctable ? Pendant tant d'années, j'ai réussi à mener une vie normale en croyant que j'avais échappé au passé. Même s'il n'y a pas eu un jour sans que j'aie peur qu'on vienne frapper à ma porte pour me dire que la vérité avait été découverte, que j'allais être arrêtée, jugée par un tribunal et envoyée en prison.

Après avoir appelé Cameron, qui accepte de me retrouver au café, je commande un double whisky et un chocolat chaud dont je n'ai pas la moindre envie, mais j'ai du mal à assumer de boire toute seule à une heure pareille. Puis j'attends en tapant du pied sous la table.

46

Décembre 2020,
La Madière, France
Adam

— Je vais prendre votre nom, s'il vous plaît, dit une jeune femme au large sourire, munie d'une planchette à pince.

Dès que je descends du car, le vent me cingle le visage et mes baskets sont trempées. Je n'ai pas d'après-skis ; j'aurais dû en acheter à l'aéroport.

— Adam Cassiobury, réponds-je.

Aussitôt, la jeune femme affiche une mine navrée.

— Ah, monsieur Cassiobury. Toutes nos condoléances. Matt est là pour vous accueillir personnellement. Il va vous accompagner à votre logement et sera certainement en mesure de répondre à toutes les questions que vous vous posez sans doute. Je vais l'appeler. Matt. Matt !

À quelques mètres de là se tient un homme en anorak à logo, mais il n'entend rien à cause des hurlements du vent.

— C'est bon, je l'ai repéré. Vous êtes visiblement très occupée. Je vais me présenter moi-même.

Je progresse d'un pas lourd dans la neige et tape sur l'épaule du dénommé Matt. Quel temps épouvantable. J'ai de la peine pour ces pauvres gens qui se sont saignés pour leurs vacances et se retrouvent à braver les intempéries.

— Euh… Matt ? Je suis Adam. Adam Cassiobury. La fille… euh, la jeune femme là-bas m'a dit de m'adresser à vous.

Matt tend une main gantée et couverte de neige.

— Monsieur Cassiobury ! Bienvenue à La Madière. Je suis désolé de vous accueillir dans des circonstances aussi tragiques.

J'acquiesce.

— Merci. Appelez-moi Adam.

— Entendu. Allons récupérer vos affaires et ensuite, je vous accompagnerai à votre logement. Malheureusement, il y a eu une inondation dans le chalet que nous vous avions prévu, donc nous avons trouvé une chambre avec salle de bains ailleurs. Il est tout aussi luxueux, mais il y a d'autres occupants. J'espère que ça ne vous dérange pas. Ils sont contents de vous dépanner étant donné le… euh… le contexte, et ce n'est pas la place qui manque.

Je lui dis que ça ira. À vrai dire, je m'en fiche. Je suis gelé, et tout ce que je veux, c'est me mettre au chaud.

— Ce sont des gens très sympas, poursuit Matt, et ils… hum… ils comprennent la situation, donc je suis sûr que… Bref, vous aurez tout le confort. Je suis venu à motoneige, vous n'avez plus qu'à monter dessus. Vous n'avez que ça comme bagage ?

Il désigne mon sac à dos en piteux état.

— Oui, je suis parti précipitamment, expliqué-je. De toute façon, je n'ai pas de vêtements pour le froid, comme vous pouvez le voir. Je vis en Thaïlande en ce moment, et il ne neige pas là-bas.

Je frissonne dans mon K-way tout fin et je préférerais que nous nous mettions en route au lieu de papoter.

Matt sourit.

— Nous trouverons certainement un anorak ou une polaire à vous prêter le temps du séjour. Mettez votre sac sur le dos et asseyez-vous derrière moi. Encore un peu de patience, vous serez bientôt au chaud !

Pas franchement à l'aise, j'enfourche la motoneige alors que les autres voyageurs se retrouvent à devoir traîner leurs valises dans la poudreuse – soit aidés par des employés de chalet, soit seuls. Certains doivent également discipliner des enfants exténués qui hurlent de fatigue ou caler tant bien que mal contre leur épaule des bébés en train de dormir.

Comme c'est la première fois que je monte sur une motoneige, je ne sais pas trop à quoi me cramponner. Je n'ai pas envie d'enlacer ce type par la taille parce que… Enfin, ce serait bizarre, non ? Je ne le connais même pas. Pour finir, je m'accroche maladroitement au siège derrière moi. Je n'ai pas de gants et mes mains tournent au rouge vif alors que nous venons à peine de nous élancer. Matt, qui a dû remarquer mon équilibre précaire, conduit lentement. Le trajet ne dure que quelques minutes, le temps de monter au sommet d'une petite colline et d'emprunter une allée bordée d'arbres qui mène jusqu'à une bâtisse en bois et en pierre.

— Oh, ce n'était pas loin, dis-je alors que nous mettons pied à terre.

Matt sourit gentiment.

— Non, mais la plupart de nos clients n'aiment pas marcher dans la neige, donc c'est un service que nous leur proposons. D'habitude, nous allons les chercher en 4 x 4 parce que c'est plus pratique pour les bagages, mais il y a trop de poudreuse aujourd'hui.

Je savoure la chaleur qui m'accueille dès que Matt pousse une lourde porte en bois derrière laquelle sont alignées des pantoufles d'hôtel couleur chocolat. Prenant exemple sur lui, je retire mon vieux K-way, mes chaussures et mes chaussettes trempées pour glisser mes pieds dans les pantoufles toutes douces. En cet instant, j'ai l'impression de n'avoir jamais rien porté de plus moelleux et réconfortant.

— Je vais vous présenter aux autres occupants et ensuite vous verrez votre chambre. Les, euh… formalités ont lieu demain, c'est ça ? Je ne sais pas exactement ce que la police et vous avez prévu ; de toute façon, il y a sans arrêt des changements à cause de la météo. Mais si vous souhaitez voir où votre frère – Will – a été retrouvé, ou tout autre endroit de la station, si vous avez besoin que nous vous conduisions quelque part, bref, si nous pouvons vous aider en quoi que ce soit, n'hésitez pas à nous le faire savoir et je suis sûr que nous pourrons nous organiser.

J'acquiesce.

— Merci.

Le pire dans tout ça, ce serait presque la gêne que tous semblent éprouver à mon égard. Pourquoi ne me traite-t-on pas normalement ? L'accident remonte à longtemps, tout le monde a tourné la page.

Matt pousse une lourde porte qui donne sur un magnifique salon-salle à manger avec immense baie vitrée, murs en pierre, poutres apparentes en bois blond et fourrures disposées un peu partout. Il s'éclaircit la voix.

— Rebonjour à tous. Je vous présente Adam, notre nouvel hôte. Je suppose que Millie vous a prévenus…

Toutes les personnes présentes lèvent la tête.

— Je vais vous présenter, poursuit Matt. Simon…

Un type corpulent au visage rougeaud et à la calvitie naissante, que peine à recouvrir une mèche de cheveux peignée sur le côté, se lève d'un fauteuil en cuir et vient me serrer la main.

— Enchanté. Et toutes mes condoléances.

J'esquisse un sourire crispé.

— Merci.

— Voici mon épouse, Cass…

Simon désigne une femme très jeune à l'air un peu empoté. Assise sur un tapis en peau de mouton, elle agite sans conviction un jouet en plastique au-dessus d'un bébé qui essaie de l'attraper.

— ... notre fils, Inigo, et sa nounou, Sarah.

L'une des femmes me sourit avec compassion et me salue d'un signe, l'autre ne me regarde pas. J'ai déjà oublié qui est l'épouse et qui est la nounou, mais peu importe.

Un autre homme, plus jeune et plus athlétique que Simon, se lève du canapé.

— Bienvenue. Je m'appelle Hugo. Enchanté de vous connaître, malgré les circonstances.

Je le salue d'un signe de tête.

— Merci. J'apprécie que vous ayez accepté de m'héberger. Je ne sais pas où j'aurais dormi, sinon.

Une porte s'ouvre sur une jolie jeune femme qui arbore un polo à manches longues flanqué du même logo que la doudoune de Matt. Elle porte un plateau chargé d'une bouteille de champagne et de flûtes.

— Et voici Millie, qui s'occupe des hôtes pendant toute la durée du séjour, ajoute Matt.

Elle pose le plateau sur la table et se redresse.

— Bonjour. Toutes mes condoléances. Je suis désolée pour le chalet L'Alpaga, nous n'avons pas pu le préparer à temps pour votre arrivée. Mais nous espérons que vous serez à votre aise ici. Dites-nous si nous pouvons vous être d'une quelconque aide pour rendre votre séjour... Enfin, n'hésitez pas.

Elle débouche la bouteille de champagne, ce qui me paraît étrange car l'ambiance n'est pas particulièrement festive, mais j'imagine que les clients qui séjournent dans un chalet aussi luxueux s'attendent à ce type de prestations. J'en rêvais la dernière fois que je suis venu ici, seulement je n'en avais pas encore les moyens – ou plutôt, Will et sa petite copine n'en avaient pas les moyens.

J'aurais pu être à la place de ces gens, sans ce qui s'est passé sur ce flanc de montagne. Je ne suis jamais remonté sur des skis depuis.

— Est-ce que Ria se joindra à nous pour le dîner ? demande Millie à Hugo.

Ce dernier soupire bruyamment.

— Je ne sais pas. Elle était… Elle a dit qu'elle ne se sentait pas très bien, tout à l'heure. Je lui demanderai dans deux minutes, d'accord ?

Millie opine.

— Bien sûr. Je voudrais juste savoir combien de couverts je dois prévoir, mais rien ne presse.

— Pas de problème, je vous dirai dès que je sais, répond Hugo.

Une fois que Millie a servi du champagne à tout le monde, je m'assieds.

— Alors, hum… vous passez une bonne semaine ? hasardé-je pour rompre le silence gênant qui s'est installé.

Autant s'en tenir à un sujet anodin, vu que je suis encore à peu près capable de tenir une conversation et que personne n'a envie de parler de mon frère décédé, surtout pas moi.

— La météo laisse à désirer, de toute évidence, dit Simon, mais on a eu une journée de grand soleil et de la belle poudreuse, donc difficile de se plaindre. Et puis, vu les circonstances… eh bien, disons qu'on relativise le mauvais temps.

Simon vire à l'écarlate et boit une grande rasade de champagne. C'est au-dessus de mes forces. Je pose ma flûte sur la table et me frotte la bouche.

— Écoutez, j'apprécie votre… votre sollicitude et votre gentillesse, et je suis désolé de débarquer à l'improviste alors que vous êtes en vacances, mais Will, mon frère, est mort il y a longtemps et j'ai fait mon deuil. L'identification de son corps est une démarche qui s'annonce difficile et, vous vous en doutez, je préférerais être à peu près partout sauf ici, mais inutile de prendre des gants avec moi.

Silence.

— Et maintenant, j'ai l'impression d'être d'une impolitesse crasse, ajouté-je en me levant. Il vaut mieux que je monte dans ma chambre et que je vous laisse entre vous.

Simon se lève à son tour.

— Ce n'est pas vous qui êtes impoli, c'est nous qui manquons de tact. Vous devez être fatigué et affamé après ce voyage interminable, alors restez dîner avec nous. On s'en voudrait de vous chasser.

En l'occurrence, je n'ai qu'une envie, m'allonger sur un lit et dormir, mais je peux difficilement m'enfermer dans ma chambre sans passer pour un ours. Alors je dis, en m'efforçant de sourire :

— Excusez-moi, les deux derniers jours ont été difficiles et je suis très fatigué. Je vais prendre une douche rapide – je ne me suis pas changé depuis mon départ – et je me joins à vous.

— Nous mangeons dans une heure, donc prenez votre temps, indique Millie en posant sur la table un plateau de petits-fours qui ont l'air délicieux. Comme Matt a déjà monté votre sac, je vous montrerai votre chambre quand vous aurez fini votre champagne.

Je vide ma flûte et je me lève.

— Je veux bien, merci.

Millie me précède dans un escalier qui monte au deuxième étage, sous les combles. Lorsqu'elle ouvre une porte, je découvre une pièce au plafond mansardé. Elle est éclairée par un Velux et meublée d'un lit double avec draps blancs et édredon en fourrure, ainsi que d'un fauteuil recouvert d'un jeté en polaire. La petite porte au fond doit mener à la salle de bains.

— Désolée, la chambre est un peu petite, dit Millie, mais j'espère que vous la trouverez confortable. Il y a des serviettes et des produits de toilette dans la salle de bains et, si vous avez besoin de quoi que ce soit, n'hésitez pas à me demander. Il n'y a pas de code pour le Wi-Fi, le réseau est ouvert. Mais il ne fonctionne pas bien à cause de la météo, malheureusement.

— Merci, réponds-je. J'apprécie beaucoup votre accueil.

— Pour Cameron, le propriétaire du chalet, c'était le minimum. Il va passer ce soir pour vous présenter ses condoléances, donc vous aurez l'occasion de le remercier directement si vous le souhaitez. Mais ce n'est vraiment pas la peine, il est ravi de vous accueillir.

Elle marque une pause.

— Puis-je faire quelque chose pour vous ?

Elle sourit, mais sans conviction ; j'imagine qu'elle en a assez d'être aux petits soins pour ses clients vingt-quatre heures sur vingt-quatre à cause de la fermeture des remontées mécaniques. Mon arrivée représente certainement un surcroît de travail.

— Non, ça ira très bien, merci. J'espère que mon séjour ici ne pose pas trop de problèmes.

— Je vous laisse, répond-elle, ignorant ma question avec tact. Si vous voulez vous joindre à nous pour le dîner, il sera servi dans une heure.

— Ce sera avec plaisir, prétends-je.

47

Décembre 2020,
La Madière, France
Ria

Cameron s'affale face à moi en projetant la neige qui recouvrait son anorak sur mon jean déjà trempé.

— Qu'est-ce qui t'a pris ? lui lancé-je. Pourquoi as-tu proposé d'héberger ce type dans notre chalet ? Il va nous reconnaître, tu le sais. On peut s'estimer heureux d'avoir évité la prison il y a plus de vingt ans, et maintenant tu vas…

Cameron lève la main avec la condescendance que je lui connais depuis toujours et qui a le don de me hérisser.

— Arrête. Tout ça, ce n'était pas mon idée. Le directeur de l'office de tourisme est en panique à cause du corps qu'on a retrouvé et cherche à jouer la carte de la solidarité et de l'empathie. Comme c'est moi qui possède les plus beaux hébergements, il m'a demandé d'accueillir le frère du mort. Je pouvais difficilement refuser, sinon de quoi j'aurais eu l'air ? J'ai une entreprise à faire tourner, il faut bien que je reste dans ses petits papiers.

Je n'en crois pas mes oreilles. Comment peut-il rester aussi calme ?

— Mais il n'était pas obligé de loger dans notre chalet ! répliqué-je en m'efforçant de ne pas hausser le ton – ce qui n'est pas une mince affaire car, en réalité, j'ai envie de hurler. Toi, tu t'en fiches parce que tu peux t'éclipser n'importe quand, mais moi, tu imagines ? « Tiens, salut ! Au fait, si ton frère est mort, c'est à cause de moi. Enfin, à cause de moi et de mon collègue. Toutes mes excuses. J'espère que ton petit séjour dans ce chalet de luxe aidera à faire passer la pilule. »

Cameron approche son visage si près du mien que je sens son haleine chargée de café.

— Primo, il n'était pas censé dormir chez vous, mais il y a eu un problème avec le seul chalet de libre que j'ai en ce moment, donc impossible de l'y caser. Entre les clients qui n'ont pas pu quitter la station à la date prévue et ceux qui, par miracle, ont quand même réussi à arriver malgré la fermeture des routes – apparemment, juste pour m'emmerder –, tous les hébergements sont bondés à part votre chalet. Où, soit dit en passant, vous séjournez gratuitement toute la semaine, le temps que Hugo décide si je mérite de figurer au catalogue de sa boîte. Alors, si ça te dérange que le frère du mort débarque et s'incruste chez vous, j'en suis *terriblement* désolé, mais tu vas devoir faire avec.

Tout en parlant, Cameron me postillonne à la figure. Je réprime difficilement un mouvement de recul.

— Secundo, ce type nous a vus dix minutes et c'était il y a deux décennies. Tu te souviens de la météo ce jour-là ? Elle était presque aussi mauvaise qu'aujourd'hui, on portait des bonnets et des lunettes de ski, et on avait vingt ans de moins. Il a passé plusieurs jours dans le coma et à son réveil, il n'avait plus aucun souvenir de l'accident. Tu le reconnaîtrais aujourd'hui ? Moi, je t'assure que non. Alors pourquoi tu flippes ? Et puis nos noms ont été publiés dans la presse à l'époque. Si le frère du mort avait eu un quelconque intérêt à nous poursuivre, il l'aurait fait il y a des années, or ce n'est pas le cas. Donc pourquoi tu crois que a) il va nous remettre et que b) en admettant que oui, on risque quoi que ce soit ? C'était un accident tragique qui remonte à longtemps. Il a perdu son frère, ouin ouin, clap de fin.

— Tu n'as aucun remords ? demandé-je d'une voix rauque.

Cameron se cale contre le dossier de sa chaise.

— Non, parce qu'on n'y est pour rien. Ces deux jeunes n'auraient pas dû exiger de descendre une pente en hors-piste dans des conditions pareilles. Ils ont surestimé leur niveau de ski. Ou plutôt, ils ont *menti* sur leur niveau de ski. Ils n'avaient rien à faire là. S'ils avaient été honnêtes – ou, laissons-leur le bénéfice du doute, moins prétentieux –, on ne les aurait pas emmenés dans ce secteur cet après-midi-là et il n'y aurait pas eu de problème. C'est eux qui ont eu un comportement dangereux, pas nous.

— Donc pour toi, l'histoire se résume à ça ? rétorqué-je. On n'a pas été exemplaires, tant s'en faut. Je te rappelle que nous aussi, on a menti, poursuis-je en baissant d'un ton. On a menti aux sauveteurs, aux gens qui travaillaient ici, à la police, et par extension à la famille de la victime, à tout le monde. Si on avait alerté les secours plus tôt, comme on l'a prétendu, ou même, si on n'avait pas lâché ces deux jeunes d'une semelle au lieu d'essayer de se doubler mutuellement, ce type aurait peut-être pu être secouru. Donc il y a *bien pire* que deux touristes qui mentent sur leur niveau de ski.

Cameron pousse un grognement.

— On ne peut pas dire qu'on ait menti, on a juste modifié certains horaires dans notre déposition. C'était un accident, l'enquête l'a confirmé et ça me va très bien.

Nous nous taisons quelques instants.

— Bon, c'est tout ? finit par lancer Cameron.

Nouveau silence. Autour de nous, les gens rient, discutent, mangent, boivent, bref, profitent de la vie, alors que tout mon monde semble être en train de s'écrouler.

— Pourquoi tu es resté à La Madière ? demandé-je.

Cameron hausse les épaules.

— C'est chez moi et j'y suis heureux. J'ai pris le large un moment parce que tous les tour-opérateurs dissuadaient leurs clients de s'adresser à Skitastic et il a fallu que je liquide la société. Mais quand je suis revenu quelques années plus tard, personne ne se souvenait de moi, c'était déjà de l'histoire ancienne. Quasiment tous les gens qui travaillaient à la station en même temps que nous étaient partis s'installer ailleurs, ils avaient changé de vie. Je suis le plus ancien ici. Il y a plein de touristes qui viennent à la montagne. De temps en temps, il y en a un qui meurt et on passe vite à autre chose. Personne n'a envie de s'attarder là-dessus. Les gens viennent ici en vacances une saison ou deux pour oublier le quotidien, s'amuser, skier, picoler, se taper éventuellement un moniteur ou une monitrice, pas pour penser à la mort. Tout le monde ou presque a oublié ce qui s'est passé il y a des années et s'en ficherait, si le corps n'était pas réapparu.

Nouveau silence.

— Et toi, pourquoi tu n'es pas restée ? demande Cameron.

— Tu le sais très bien, maugréé-je. Après l'accident, cet endroit me sortait par les yeux. Si je suis revenue cette semaine, c'est uniquement parce que… ben, parce que tu m'y as obligée.

Un rictus se dessine sur les lèvres de Cameron.

— Ouais, un coup de chance que tu aies arrosé d'e-mails toutes les agences de location de chalets, y compris la mienne, au moment de lancer ta petite entreprise d'événementiel. Ça nous a bien arrangés pendant toutes ces années, hein ? Je dois reconnaître que tu m'as envoyé de bons clients.

— Pas par choix, murmuré-je, et tu le sais. Tu m'as fait chanter. Je n'aurais jamais contacté Snow Snow si j'avais su que c'était toi le patron.

Cameron répond par ce rire affreux qui ressemble à un aboiement.

— Ha ! Tu n'avais qu'à te renseigner ! Et j'ai encore plus à y gagner, maintenant que tu as épousé ce gros riche de Hugo. Tu as toujours eu la trouille que ça se sache, pour l'accident : j'aurais été stupide de ne pas en profiter, non ? Tu en es consciente, rassure-moi ?

Je sens que j'ai les joues qui brûlent, mais il est hors de question que Cameron me voie pleurer.

— Et puis je me tiens bien depuis le début de la semaine, poursuit-il. J'ai respecté notre accord ; à aucun moment je n'ai évoqué ton passé et personne ne sait qu'on se connaît – ni que c'est grâce à notre *amitié* que vous êtes tous là à profiter de mon superbe chalet.

— On n'est pas amis, tu m'as menacée. Tu m'as forcée à convaincre Hugo de proposer tes chalets sous peine d'ébruiter l'histoire et de me faire porter le chapeau, vu que tu as le bras long, maintenant.

Il rit et me toise de haut en bas.

— Je ne t'ai jamais forcée à *épouser* Hugo, c'était ton choix. Tu es encore pas mal, malgré la quarantaine qui approche. Je suis sûr que la promesse d'une petite gâterie aurait suffi pour ce crétin d'Hugo.

— Je ne l'ai pas épousé à cause de toi, chuchoté-je.

Cela dit, Cameron n'a pas tout à fait tort. C'est ce qui m'a paru le plus simple à l'époque. J'ai fait d'une pierre deux coups : j'ai acheté le silence de Cameron en lui donnant ce qu'il voulait et j'ai arrêté de m'inquiéter pour le loyer à payer tous les mois. J'étais allée jusqu'à lire des articles sur Hugo avant sa réception au Muséum d'histoire naturelle pour cerner le genre d'homme qu'il était et savoir comment l'aborder ; en d'autres termes, j'avais mis toutes les chances de mon côté pour que Cameron me lâche. Je n'avais pas prévu d'aller jusqu'à épouser Hugo, mais de fil en aiguille l'occasion s'est présentée et j'y ai vu la solution à tous mes problèmes.

Personne n'a envie de côtoyer une femme qui a tué quelqu'un, que ce soit professionnellement, amicalement ou amoureusement. J'ai déjà du mal à vivre avec une mort sur la conscience, alors l'idée que ça se sache m'était et m'est toujours insupportable.

— Que tu te sois mariée ne me regarde pas et puis je m'en fous, de toute façon, dit Cameron. Tu peux jouer au petit couple parfait avec Hugo, ou même porter ses couilles en pendentif, peu importe, tant qu'il ajoute mes chalets à son catalogue. Avec cette histoire de cadavre qui réapparaît, mes affaires auront peut-être besoin d'un petit coup de pouce.

Je passe discrètement une main sur mon visage alors que, malgré tous mes efforts, des larmes perlent à mes paupières. Cameron lève les yeux au ciel.

— Purée, *Andrea*, c'était il y a plus de vingt ans ! Tout le monde s'en balance, alors oublie.

— Moi, je ne m'en balance pas, dis-je d'une voix rauque. Et ne m'appelle pas comme ça.

Cameron ricane.

— Ah oui, il faut dire *Ria* maintenant, c'est ça ? lance-t-il d'un ton sarcastique. Ria Redbush. Aux oubliettes, Andy Jones, la dingue de ski. Place à l'élégante Ria Redbush, mariée à Hugo le friqué. Une toute nouvelle vie pour une toute nouvelle personne. Tu ne t'en balances pas ? Eh bien, c'est ton problème. Maintenant, tout ce que je te demande, c'est de supporter la présence de notre nouvel hôte du mieux possible. Et pour ce que ça vaut, sache que je ne vais pas rester planqué en coulisse. Je vais venir dîner, présenter mes condoléances et tout le toutim. Je n'ai pas à avoir honte, je n'ai pas à avoir peur et toi non plus, bien que tu aies cru le contraire pendant des années et que j'en aie bien profité. Allez, un peu de cran. On se voit plus tard.

La perspective de retourner au chalet m'est insupportable, mais je ne vais pas pouvoir errer dehors éternellement. J'entre par la porte de derrière et monte à pas feutrés dans notre chambre. Après avoir retiré mes vêtements trempés, je m'allonge sur le lit et ferme les yeux.

Quelques minutes plus tard, la porte de la chambre s'ouvre. C'est Hugo, qui vient s'asseoir sur le lit.

— Chérie ? Ouf, tu es de retour. J'étais inquiet de te savoir dehors par ce temps. Comment tu te sens ?

J'ouvre les yeux.

— J'ai connu mieux. J'ai une migraine carabinée et je suis épuisée, soupiré-je. Je couve peut-être une grippe. Je suis désolée pour tout à l'heure. J'avais besoin de… d'être seule.

Hugo me tapote la jambe d'un air distrait.

— C'est oublié, je suis content que tu sois rentrée saine et sauve. Bien que je persiste à croire que tu n'aurais pas dû sortir par ce temps, surtout si tu ne te sens pas bien.

Il me sermonne mais je sais que ça part d'un bon sentiment. En cet instant, je ressens pour lui un élan d'amour tel qu'il m'en arrive rarement. Pauvre Hugo, il mérite tellement mieux que moi.

— Tu seras des nôtres pour le dîner ? Millie m'a posé la question.

J'ai beau mourir de faim, il est hors de question que je descende et que je subisse un dîner avec le frère du skieur mort. Je vais forcément devoir le croiser à un moment ou à un autre, mais pour l'instant c'est au-dessus de mes forces.

Je n'ai quasiment pas arrêté d'y penser depuis l'annonce de son retour. Que dois-je faire ? L'éviter ? Tout lui avouer ? Sourire gentiment en croisant les doigts ?

Cameron a raison, bien sûr. Je ne sais plus à quoi ressemble ce type. Il y a peu de chances pour qu'il nous reconnaisse, mais ça n'enlève rien à notre implication dans la mort de son frère. Je ne peux pas m'asseoir à la même table que lui et parler de la pluie et du beau temps.

Je me redresse en feignant la faiblesse.

— Je crois que je vais rester là, si ça ne te dérange pas. Mais tu pourras demander à Millie de m'apporter une soupe ? Je ne me sens vraiment pas d'attaque à descendre dîner.

Hugo m'embrasse sur le front.

— Pas de problème, je suis sûr que ça ne la dérangera pas. Mais tu vas me manquer.

Je serre sa main dans la mienne.

— C'est gentil, Hugo. Tu vas me manquer aussi.

Je suis presque sincère.

48

Décembre 2020,
La Madière, France

Lorsque j'apprends que le corps de mon père a réapparu, le choc est immense. Le seul moyen que je trouve d'y faire face, c'est de plaquer un grand sourire sur mon visage et de continuer à m'activer comme si de rien n'était. Je recommence toutefois à me scarifier quand j'arrive à m'isoler un moment. Alors que j'avais plus ou moins arrêté, je ressens le besoin d'échapper ne serait-ce que temporairement à l'atrocité des événements actuels et à l'horreur de mon enfance. Personne ne remarque – c'est facile de cacher les cicatrices, il suffit d'en avoir l'habitude, comme moi.

N'ayant jamais pu rencontrer mon père de son vivant, je me dis que le minimum est de lui rendre hommage, maintenant que son corps a été retrouvé. J'aimerais le voir et passer un peu de temps avec lui. On peut considérer cette démarche comme un pis-aller, mais elle est importante pour moi.

J'ai un planning très chargé, mais dès que j'arrive à me dégager quelques heures, je vais à l'hôpital qui se trouve plus bas dans la vallée pour essayer de le voir. Malgré mon français qui n'est pas excellent, loin de là, je suis sûre que la femme de l'accueil me comprend quand je dis que je suis la fille du skieur retrouvé mort. Mais elle répond que sans mon passeport et je ne sais quels autres papiers et justificatifs d'identité, il est impossible que je voie son corps. C'est ridicule : comme si, tous les jours, des gens rappliquaient à l'hôpital pour demander à se recueillir auprès des dépouilles de parfaits inconnus. D'après ce que je saisis, elle évoque le frère dont l'arrivée est imminente et suggère que je lui demande directement l'autorisation.

Donc je réponds « Merci, madame », alors que ce n'est pas l'envie qui me manque de dire plutôt « Va te faire foutre, connasse » puis, une fois dehors, je prends le temps d'inspirer et d'expirer profondément. Voir mon père n'est pas la priorité du moment. Faire payer mon oncle, c'est tout ce qui compte. Seulement, pour accomplir mon plan, je dois d'abord m'assurer d'avoir sous la main la personne qui a tué mon père et gâché la vie de ma mère. C'est pourquoi, en rentrant au chalet, je vais voir Matt et je prétends que j'ai entendu Cameron proposer au téléphone d'héberger gracieusement, dans l'un de ses chalets, le frère du skieur retrouvé mort. Je précise qu'il sera gêné et contrarié s'il sait que j'en ai parlé et je suggère à Matt de prétendre que l'office de tourisme l'a contacté – je connais le fonctionnement des stations de ski, après tout. Je regarde Matt en battant des cils, une main posée sur son bras, et je lui propose d'aller boire un verre plus tard. Je l'ai vu baver devant Ria depuis le début de la semaine, il est clairement en manque. Je me fiche de ce que ça implique ensuite : un verre dans un endroit tranquille, puis une pipe ou une partie de jambes en l'air, peu importe tant que je garde tonton Adam à proximité immédiate.

Plus tard, je passe au chalet L'Alpaga, dont Matt a dit que c'était le seul disponible. Il n'est pas difficile à trouver. Je protège ma main à l'aide de la manche de mon pull, je casse un carreau, j'entre et je tourne plusieurs robinets à fond. Je repasserai plus tard pour peaufiner la mise en scène. Même si Cameron héberge quelqu'un gratuitement, je ne l'imagine pas proposer un chalet qui ne soit pas impeccable.

Heureusement, il reste une chambre de libre dans le nôtre qui est, paraît-il, le plus beau de la station. Tout se goupille parfaitement.

49

Décembre 2020,
La Madière, France
Hugo

Ria prétend qu'elle est encore malade. J'ai beau ne pas être le plus perspicace des hommes, je sens bien qu'il y a autre chose. Ce soir, rebelote, elle refuse de se joindre à nous pour dîner sous prétexte qu'elle a la migraine alors que, à ma connaissance, elle n'y a jamais été sujette. J'aimerais bien savoir ce qui lui a pris de sortir comme une furie par ce temps. Avait-elle rendez-vous avec quelqu'un ? Matt, peut-être ? Ou Simon ? Est-ce qu'il se trouvait encore au chalet quand elle s'est absentée ? Je crois que oui. Il se passe tellement de trucs bizarres que j'ai le cerveau en compote.

À moins que Ria ne soit encore contrariée à cause de notre dispute à propos des enfants, même si je pensais que le sujet était clos. Je l'aime de tout mon cœur, vraiment, mais ce qu'elle peut être difficile à cerner !

Comme d'habitude, Millie s'est surpassée pour le dîner, le champagne coule à flots, mais l'atmosphère est étrange et, pour ne rien arranger, Cameron est présent. Il n'arrête pas de la ramener avec ses chalets qui sont les plus magnifiques de toute la station, et dès qu'il parle il me gratifie d'une vue sur les œufs de lump noirs et rouges qui lui tapissent la langue, quand ils ne s'échappent pas de sa bouche. Répugnant.

Quant à Simon, il s'esclaffe et opine à chacune des phrases de Cameron, tandis que Cass reste assise sur le canapé, le regard perdu.

Pauvre Cass, que Simon ignore, ou tout comme, depuis le début du séjour. Encore une fois, je me demande si Ria et lui ont eu par le passé une liaison dont je ne saurais rien. Le problème, c'est que je peux difficilement poser la question à Ria, vu son état du moment.

Puis vient l'heure de s'attabler pour le dîner. Lorsque Millie nous sert du foie gras en entrée, Cameron se lance dans des explications à n'en plus finir sur sa provenance, comme si quelqu'un s'en souciait. Cass regarde dans le vide tandis qu'Adam tente de s'intéresser à ce que Cameron rabâche, visiblement sans grand succès.

Soudain, j'envie Ria qui, seule dans notre chambre, n'a pas à se coltiner Cameron. Moi aussi, j'aurais peut-être dû trouver un prétexte pour échapper à ce dîner.

50

Décembre 2020,
La Madière, France

Au menu ce soir, c'est risotto aux champignons. Il paraît que les champignons sont fournis par un producteur de la région. À mon avis, ils ne sont pas meilleurs que ceux qu'on trouve en supermarché, mais Snow Snow doit bien justifier l'emploi de termes « culture artisanale », « cueillis à la main » ou encore « provenance locale » dans ses brochures. Quel ramassis de conneries.

Le risotto n'a rien de sorcier, c'est un plat simple et rapide à préparer. Certains cuisiniers prétendent qu'il nécessite une grande expertise, or rien de plus faux ; il suffit d'acheter les ingrédients et de les mélanger, c'est à la portée du premier venu. Je fais frire les champignons « locaux » avec de l'ail, de l'oignon et quelques herbes – fraîches, évidemment – dans une poêle, avant d'ajouter le riz et le bouillon que j'ai préparé à partir des restes du poulet servi en début de semaine, car interdiction d'utiliser du bouillon cube. Puis il n'y a plus qu'à remuer, remuer, remuer.

Je réchauffe également les champignons que j'ai mis à tremper un peu plus tôt dans la journée. Je les ai sélectionnés avec soin et déshydratés quand j'étais encore à l'école hôtelière. Au-delà de la cuisine, on nous a enseigné l'art de la cueillette sauvage. C'est incroyable tout ce qu'on peut trouver de comestible dans la nature anglaise, y compris dans les villes.

En ce qui concerne les champignons, il a fallu que je m'éloigne un peu des sentiers battus, mais certaines forêts sont facilement accessibles par le métro londonien. C'est devenu une partie de ma routine du week-end : me lever tôt et partir explorer les bois avant même que la journée ne soit déjà bien entamée. Souvent, je ne croisais personne, ou alors une ou deux personnes maximum qui promenaient leur chien.

Selon la saison, je trouvais toutes sortes de variétés qui coûtaient une fortune en magasin, des cèpes et des morilles, par exemple. Je suis devenue une experte en identification des champignons, et grâce à moi, mes colocataires se régalaient.

La prudence est de rigueur, naturellement. Les champignons vénéneux n'en ont pas toujours l'air, ils ne sont pas forcément rouges à pois blancs. En réalité, ceux-là sont toxiques, mais rarement mortels ; rien à voir avec l'amanite vireuse, surnommée « l'ange destructeur », ou sa cousine, l'amanite phalloïde, aussi connue sous le nom de « calice de la mort ». Ces deux-là peuvent facilement passer pour des champignons comestibles, même aux yeux d'un professionnel comme le cultivateur de Cameron. Il faut donc prendre beaucoup de précautions et personne, y compris un spécialiste, n'est à l'abri d'une erreur. Je suis arrivée ici avec tout un assortiment, même si je n'étais pas sûre à cent pour cent d'aller au bout de mon projet. Mais maintenant que j'ai rencontré ces deux monstres qui ont gâché la vie de maman et la mienne, je sais ce qu'il me reste à faire.

Une fois le bouillon absorbé, signe que la cuisson du risotto est terminée, je dresse les assiettes, je parsème quelques copeaux de parmesan sur chacune des portions et j'ajoute mes champignons spéciaux à deux d'entre elles.

Puis direction la salle à manger.

51

Décembre 2020,
La Madière, France
Hugo

— … et alors que les agences qui proposent à la location des chalets de basse et moyenne gammes peinent à s'en sortir à cause du contexte économique, nous croulons sous la demande tout au long de la saison, vu que notre clientèle est fortunée. C'est la raison pour laquelle, l'année prochaine, nous pensons ajouter au moins une nouvelle propriété à…

Je décroche. Incapable d'écouter plus longtemps le monologue de Cameron, je repousse brusquement ma chaise et dis :

— Je suis désolé, Cameron, mais si vous voulez bien m'excuser, je vais voir comment va Ria et vérifier qu'elle n'a besoin de rien.

— Si vous voulez que je lui monte à manger ou à boire, prévenez-moi, dit Millie en posant délicatement les assiettes sur la table.

Comme d'habitude, elle sert les dames d'abord – autrement dit, ce soir, juste Cass – puis Adam, certainement parce que c'est le dernier arrivé et l'invité d'honneur, étant donné sa situation. Puis elle s'éclipse en cuisine et revient avec trois autres assiettes qu'elle place devant Simon, Cameron et moi.

— Pas de problème, Hug' (personne ne m'appelle comme ça), lance Cameron en repoussant à son tour sa chaise. Je sors vite fait, j'ai un appel à passer.

En réalité, je ne ressens pas le besoin de prendre des nouvelles de Ria. J'irais même jusqu'à dire que je n'ai pas spécialement envie de la voir, étant donné que je la soupçonne toujours de me cacher quelque chose, mais toutes les excuses sont bonnes pour échapper ne serait-ce que cinq minutes à Cameron. Je monte l'escalier à pas feutrés, je pousse la porte le plus doucement possible et je chuchote « Tu es réveillée ? », en croisant les doigts pour qu'elle ne le soit pas.

La chambre est plongée dans l'obscurité et Ria ne me répond pas, donc soit elle dort, soit, plus probablement, elle fait semblant. Je redescends sur la pointe des pieds dans la salle à manger où Simon et Adam, maintenant seuls à table, parlent golf.

— Où sont les autres ? demandé-je.

Je m'assieds à côté de Simon au lieu de reprendre ma place d'origine, à côté de Cass ; tout sauf être le voisin de table de Cameron et subir ses monologues.

— Cam est toujours au téléphone, Cass est allée voir Inigo rapidement – on a donné sa soirée à Sarah, elle l'a bien mérité, explique Simon. Je crois qu'elle a repéré un beau moniteur de ski, la coquine.

En voyant Cass revenir, je m'exclame « Oh, pardon, j'ai pris ta place ! », comme si je venais de me rendre compte de mon erreur.

— Ce n'est pas grave, je vais m'asseoir là, dit-elle avec un petit geste de la main, avant d'intervertir nos deux verres d'eau. Et je gagne au change pour ce qui est de la vue.

Étant donné qu'il fait nuit et que le temps est toujours aussi mauvais, je suppose qu'elle veut juste se montrer arrangeante.

À son retour, Cameron s'assied là où j'étais. Il ne semble pas remarquer que tout le monde a changé de place, donc avec un peu de chance, ma manœuvre de fuite est passée inaperçue.

— Désolé, dit-il sur un ton d'excuse auquel il ne nous a pas habitués. Un appel important. Je ne voulais pas vous faire attendre.

Sur ce, il saisit sa fourchette et enfourne une énorme bouchée qu'il entreprend de mâcher bruyamment, la bouche ouverte.

52

Décembre 2020,
La Madière, France

En revenant dans la salle à manger avec le vin rouge décanté, je remarque que certains hôtes ont changé de place. Bordel ! Je ne me rappelle plus exactement qui était assis où ; en tout cas, je suis sûre que ce n'était pas Cass qui présidait mais Cameron, ce qui veut dire qu'elle a récupéré son assiette. Prise de panique, je feins de trébucher en veillant à briser la carafe en cristal certainement hors de prix sur le coin de la table en granit.

Dans un même élan, ils bondissent tous de leur siège, saisissent des serviettes et épongent frénétiquement leurs vêtements tandis que je m'agite autour de la table en me confondant en excuses. Cameron se contient tant bien que mal ; s'il ne peut décemment pas m'insulter devant tout le monde, je ne doute pas une seconde qu'il en meurt d'envie. Si les clients n'étaient pas là, il me virerait certainement sur-le-champ.

Après m'être précipitée dans la cuisine pour me munir de papier essuie-tout, je me joins à l'affolement général.

— Je suis vraiment désolée, bredouillé-je, c'est impardonnable. Je crois que je me suis pris les pieds dans le tapis, mais ce n'est pas une excuse.

Je jette un coup d'œil discret aux assiettes de risotto : j'ai réussi à en éclabousser la plupart avec le vin, mais pas toutes.

— Je crains bien d'avoir complètement gâché le repas. Je ne veux pas que vous mangiez ce qui se trouve sur la table, j'ai trop peur des éclats de verre. Ils ont volé partout et certains sont minuscules.

Bénie soit la table en granit qui a projeté des débris de carafe tranchants dans toute la pièce.

— Et je ne peux que m'excuser pour la maladresse de Millie, intervient Cameron, qui lutte toujours pour contenir sa fureur. Bien sûr, nous prendrons tous les frais de pressing à notre charge, et si certains de vos effets personnels sont irrécupérables, nous vous les rembourserons.

Autrement dit, l'argent sera prélevé sur mon maigre salaire, mais peu importe, ce n'est pas ma préoccupation du moment.

Les personnes responsables de la mort de mon père doivent payer, mais il est hors de question que j'aille jusqu'à tuer des innocents, surtout pas quelqu'un d'aussi mou et pathétique que Cass.

Cameron poursuit :

— Dans l'immédiat, Millie, il est trop tard pour trouver à nos clients une table dans un restaurant digne de ce nom, quand bien même ils accepteraient de sortir par ce temps de chien. As-tu de quoi improviser un plat de secours, une fois que tu auras nettoyé tout ce bazar ?

— Je peux vous servir une fondue savoyarde avec de la salade, proposé-je. Ça devrait être rapide. Si vous voulez bien passer au salon le temps que je nettoie et que je m'occupe de la suite… Je vais vous apporter une autre bouteille de vin. Encore une fois, toutes mes excuses pour ce contretemps.

— C'est oublié, assure Adam qui, lorsqu'il va s'asseoir, pose une main sur mon épaule.

Je réprime difficilement un frisson de dégoût.

53

Décembre 2020,
La Madière, France
Adam

Je ne sais pas comment Matt se débrouille pour se réveiller frais, dispos et de bonne humeur alors qu'il est resté boire avec nous jusqu'aux alentours de 2 heures du matin. Ce ne sont pas des cernes que j'ai sous les yeux, mais des valises, et lui, on dirait qu'il s'est levé à l'aube pour aller s'entraîner à la salle de sport. Lorsque je descends, il est attablé devant un café en compagnie d'une femme que je ne connais pas.

Matt se lève en me voyant.

— Bonjour, Adam ! J'espère que vous avez bien dormi.

Il désigne la table.

— Je vous en prie, asseyez-vous et prenez le temps de petit-déjeuner avant qu'on se mette en route. Rien ne presse. Oh, vous n'avez pas encore rencontré Ria, je crois. Ria, Adam, Adam, Ria.

La femme d'Hugo, je suppose. Jolie, mais plus âgée que je le pensais : sans doute seulement quelques années de moins qu'Hugo et quinze de plus, minimum, que Cass. Elle lève les yeux, me salue d'un signe de tête, puis repousse sa chaise et s'essuie la bouche avec une serviette blanche.

— J'espère que vous vous sentez mieux, lui dis-je.

Elle esquisse un vague sourire.

— Oui, merci. Mais si vous voulez bien m'excuser, j'ai un appel à passer.

Je m'installe, puis Millie pose devant moi une cafetière et ce qui ressemble à un jus d'orange fraîchement pressé.

— Bonjour, Adam.

Comme Matt, elle a l'air parfaitement reposée alors qu'elle n'a sans doute dormi que quelques heures.

— Qu'est-ce que je vous sers pour le petit déjeuner ?

— Euh… Je ne sais pas… Hum…

— Encore une fois, toutes mes excuses pour ce qui s'est passé hier soir. Je suis vraiment désolée, j'espère qu'aucun de vos vêtements n'a été abîmé.

— Pas la peine de vous excuser, regardez-moi ! Je m'habille sur les marchés. Je ne vais pas vous en vouloir pour une tache de vin.

Millie opine.

— C'est très gentil de votre part. J'ai cru comprendre que vous viviez à l'étranger depuis un certain temps, alors est-ce que vous seriez tenté par un vrai petit déjeuner anglais ? Le dernier doit remonter à des lustres.

Elle penche la tête sur le côté dans l'attente d'une réponse. Décidément, cette jeune femme est d'une beauté extraordinaire. Je m'efforce de masquer mon attirance, car je doute que draguer une employée passe bien dans un cadre comme celui-ci.

— C'est une excellente idée.

— Pardon d'avance si ma question est idiote, mais comment abordez-vous cette journée ? s'enquiert Matt après avoir bu une gorgée de café.

Je soupire plus longuement et plus bruyamment que je ne l'aurais voulu.

— Pour être honnête, j'appréhende.

Ai-je répondu ce qu'il fallait ? Je n'en suis pas sûr. Matt me sourit avec empathie.

— Ça doit être difficile après toutes ces années, dit-il. Mais ça peut aussi vous aider à avancer, non ?

J'opine.

— Oui, j'imagine. De toute façon, un ou deux jours après la disparition de Will, sa mort était quasiment avérée donc…

Aïe. Mon intuition me dit que je devrais éviter ce genre de réflexions.

— Vous avez des souvenirs précis de l'accident ? J'ai cru comprendre que vous skiiez avec… le défunt… votre frère quand c'est arrivé.

Millie pose devant moi un petit déjeuner anglais joliment présenté dans une assiette. Il y a même des *baked beans*, je n'en ai pas mangé depuis des années. Le tout a l'air délicieux.

— Merci, je vais me régaler.

Millie répond d'un bref signe de tête et retourne en cuisine.

— Je ne me souviens pas vraiment, prétends-je en commençant à manger. La météo était cauchemardesque ce jour-là, la visibilité quasi nulle. Mais je sais que c'était mon idée d'aller skier, pas celle de Will, et je ne m'en suis jamais remis.

Matt pose la main sur mon bras. Son geste me met mal à l'aise, mais ce serait malvenu que je me dégage.

— Je suis sûr que ce n'était pas votre faute, dit-il.

J'acquiesce et, pendant un bref instant, je me surprends à avoir les larmes aux yeux.

— Je ne pense pas que ce soit la faute de qui que ce soit, à vrai dire. En tout cas, ce sont les conclusions de l'enquête : la responsabilité de personne n'a été engagée, c'était un accident pur et simple.

C'est ma version et je m'y tiens. J'avale tant bien que mal une bouchée de bacon.

— Pauvre Will. Il a fallu que je vieillisse pour me rendre compte à quel point il était jeune quand il est mort.

— Oui, c'est terrible, acquiesce Matt.

S'ensuit un silence méditatif au cours duquel ma mastication paraît d'autant plus bruyante.

Matt finit par repousser sa chaise.

— Bon, j'ai quelques détails à régler avec Millie, donc je vous laisse terminer votre petit déjeuner tranquillement. Je reviendrai à 10 h 30 pour vous emmener à vos différents… rendez-vous. Ça vous va ?

J'acquiesce.

— Parfait. Et merci pour votre gentillesse et votre hospitalité. Vos collègues et vous, vous vous pliez en quatre pour faciliter mon séjour.

— Je vous en prie, répond Matt. Dans un petit village comme celui-ci, un événement pareil ne laisse personne indifférent, et tout le monde a envie de donner un coup de main.

Après une petite tape sur l'épaule assortie d'un sourire bienveillant, il se dirige vers la cuisine ; quant à moi, je me concentre sur mon assiette.

Matt revient à 10 h 30 précises avec un homme qui se présente sous le nom de Didier Delpont ; si je comprends bien, c'est le président de l'office de tourisme.

— Toutes mes condoléances, monsieur Cassiobury, dit-il.

Il parle un anglais grammaticalement correct, mais avec un accent tellement prononcé que c'est à se demander s'il ne force pas le trait. Il me serre vigoureusement la main et m'assène une tape dans le dos en me regardant droit dans les yeux. Ce premier contact est trop intime à mon goût, si bien que je ne sais quoi dire. Tout est arrivé si vite, j'ai l'impression d'avoir endossé du jour au lendemain le rôle du frère éploré.

— Merci. Toutes les personnes qui travaillent à la station font preuve de beaucoup d'amabilité. Votre soutien me va droit au cœur.

Il me lâche enfin la main, à mon grand soulagement, et esquisse un haussement d'épaules.

— Ça fait partie de nos valeurs. Votre frère a trouvé la mort en montagne et nous souhaitons lui rendre l'hommage qu'il mérite. Quand l'un de nous disparaît, toute la communauté est affectée.

Sauf que Will et moi n'avons jamais appartenu à cette « communauté », nous étions des touristes. C'est un leitmotiv depuis mon arrivée et, l'espace d'un instant, je me demande si tout cet accueil en héros n'a pas pour but de me dissuader de porter des accusations, voire d'engager des poursuites. Le monde est beaucoup plus procédurier qu'il y a vingt ans.

Or je n'ai pas l'intention de déposer plainte contre qui que ce soit, d'exhumer cette affaire et de me mettre, par la même occasion, sur le devant de la scène – tout sauf ça. À l'époque, mes parents aujourd'hui décédés ont accepté les conclusions de l'enquête affirmant que personne n'était responsable. De mon côté, je ne m'y suis pas franchement intéressé. Après ma sortie de l'hôpital, dès que j'ai été en état de voyager, j'ai pris le large, je n'ai pas lésiné sur la drogue pour oublier, j'ai recherché les sensations fortes. Je pouvais vivre ou mourir, ça m'était complètement égal.

Pour les gens d'ici, c'était un accident. Ils adorent la montagne, et la peine qu'ils éprouvent pour moi est sincère. C'est triste qu'une telle tragédie soit survenue dans leur village. Moi, je vais m'acquitter de mon pèlerinage, montrer de la bonne volonté, confirmer l'identité de Will et repartir au plus vite.

— Monsieur ? Est-ce que ça vous convient ? demande le type de l'office de tourisme.

— Excusez-moi, vous disiez ? J'étais perdu dans mes pensées.

— Pas de problème, je sais que cette journée doit être éprouvante pour vous. Je proposais d'aller d'abord à l'endroit où le corps de votre frère a été retrouvé, puis d'emprunter la remontée mécanique qui… enfin, celle que vous avez prise ce jour-là. Je ne sais pas si vous vous souvenez du couloir en question, mais il se trouve dans un secteur hors-piste et l'accès est interdit aujourd'hui en raison des intempéries. Cependant, si vous tenez à vous rendre sur place, si vous avez un bon niveau de ski et que la météo s'améliore, nous pouvons demander à un guide de…

— Non merci, ça va aller. Je n'ai pas skié depuis l'accident et je ne compte pas m'y remettre, expliqué-je plus sèchement que je ne l'aurais voulu. Mais j'apprécie votre proposition et je sais que vous faites le maximum pour me faciliter la tâche.

— Comme vous voudrez, répond Didier avec un bref signe de tête. Ensuite, nous irons voir Guillaume, le dameur qui a découvert le corps de votre frère. Nous avons pensé que vous auriez peut-être des questions à lui poser.

J'acquiesce.

— D'accord. Merci.

Didier désigne du menton un 4 x 4 garé devant le chalet et me tend un manteau.

— Je suis véhiculé. Nous n'allons pas très loin, mais je me suis dit que ce serait mieux qu'à pied. Matt m'a dit que vous veniez d'un pays chaud et que vous n'aviez pas d'anorak, alors je vous en ai apporté un. J'espère que vous ne le prenez pas mal. Vous pouvez le garder si vous le souhaitez, mais je comprendrai que ce soit trop chargé en souvenirs. Il n'y a aucune obligation.

J'enfile la doudoune gigantesque, flanquée au dos du logo de la station en rouge. Tout de suite, je me sens un peu mieux. J'ai l'impression d'être emmitouflé dans une couette. Je vais la garder, c'est sûr.

— Merci, c'est très aimable de votre part.

— Si vous êtes prêt, nous allons nous mettre en route.

Il tourne les talons et se dirige vers le 4 x 4. Matt et moi lui emboîtons le pas.

Tout ceci me paraît gênant, pour ne pas dire incongru. Nous commençons par sortir du village par une route qui, à mesure que nous gagnons en altitude, est de plus en plus enneigée et difficile à pratiquer. Nous persévérons jusqu'à atteindre une vieille maison de berger, puis Didier coupe le moteur et annonce qu'il faut descendre. Nous nous trouvons en aplomb du village, au bord d'une piste que dévalent à toute vitesse des skieurs en combinaisons colorées. À peine suis-je descendu du 4 x 4 que j'ai les pieds mouillés, car la neige s'infiltre dans mes chaussures qui ne sont pas du tout adaptées. Il neige toujours et le vent est cinglant. Comme je n'ai pas de gants, j'enfonce mes mains dans les poches de la doudoune qu'on m'a prêtée, puis je me dis que ça me donne sans doute l'air trop détendu étant donné les circonstances, alors je les ressors et serre les poings pour essayer de ne pas trop exposer ma peau au froid.

Didier désigne la pente et dit d'une voix douce :

— Votre frère a été retrouvé là-bas, de l'autre côté de la piste. Il y a eu une petite avalanche à cause de la récente tempête, et nous pensons que la neige l'a délogé de l'endroit où il reposait. Il me semble que la police a pris des photos avant que son corps ne soit évacué. Je ne sais pas si vous souhaitez les voir, mais si vous avez des questions à ce sujet, vous aurez l'occasion de les poser plus tard.

— Non, ça ira, merci.

Nous restons un moment à regarder par terre dans un silence gênant. Je joins les mains devant moi en fermant les yeux comme si je priais, mais en réalité, je pense à mes pieds trempés, à mes mains engourdies par le froid, et je me demande combien de temps je vais devoir poireauter là avant de retrouver la chaleur du 4 x 4.

J'ouvre les yeux et je regarde Didier, qui se pose peut-être la même question. Il fait vraiment un froid de canard, ici.

— Voulez-vous des précisions ? demande-t-il gentiment. Nous pouvons vous emmener au téléphérique dès que vous vous sentirez prêt. Rien ne presse.

— Je n'ai pas de questions. J'apprécie que vous m'ayez amené ici, merci.

D'un pas lourd, nous retournons au 4 x 4 et Didier redémarre.

Je suis déjà frigorifié, alors je redoute la prochaine étape de ce pèlerinage, qui est censée impliquer une ascension en télésiège. Je n'ai aucune envie de le reprendre, mais je ne peux pas refuser, sinon je vais avoir l'air grossier, pour ne pas dire irrespectueux. Je pousse toutefois un soupir de soulagement en constatant que le vieil appareil bringuebalant dont j'avais le souvenir a été remplacé par une bulle digne de ce nom.

— Ah. C'était un télésiège, à l'époque ? demandé-je. Ou est-ce ma mémoire qui me joue des tours ? Comme je le disais tout à l'heure à Matt, je ne me souviens pas très bien de cette journée.

— En effet, ça devait être un télésiège. Ce que vous voyez là est l'une de nos installations les plus récentes – et l'une des plus rapides de la région, d'ailleurs. Toutes les heures, elle transporte jusqu'à…

Didier s'interrompt ; sans doute se rend-il compte que le moment est mal choisi pour vanter les prouesses de ce nouvel engin.

— Je me souviens surtout du froid et du vent, dis-je.

— Effectivement, il me semble avoir lu qu'en raison des intempéries les remontées mécaniques avaient été fermées peu après votre… l'accident.

S'ensuit un nouveau silence pesant.

— Souhaitez-vous vous arrêter au sommet ? finit par demander Didier. C'est tout à fait possible, sinon nous pouvons effectuer l'aller-retour d'une traite. À vous de voir.

Je n'ai aucune envie de prendre cette télécabine, avec ou sans pause. Quel intérêt ? Mais sentant que je ne peux décemment pas lui dire, je réponds :

— Oui, arrêtons-nous au sommet. Merci.

Didier dit quelques mots en français que je ne comprends pas à l'opérateur du téléphérique, qui va ouvrir un portillon. Il nous laisse passer et m'adresse un bref hochement de tête en signe de compassion. Nous montons dans la bulle, qui n'a rien à voir avec celles pleines de courants d'air et au revêtement éraflé dont j'ai gardé le souvenir. Celle-ci ressemble plutôt à une limousine avec ses vitres teintées, ses sièges en similicuir et sa progression si fluide et silencieuse qu'on a l'impression de ne pas bouger. Je parie que Didier brûle de souligner tous ces atouts, comme il le ferait avec n'importe quel client, mais il observe un silence respectueux.

Arrivés au sommet, nous mettons pied à terre et marquons une pause. Il fait encore plus froid, le vent redouble d'intensité et je sens l'humidité s'infiltrer de nouveau dans mes chaussures. Je recule discrètement de façon à me tenir sur le revêtement antidérapant de la station de téléphérique plutôt que sur la neige.

— Bon, dit Didier, en posant un doigt sur ses lèvres d'un air songeur. D'après ce que nous avons compris du rapport d'enquête, vous êtes partis dans cette direction.

Il désigne un panneau indiquant « Hors-piste » et illustré de façon théâtrale – enfin, surtout malvenue, étant donné les circonstances – d'un pictogramme de bonhomme tombant tête la première dans un ravin. S'ensuit un silence embarrassé alors que mes accompagnateurs tiquent à leur tour sur le panneau et ne pipent pas mot.

— Comme vous le savez, poursuit finalement Didier, la météo était mauvaise et vous avez été séparés de vos guides. Ensuite… eh bien, il n'y a pas de certitude. Vous avez été retrouvé à l'aube, inconscient et en hypothermie, dans un trou que vous aviez creusé. Quant au pauvre Will… d'après l'endroit où son corps a été découvert, nous pensons qu'il a dû tomber dans le vide. Ce couloir n'est pas particulièrement dangereux, sauf par mauvais temps.

Encore un silence. C'est horrible. Soudain, j'ai très chaud à la tête et je crois que je vais vomir. Heureusement, la nausée finit par passer.

Ce qui ne passe pas, en revanche, c'est ce besoin impérieux que j'ai de hurler ou, du moins, de leur aboyer que je ne comprends pas pourquoi ils m'obligent à venir jusqu'ici, parce que ça ne m'avance à rien et que, surtout, ça ne fera pas revenir Will. Mais je me contente de dire d'un ton posé et courtois :

— D'accord, merci. Maintenant, je voudrais redescendre, s'il vous plaît.

Lorsque Matt pose de nouveau la main sur mon bras, je me détourne en feignant de retourner à la télécabine ; je ne veux pas qu'on me touche.

— Bien sûr, dit Didier. Allons-y.

— Quant au dameur, je ne pense pas qu'il soit utile que je le voie. Tout ça est assez bouleversant et je préférerais en rester là.

Didier opine.

— Pas de problème, je comprends. Je vous propose d'aller déjeuner, et ensuite, nous irons à l'hôpital pour l'identification du corps.

Le déjeuner se passe relativement bien. Didier et Matt m'emmènent dans ce qui est, j'imagine, le meilleur restaurant de la station. D'après ce que je crois comprendre de la bafouille écrite sur le menu, il vient de se voir décerner une étoile Michelin ; preuve en est la succession de plats minuscules qui ressemblent davantage à des œuvres d'art qu'à de la nourriture. À mon grand soulagement, nous arrêtons de parler de Will et de l'accident au profit de sujets plus anodins. J'évoque mes voyages, ma vie en Thaïlande, puis Didier se lance dans des généralités sur La Madière et sa carrière – sans doute le même discours qu'il déroule aux journalistes ou aux potentiels investisseurs de passage dans la station.

En entrée, on nous sert des huîtres délicieuses. Je ne sais plus ce qu'on dit sur les mois en R, mais peu importe, je ne pense pas que nous prenions un grand risque dans un tel restaurant. Quant au dessert, une crème au chocolat servie dans une espèce de ballon en sucre, il est époustouflant. C'est au moment du café, servi avec des petits-fours, et malgré les nombreux verres de vin que j'ai bus, que mon humeur s'assombrit. Cet après-midi, je vais voir le corps de Will.

Personne n'a dit que c'était une obligation, mais cette étape semble aller de soi. Je ne connais pas la procédure, mais j'imagine que les autorités auraient pu obtenir toutes les informations nécessaires par l'ADN ou la denture. À moins que ce ne soit différent parce que la mort remonte à longtemps.

Je ne sais pas du tout à quoi m'attendre.

Après un trajet en voiture qui m'a paru interminable, alors qu'il a sans doute duré moins d'une heure, nous nous garons devant un petit hôpital.

À l'accueil, Didier s'adresse à une femme qui me regarde avec cet air de compassion dont je commence à avoir l'habitude. En la voyant tenter de se faire comprendre avec force gestes, je suppose qu'elle lui indique le chemin.

— L'équipe est prête à vous recevoir, m'informe Didier. Votre frère repose dans la chambre mortuaire. C'est à vous de décider si vous souhaitez le voir ou non. Votre seule obligation, c'est le test ADN qui consiste en un prélèvement à l'aide d'un coton-tige qu'on passera dans votre bouche. Il permettra de confirmer que le corps est bien celui de Will.

Je suis pris d'une bouffée de panique. Est-ce que je veux le voir ? Je ne pensais pas que la question se poserait. De quoi aura-t-il l'air après tout ce temps passé sous la neige ?

— Hum, je… Euh… Je ne suis pas sûr de…, bafouillé-je.

Lorsque Didier me touche le bras, je me surprends à trouver du réconfort dans ce geste.

— Pardon, nous aurions dû vous expliquer la procédure, dit-il. Nous allons nous entretenir avec l'infirmière qui va procéder au test. Elle a vu votre frère, donc elle sera en mesure de vous dire à quoi vous attendre. Ensuite, vous pourrez décider si vous souhaitez le voir ou si vous préférez vous souvenir de lui tel qu'il était. Est-ce que ça vous convient ?

J'acquiesce et parviens à articuler un « merci ». Soudain, je suis pris d'un vertige et d'une vague envie de pleurer. Je n'aurais peut-être pas dû boire autant de vin à midi. En me voyant tituber, Didier me prend par le coude et me guide doucement jusqu'à une chaise.

— Vous voulez que je vous apporte un verre d'eau ?

Je n'ai qu'une envie, m'allonger et dormir, mais j'accepte le verre d'eau et respire plusieurs fois à fond.

— Désolé, murmuré-je une fois le vertige dissipé. Merci. C'est une journée chargée en émotions, comme vous pouvez l'imaginer. Mais ça y est, c'est passé. Allons voir l'infirmière.

Cette dernière, une femme replète au visage amical, ne parle pas un mot d'anglais. Avec l'aide de Didier qui nous sert d'interprète, elle explique qu'elle va me prélever un échantillon de salive, passe ce qui ressemble à un gros coton-tige sur l'intérieur de ma joue et le place dans un tube en plastique.

Elle parle ensuite longuement à Didier, qui me traduit.

— Alors, elle dit que les résultats du test ADN seront connus d'ici vingt-quatre heures car le labo a pour consigne de faire passer cet échantillon en priorité, au vu des circonstances. Après avoir lu les rapports de police et d'autopsie, elle a vu votre frère. Elle tient à souligner que, compte tenu de l'état du, hum… enfin, compte tenu de sa physionomie et des fragments de vêtements, il ne subsiste qu'un doute infime quant à son identité. C'est bien Will.

J'acquiesce, ce qui provoque un nouveau vertige.

— D'accord, je comprends.

— Elle dit aussi que vous pouvez le voir si vous le souhaitez. Cette étape est souvent importante pour les proches ; cependant, il faut prendre en considération que l'apparence de Will s'est détériorée, après toutes ces années passées en montagne. Mais elle précise bien que la décision vous revient.

J'acquiesce, plus doucement cette fois-ci. Je suis toujours indécis.

— Étant donné le temps que le corps… pardonnez-moi, que Will a passé en extérieur, il est impossible d'établir avec certitude la cause du décès, poursuit Didier. Si vous le souhaitez, je peux vous traduire les conclusions du rapport d'autopsie – à moins que vous ne préfériez le consulter vous-même, si vous avez quelques notions de français.

— Je veux bien que vous me résumiez les conclusions.

Je suis surpris de ma propre réponse, car en réalité, je ne suis pas sûr de vouloir savoir. Ça ne changera rien.

Didier opine.

— D'accord. Il semble que le décès soit dû à une chute. On a relevé plusieurs fractures, y compris au crâne. Will a donc dû tomber d'une hauteur importante – ce qui expliquerait qu'il n'ait pas été retrouvé dans le couloir même – et serait mort sur le coup, sans souffrir. J'espère que cette information vous apportera un peu de réconfort.

J'acquiesce.

— Merci. C'est bon à savoir.

— Nous pouvons aussi vous dire qu'il portait un anorak bleu de marque Spyder et une salopette noire, de marque incertaine car plus dégradée. Est-ce que vous confirmez ?

— Je suis désolé, c'était il y a longtemps. Je ne me souviens pas de sa tenue.

Je m'abstiens d'ajouter que je n'ai jamais pris la peine de développer les photos prises pendant ces vacances. J'ai préféré m'épargner ça.

— Ce n'est pas grave, le résultat du test ADN arrivera très vite et confirmera l'identité de votre frère. Il vous reste à décider si vous souhaitez le voir ou non.

Soudain, me voilà fixé.

— Non, merci. Je pense que je vais suivre votre conseil et me souvenir de lui tel qu'il était. C'est sans doute ce qu'il aurait voulu.

Mais je sais que ce n'est pas vrai. Il n'en aurait rien eu à foutre, que je voie son corps ou pas. Ce qu'il aurait voulu, c'est être en vie.

54

Décembre 2020,
La Madière, France
Ria

Jusqu'à présent, j'ai réussi à éviter Adam. Il n'a pas eu l'air de me reconnaître lorsque nous nous sommes croisés au petit déjeuner. Comme l'avait prévu Cameron, le risque était quasi nul. Ça remonte à si longtemps et il faisait tellement froid ce jour-là que nous étions tous emmitouflés jusqu'aux oreilles, donc il n'a sans doute même pas vu mon visage. De plus, il a eu plus de vingt ans pour nous accuser, porter plainte, or nous n'avons plus jamais entendu parler de lui. Donc si j'analyse la situation rationnellement, je n'ai pas grand-chose à craindre.

Sauf que je me sens écrasée par le poids des mensonges et de la culpabilité accumulés ces deux dernières décennies. Je ne supporte plus cet endroit. Je ne peux pas rester sous le même toit que cet homme alors que je suis responsable de la mort de son frère – au moins en partie. Je ne peux décemment pas lui présenter mes condoléances pour un décès qui est survenu par ma faute, notre faute, et après tant d'années passées à mentir.

— Si on profitait de la réouverture des routes pour partir ? demandé-je à Hugo. Tu pourrais prétexter une urgence au travail. Je suis sûre que Simon comprendra.

Hugo soupire.

— On est censés partir dans deux jours, de toute façon. Je te l'ai dit, ce sera certainement très compliqué de trouver un moyen de transport, surtout avec tout ce qui se passe, et je pense aussi que ce serait désobligeant envers Simon et Cameron alors que j'ai besoin d'eux pour l'entreprise. Donc non, je suis désolé mais on va devoir rester. Après tout – Hugo embrasse la chambre d'un geste –, il y a pire comme endroit pour être coincé, non ? Millie est aux petits soins pour nous et les autres ne sont pas *si* terribles, quand même.

— C'est juste que je deviens claustrophobe à force d'être enfermée ici, surtout depuis que… depuis l'arrivée de ce type. Et j'ai cru comprendre que Cameron venait encore dîner ce soir. Il est insupportable, je crois qu'on est au moins d'accord là-dessus. J'en ai assez d'être sociable.

— D'habitude, ça ne te dérange pas d'avoir de la compagnie.

— En ce moment, j'ai du mal. Il n'y a vraiment pas moyen d'écourter le séjour ?

Hugo me sonde du regard.

— Qu'est-ce qui se passe ? Tu ne serais pas en train de me cacher quelque chose ?

Je me sens rougir.

— Bien sûr que non.

Je ne peux pas lui dire. Il ne voudra plus de moi s'il apprend que j'ai une mort sur la conscience et que je lui mens depuis des années. Je n'aurais plus d'argent, je ne serais plus personne. Comme à l'époque où, sur ordre de Cameron, je me suis incrustée à la réception d'Hugo au Muséum d'histoire naturelle, vêtue de la dernière robe élégante que je possédais, alors que j'avais des dettes jusqu'au cou et les huissiers aux trousses. Hugo peut être exaspérant au quotidien mais, au fond, c'est quelqu'un de bien ; une vie de privations serait nettement pire.

— C'est cette histoire d'enfants ? demande Hugo en me prenant la main. C'est pour ça que tu ne veux pas être ici avec moi ? Tout va bien, je t'ai pardonné pour cette histoire de pilule. On peut attendre. J'aurais préféré que tu m'en parles au lieu de continuer à la prendre sans me le dire, mais… c'est toi que j'aime, c'est toi dont j'ai besoin. Et si, un jour, on a un enfant, ce sera la cerise sur le gâteau.

Je me radoucis et serre sa main entre les miennes.

— On n'est pas obligés d'attendre. J'ai déjà arrêté de prendre la pilule. Mais j'aimerais quand même rentrer à la maison.

Hugo retire sa main.

— Tu ne vas pas m'avoir comme ça. Désolé, Ria, mais on reste.

55

Décembre 2020,
La Madière, France
Hugo

— Ce chalet a été construit en 2016, dit Cameron, et pourtant on pourrait croire qu'il a toujours été là. La pierre est de provenance locale, à part le granit de la cuisine, qui est tout de même l'un des plus beaux qu'on trouve sur le marché. Comme tu le vois, nous avons accroché des affiches de Banksy aux murs – pour nos hôtes, pas de décoration kitsch à base de petits cœurs sculptés et de skis en bois. Les fourrures sont des vraies parce que la plupart de nos clients apprécient, mais quand des écolos réservent, nous pouvons les remiser et les remplacer par des fausses – ils n'ont qu'à nous le dire. Mais ça n'arrive presque jamais. Quant au champagne, c'est du Bollinger, sauf demande expresse des clients. Il y a des bougies dans toutes les pièces – nous proposons un choix de différentes marques et senteurs par e-mail avant l'arrivée. Et nous nous efforçons de répondre à toutes les exigences, du transfert en hélicoptère au steak d'alligator pour le dîner, moyennant suppléments, bien sûr. Tout ça, c'est du sur-mesure ; la clientèle huppée adore.

Ça y est, Cameron m'a fait visiter tous les chalets qu'il possède à La Madière. Je n'ai pas changé d'avis depuis notre première rencontre, je le considère toujours comme un connard, mais je dois admettre que ses chalets sont impressionnants et qu'il semble connaître le marché du luxe sur le bout des doigts.

— Les réservations représentent combien de semaines sur une année classique ? lui demandé-je.

Il me décoche un regard noir ; pourtant, il me semble que ma question est parfaitement sensée.

— La plupart du temps, nous affichons complet pendant toute la saison hivernale, et nous connaissons aussi quelques bonnes semaines en été. Heureusement, il y a assez de touristes qui ont plus d'argent que de bon sens pour que les chalets soient rentables ; on peut pratiquer des tarifs astronomiques au pic de l'hiver. Il arrive que des familles très riches réservent un chalet relativement petit comme celui-ci pour toute une saison. Ces gens-là débarquent avec les enfants, la nounou, le prof particulier, etc., ils vont et viennent en avion privé ou en hélicoptère *via* l'altiport de la station. Parfois, ils ne passent au total que quatre semaines sur place alors qu'ils ont payé pour plusieurs mois, ce qui signifie une marge de dingue pour nous. Certains ne skient même pas ! Ça me dépasse qu'ils y mettent ce prix-là, mais c'est leur choix et je ne vais pas m'en plaindre.

— C'est bien, réponds-je.

En réalité, je commence sérieusement à me demander si le mépris affiché de Cameron pour les touristes est compatible avec Redbush, qui mise autant sur la convivialité que le service sur-mesure.

— Et toi-même, tu es souvent en contact, euh… direct avec la clientèle ?

Il émet un son qui ressemble un peu à un aboiement – je crois avoir compris que, chez lui, c'est censé être un rire. Pour la énième fois depuis le début de la semaine, je déplore l'absence d'Olivia, qui est tellement plus douée que moi pour affronter les gens comme Cameron. En la matière, elle est nettement plus fiable que Ria.

— Putain, non, dit Cameron. Si je me suis montré cette semaine, c'est seulement parce que tu es le grand manitou de Redbush et que Simon est blindé. Après ce soir, je retourne dans ma vallée. Je n'en sors que pour skier, me balader à vélo ou donner un bon coup de pied au cul à un employé si nécessaire. En parlant de ça, je ne sais toujours pas quoi faire à propos du fiasco d'hier soir. Dans l'ensemble, Millie est exactement le genre de fille avec qui j'aime travailler – à ma connaissance, elle ne court pas après le ski, les sorties ou l'alcool, mais une maladresse pareille alors qu'elle sert à dîner à des clients… Je peux difficilement laisser passer.

— Ce n'était qu'une erreur, réponds-je. Ça aurait pu arriver à n'importe qui. S'il te plaît, ne la vire pas. Elle a été irréprochable toute la semaine.

Je sors de mon rôle en disant ça à Cameron, mais j'ai l'impression qu'il a besoin de moi, au moins autant que moi j'ai besoin de lui. J'espère que je fais passer le message « Je ne veux pas travailler avec toi si tu es du genre à virer une petite jeune pour un détail aussi trivial », mais je ne suis pas sûr qu'il ait percuté. Pauvre Millie, j'espère qu'elle ne perdra pas son travail pour un peu de vaisselle cassée.

— Hum, dit Cameron, tu es bonne pâte, en tout cas plus que moi. Et je suppose que ça va être compliqué de la remplacer au pied levé alors qu'on arrive à la période la plus chargée de la saison. Je vais y réfléchir.

S'ensuit une pause.

— Bref, pour répondre à ta question, je ne suis ici que pour la montagne et je réduis les contacts avec les touristes au strict minimum. Je laisse cette partie-là du boulot aux experts comme Matt. Je n'aime pas me mêler à la plèbe, comme tu l'auras deviné.

N'étant pas sûr qu'il plaisante, je me contente d'un sourire neutre. Il n'est pas question que des clients de Redbush aient affaire à quelqu'un comme Cameron au quotidien ; d'un autre côté, je pense que ses chalets seraient un atout pour notre catalogue.

— En tout cas, ce sont de belles propriétés et je suis très impressionné par le niveau des prestations qui ont été proposées toute la semaine.

« Le seul point noir, c'est toi », ajouté-je en silence, avant de poursuivre :

— Tu n'as qu'à m'envoyer tes tarifs détaillés pour les différents chalets et nous envisagerons de les proposer dans notre gamme de luxe. Tout ce qui est commissions, c'est mon assistante qui s'en occupe en général – je ne suis pas très doué avec les chiffres.

Cameron esquisse un rictus et m'assène une tape sur l'épaule. Je tressaille en espérant qu'il ne remarque rien.

— Pigé. Moi aussi, je délègue à un pro de la compta, maintenant. Je lui dirai de contacter ton assistante, et j'espère qu'on trouvera un terrain d'entente. Je pense qu'on a tous les deux à y gagner.

— Oui, je pense aussi, réponds-je – ce qui est vrai.

— Bon, je viens encore dîner ce soir, histoire de faire un triplé, ajoute Cameron. D'après Matt et Didier, ce serait bien que je rencontre le frère du mort, et puis je tiens à rester dans les petits papiers de l'office de tourisme. Alors on se voit plus tard. Ça y est, ton adorable femme arrive à sortir du lit ?

Je tique. Ce qu'il peut être lourd…

— Ria ? précisé-je, histoire de lui rappeler qu'elle a un prénom. J'ai l'impression qu'elle va mieux, merci.

— Ça fait plaisir de la revoir. Nous deux, ça remonte à loin.

— Ah bon ?

Première nouvelle. Je me mets soudain à paniquer. Ria et Cameron se connaissent ? Depuis quand ? Ça aussi, elle a oublié de me le dire ?

En l'entendant de nouveau ricaner, ou plutôt aboyer, je sens un frisson me parcourir l'échine.

— Ah, suis-je bête, j'ai oublié, dit-il d'un ton sournois qui sous-entend le contraire. Je n'étais pas censé en parler. Je ne sais plus trop pourquoi d'ailleurs, il faudra que tu lui demandes. Elle est très secrète, hein ? Oui, on a travaillé ensemble il y a longtemps. Dans une autre vie, on pourrait dire.

— Effectivement, elle a dû l'évoquer, prétends-je.

C'est on ne peut plus faux, je me serais souvenu d'une information pareille. Pourquoi Ria ne m'en a-t-elle pas parlé ? Devant Cameron, je feins l'indifférence, bien que mon cerveau soit en ébullition. Il sait que je n'étais pas au courant, j'en mettrais ma main à couper. Et je parie que s'il a attendu aussi longtemps pour me le dire, c'est pour instaurer un rapport de force en sa faveur.

Dois-je comprendre qu'ils ont couché ensemble ? Cela explique-t-il pourquoi elle ne m'a pas dit qu'ils se connaissaient, pourquoi elle refuse de descendre dîner, pourquoi elle se comporte aussi bizarrement depuis le début de la semaine ? Est-ce pour cela qu'elle ne veut pas avoir d'enfants avec moi ? Éprouve-t-elle toujours des sentiments pour lui ? Je sens que j'ai les joues qui chauffent, il faut que je fuie ce type. Je bafouille un « On se tient au courant » et je quitte précipitamment la pièce.

Je trouve Ria couchée, en train de lire sur son iPad. Elle le pose et me sourit.

— Alors, cette visite des chalets ?

— C'était… instructif, réponds-je sèchement.

Ria vient se blottir contre moi.

— Ah oui ? J'imagine qu'ils sont tous plus ou moins comme celui-ci, non ? Du genre luxueux et tape-à-l'œil, pour une clientèle qui s'estime au-dessus du lot ?

Je ressens un élan d'amour pour elle qui me dépasse.

— Exactement. Mais ce n'est pas la visite en elle-même que j'ai trouvée instructive – les chalets correspondaient à mes attentes. Cameron m'a dit que lui et toi, vous vous connaissiez déjà. C'est vrai ?

Elle s'assied, l'air effaré.

— Il avait promis ! s'écrie-t-elle. Je veux dire… Qu'est-ce qu'il t'a raconté ?

— Je veux l'entendre de ta bouche, rétorqué-je. Vous vous êtes rencontrés comment ?

Je ne savais pas que ça pouvait arriver dans la vraie vie, mais le sang se retire littéralement de son visage.

— Hugo… pourquoi tu as besoin de savoir ? murmure-t-elle. C'était il y a tellement longtemps…

J'en étais sûr.

— C'est un ex ! éructé-je d'une voix plus forte qu'escompté. Pourquoi tu ne m'en as pas parlé ? Mais merde, je passe pour un con ! Il a dû bien se foutre de moi toute la semaine ! Je comprends mieux ce petit air suffisant qu'il affiche en permanence. Je rêve, Ria !

Je tourne les talons et traverse la pièce à grandes enjambées. Je ne peux pas la regarder ; quant à Cameron, je ne suis pas sûr de pouvoir poser à nouveau les yeux sur lui un jour. Il vaudrait peut-être mieux que nous fichions le camp d'ici, comme le souhaite Ria, quitte à demander à Olivia de nous arranger un vol retour en avion privé – d'après ce que m'a dit Cameron, c'est possible. Tout m'ira, du moment que je ne me retrouve plus face à cet homme qui a couché avec mon épouse.

— Non ! s'écrie Ria, interrompant ma rumination. Quelle horreur, bien sûr que ce n'est pas un ex ! Pas du tout ! Je ne peux pas le voir en peinture. Mais il se trouve qu'on a… On a travaillé ensemble il y a longtemps.

Je me retourne et la regarde fixement.

— C'est ce qu'il prétend aussi. Si vous n'êtes que d'anciens collègues, pourquoi tu ne m'as rien dit ? Il y a forcément autre chose !

— Non. C'est tout ce qu'il y a à savoir. Écoute, quelle importance ? C'était bien avant notre rencontre et jusqu'à cette semaine, je ne l'avais pas revu depuis des années. J'ai oublié de t'en parler, et alors ? J'ai travaillé avec beaucoup d'autres personnes que tu n'as jamais rencontrées. Tout ce qui compte, c'est maintenant.

Elle rabat les couvertures et s'approche de moi en marchant à quatre pattes sur le lit.

— Écoute, j'ai arrêté la pilule, alors pourquoi on ne… ?

Elle entreprend d'ouvrir la boucle de ma ceinture, mais je la repousse.

— Non. Je veux savoir pourquoi tu as menti.

— Je n'ai pas menti ! proteste-t-elle. Je ne t'ai jamais dit que je ne le connaissais pas !

— Mais il a dîné avec nous, réponds-je d'un ton que je veux posé et mesuré. Et tu m'as caché que tu le connaissais. Tu dois bien voir que ça ne tient pas debout, Ria. Tu t'es comportée comme si c'était un parfait inconnu ; quand tu as organisé ce séjour, tu ne m'as rien dit non plus. Il prétend que tu lui as demandé de ne pas vendre la mèche. Alors, si ce n'est pas un ex…

Ria se laisse retomber sur le lit.

— Il y a eu… un événement dont je ne suis pas fière.

— On a tous des casseroles. Je suis ton mari. Tu ne devrais rien me cacher.

Je marque une pause.

— Écoute, si c'est une histoire de coucherie, je m'en remettrai : je me doute que tu as connu d'autres hommes avant moi. Seulement j'aurais aimé que tu me préviennes avant notre arrivée, c'est tout. J'ai l'impression qu'il me prend pour un idiot depuis le début de la semaine.

Des larmes se mettent à couler sur ses joues.

— Je n'ai pas couché avec lui, il ne m'a jamais attirée. Et il ne te prend pas pour un idiot, je te le promets, insiste-t-elle d'une voix rauque. C'est juste qu'il sait des choses sur moi.

— Enfin, Ria, ça ne peut pas être si terrible. Tu travaillais où quand tu l'as rencontré ?

Elle essuie ses larmes.

— Ici. On travaillait à La Madière. On était moniteurs de ski. Et on a une mort sur la conscience.

56

Décembre 2020,
La Madière, France
Adam

Voilà pour la pire journée de ma vie, mais, Dieu merci, ça sent la fin. Après-demain, je repars pour la Thaïlande, où j'espère reprendre le cours de mon existence.

Pauvre Will. Dès que je remonte en voiture, je me demande si, finalement, je n'aurais pas dû aller le voir dans la chambre mortuaire. Mais je peux difficilement imaginer ce que plus de vingt ans passés sur un versant de montagne ont pu infliger à son corps. Le voir dans cet état n'aurait rien changé pour lui, et encore moins pour moi. Je ne crois pas en la vie après la mort, il n'en saura rien, alors quelle importance ?

Le retour au chalet est un immense soulagement. J'ai pris l'habitude de vivre assez chichement en Thaïlande, malgré mon héritage, alors ça me change qu'on soit aux petits soins pour moi.

Lorsque j'arrive, Millie est en train de servir des assiettes de pâtisseries maison, de biscuits et de fruits pour le goûter. Dès que j'entre, elle lève la tête vers moi.

— Bonsoir, Adam. J'espère que la journée n'a pas été trop éprouvante.

— Merci. C'était difficile, bien sûr, mais Didier et Matt ont tout fait pour rendre la situation moins… pénible.

— Vous pensez que ça vous a aidé à avancer dans votre processus de deuil, sans vouloir être indiscrète ?

— D'avancer dans mon processus de deuil ?

J'hésite un instant, le temps d'intégrer ce qu'elle vient de dire. Je déteste ce genre de poncifs.

— Oui, j'imagine. Même s'il faut encore que je m'occupe des obsèques. Je n'ai encore rien décidé à ce sujet. Je n'en ai jamais vraiment organisé.

Je dis « jamais vraiment », mais ce serait plutôt « jamais » tout court. C'est maman qui s'est occupée des obsèques de papa, et, hormis quelques e-mails et appels téléphoniques, j'ai laissé la même entreprise de pompes funèbres et le notaire de la famille organiser les siennes quelques années plus tard. Je me suis contenté de faire acte de présence le jour dit. Au risque de paraître sans cœur, une personne qui meurt n'est plus qu'un cadavre, elle se fiche du choix du cercueil ou des fleurs. Tout ça, c'est du grand guignol et du gaspillage d'argent, de mon point de vue.

La question des obsèques de Will a été soulevée à l'hôpital. Dans sa traduction, Didier s'est efforcé d'adoucir le propos, mais en substance, Will ne va pas pouvoir rester éternellement à la morgue de l'hôpital et je ne dois pas trop tarder à prendre une décision concernant sa dépouille.

— Oh ? demande Millie. Vous ne souhaitez pas, hum, le rapatrier pour que votre famille lui rende hommage en bonne et due forme ?

Après m'être servi en fruits frais, je vais m'asseoir sur l'un des canapés bien moelleux qui me tendent les bras.

— Il ne reste plus que moi, expliqué-je. Le décès de mes parents remonte à quelques années et je n'ai plus vraiment d'attaches. J'ai beaucoup voyagé, et maintenant je passe le plus clair de mon temps en Thaïlande. Mais comme Will n'y a jamais mis les pieds, ce serait bizarre de l'enterrer là-bas.

Pauvre Will. Tous ces moments qu'il n'a pas eu le temps de vivre…

Millie semble compatir.

— Je vois. Sans vouloir me mêler de ce qui ne me regarde pas, pourquoi ne pas procéder à une crémation et disperser ses cendres en montagne ? J'ai cru comprendre qu'il avait été heureux ici, pendant les dernières vacances que vous avez passées ensemble. Ça pourrait être une solution.

Elle marque une pause.

— Pardon, je n'aurais pas dû dire ça. Bien sûr, c'est à vous de décider, et je n'ai pas à donner mon avis sur un sujet aussi délicat.

Je la vois rougir alors qu'elle arrange le service à thé, pourtant impeccablement disposé sur son plateau.

— Non, non, c'est une bonne suggestion. Merci, réponds-je.

Je suis sincère, et puis je n'ai pas d'autre idée. Ce serait une façon de montrer que je me suis foulé un minimum, au lieu de disposer du corps de Will dans un endroit anonyme et sans témoins.

— Je pourrais organiser ça avant de repartir. Je n'ai aucune idée des formalités ni du délai. Évidemment, je trouverai un autre endroit où loger, m'empressé-je d'ajouter. Je ne veux pas abuser de l'hospitalité de Cameron.

Elle sourit.

— Nous sommes très contents de vous accueillir parmi nous. Si vous décidez de rester plus longtemps, je peux en toucher un mot à Cameron et voir comment nous pouvons nous organiser pour la suite. Mais, malheureusement, c'est à lui de trancher, pas à moi, et je sais qu'il y a peu voire pas de place dans les autres chalets.

— Bien sûr, je n'étais pas en train de tendre une perche, réponds-je, gêné.

— Pas de problème, je sais que ce n'était pas le cas. Maintenant, si vous voulez bien m'excuser, je dois terminer de préparer le chocolat chaud et le café. Est-ce que vous avez besoin de quoi que ce soit ?

Je me sens soudain très fatigué.

— Est-ce que vous auriez du paracétamol ? J'ai la migraine.

— Vous êtes peut-être déshydraté. Je vous apporte ça tout de suite avec un peu d'eau. Plate ou pétillante ?

— Plate, s'il vous plaît. Merci.

Je monte m'allonger et m'endors immédiatement. À mon réveil, je me sens encore plus mal – assommé et légèrement nauséeux. En constatant que ma chambre est plongée dans le noir, je consulte ma montre : presque 19 heures. J'ai dormi plus de deux heures.

Je me sens mieux après avoir pris une douche. Je savoure la sensation de l'eau brûlante sur ma peau – en Thaïlande, c'est eau froide la plupart du temps, du fait du climat tropical –, le parfum des produits de toilette de luxe et le moelleux des serviettes de bain. Malgré tout, je me sens encore fatigué. Si je m'écoutais, je retournerais directement sous la couette, mais je me sens obligé de me montrer au dîner.

En bas, lorsque je trouve les autres installés sur les différents canapés en train de boire du champagne et de manger des petits-fours, je sens mon estomac qui se tord.

— Adam ! s'exclame Simon. Alors, cette journée ?

Je remarque son teint rougeaud, dont je ne sais pas s'il est imputable au vent ou à l'abus d'alcool – sans doute les deux. Comme sa jeune épouse (Cath, c'est ça ?) lui flanque un coup de coude, il esquisse une grimace gênée.

— Désolé, bafouille-t-il, je me suis mal exprimé. J'espère que ça n'a pas été trop pénible. Peut-on vous proposer un remontant ? Histoire de soulager, euh… Enfin bref, on vous sert un verre ?

En voyant Millie entrer avec un plateau chargé de flûtes de champagne, je réprime un haut-le-cœur.

— Je peux avoir juste un verre d'eau ? lui demandé-je. Je boirai peut-être un peu de vin au dîner.

— J'espère que tout s'est passé aussi bien que possible, dit Hugo.

On dirait qu'il a appris cette réplique par cœur.

— Merci. J'espère que ta femme se sent mieux.

Il rougit légèrement.

— Ria est presque rétablie. Elle a dit qu'elle préférait rester dans la chambre ce soir. Mais elle a insisté pour que je vous transmette ses condoléances.

— Merci. À vrai dire, moi non plus, je ne me sens pas vraiment dans mon assiette. Il y a peut-être un virus qui circule.

S'ensuit un silence gêné, que Matt s'emploie à rompre en demandant à Simon comment s'est déroulée sa journée. Heureusement, il se lance dans un récit à rallonge, ennuyeux à mourir et foisonnant de détails sur les pistes qu'il a descendues et une altercation à laquelle il a assisté entre deux skieurs qui attendaient le télésiège, donc je n'ai plus besoin de parler.

Nous nous attablons pour une succession de plats qui semble sans fin. Je goûte une gorgée de la soupe froide qui tient lieu de hors-d'œuvre, une ou deux cuillerées du soufflé servi en entrée, puis une bouchée du magret de canard accompagné de pommes dauphine. Le dîner est si copieux que je ne peux plus rien avaler. Chaque plat est accompagné de vin soit blanc, soit rouge, mais même un verre, c'est trop pour moi. L'entremets, un sorbet à la menthe, est la seule chose dont j'arrive à venir à bout, car il est rafraîchissant et apaisant. Je ne touche même pas au dessert, qui m'a l'air passablement écœurant, avec tout ce chocolat qui dégouline. Alors qu'arrivent d'autres petits-fours, je demande une tisane à la menthe à la place du café et décline le digestif.

Le dîner a débuté dans une ambiance relativement sobre – sans doute eu égard à ma situation. Mais plus le vin coule, plus les langues se délient, plus les inhibitions tombent, et l'atmosphère finit par devenir festive. Simon parle plus fort que tous les autres, et lui et Cameron la jouent à celui qui aura le plus d'anecdotes extravagantes à raconter, le plus souvent avec l'argent en toile de fond. Hugo intervient à l'occasion, tandis que Cass (et non pas Cath, ça me revient maintenant) et la nounou discutent tranquillement de leur côté. Comme je n'ai pas l'énergie de participer à la conversation, je me contente d'acquiescer et de sourire lorsque quelqu'un lâche un commentaire qui m'est destiné.

Tout en débarrassant la table, Millie nous suggère de passer au salon. Je repousse ma chaise et je me lève, non sans mal.

Cass pose une main sur mon bras.

— Adam ? Ça va ? Vous êtes tout pâle.

J'ai la tête qui tourne, j'arrive à peine à fixer mon regard.

— Je ne me sens pas très bien, marmonné-je avec difficulté. Je crois que je vais aller me coucher, si vous voulez bien m'excuser.

Dans mon dos, alors que je monte les marches d'un pas mal assuré, j'entends les autres murmurer des phrases du style « Le pauvre » et « La journée a dû être rude ».

J'ouvre la porte de ma chambre et je titube jusqu'à la salle de bains, où je vomis tout mon repas.

57

Décembre 1998,
La Madière, France
Adam

— Aïe ! gémit Will, comme la mauviette qu'il est. Je me suis fait mal !

Il prend appui sur ses mains, se met debout et se frotte la tête. Il est à présent couvert de neige. Le vent continue à hurler autour de nous et, bien qu'il ne puisse pas être plus de 16 heures, le ciel est tellement sombre qu'on pourrait presque se croire à la nuit tombée.

Will me lance un regard noir en continuant à se masser le crâne.

— Écoute, Adam, on n'avance pas, là, dit-il d'un ton sec. On a perdu nos guides, tu as égaré ton ski. Il va falloir agir parce que c'est une question de vie ou de mort, littéralement.

Je bats des bras pour essayer de me réchauffer. Il commence à faire vraiment froid.

— D'accord, tête de nœud, alors qu'est-ce que tu proposes ?

Will en fait des tonnes lorsqu'il se retourne et ramasse chacun de ses skis en prenant soin de me projeter de la poudreuse au visage. Il a beau être tout emmitouflé, son petit rictus ne m'échappe pas. Je me penche, je ramasse une grosse poignée de neige et je la lui balance. Will explose.

— Putain, Adam, tu crois que c'est le moment de commencer une bataille de boules de neige ? Comme je te l'ai dit, ajoute-t-il en parlant très lentement comme si j'étais un gamin demeuré, étant donné que tu as perdu ton ski il va falloir que je descende chercher du secours.

— Non, tu ne me laisses pas tout seul ici, insisté-je. On va attendre. Les guides savent où on est, quelqu'un va bien finir par rappliquer.

Will soupire et lève la tête vers le sommet. Nous écoutons quelques instants les hurlements du vent, tandis que la neige nous pique le visage.

— Écoute, Adam, je sais que ce n'est pas l'idéal, mais ça reste la meilleure solution. Les guides ne savent pas forcément où on est, et nous, encore moins. On n'est pas sur une piste balisée. Si ça se trouve, quand tu es tombé, on a dévié du chemin qu'on était censés prendre. Je ne dis pas que c'est ta faute…

— C'est pourtant l'impression que tu donnes, le coupé-je.

— Peu importe, on n'aurait sans doute pas dû sortir dans ces conditions. Mais c'est trop tard, alors maintenant, soyons raisonnables.

Sa voix s'adoucit.

— Je comprends que tu aies peur de rester seul, mais je pense que, étant donné…

— Je n'ai pas peur, crié-je, et arrête de péter plus haut que ton cul !

C'est vrai, comment ose-t-il me prendre de haut comme ça ?

Will soupire.

— OK, d'accord. Dans ce cas, il n'y a pas de problème, si je comprends bien. Je vais chercher du secours, tu restes là, *sans avoir peur du tout*, et en moins de deux, on retrouvera les filles au chalet.

Le sale lâcheur. C'est hors de question.

— Les filles, mais bien sûr. Nell et Louisa. Parce que Louisa n'a d'yeux que pour toi, pas vrai ? lancé-je d'un ton narquois.

— Oh, Adam, ne commence pas, rétorque Will. Je suis gelé, je sens à peine mon visage et si je me retrouve dans cette situation, c'est à cause de toi, vu que ton niveau est pitoyable, que tu es tombé et que tu as perdu un ski. Sinon on serait au chaud et pas coincés en montagne comme deux cons. Donc tu peux m'épargner tes piques habituelles sur mes copines : si tu voulais, tu pourrais te faire n'importe laquelle n'importe quand, je sais. Ce n'est pas parce que tu as roulé un patin à la fille avec qui je sortais vaguement quand j'avais à peu près treize ans qu'il faut te prendre pour un tombeur.

Il s'emmêle dans ses bâtons, glisse ses mains tout doucement dans les dragonnes, comme on nous l'a appris à l'école de ski il y a mille ans, et réajuste sa dizaine d'écharpes. Pourquoi en porte-t-il autant, d'ailleurs ?

Hors de question que ce naze me laisse en plan.

— En parlant de Louisa, dis-je pour le retenir, je pense que tu pourrais trouver mieux.

Will plante d'un coup sec ses bâtons dans la neige et entreprend de réajuster ses dragonnes.

— Ta gueule, Adam. Tu peux dire tout ce que tu veux, je m'en vais, maintenant. Croise plutôt les doigts pour que j'arrive à t'envoyer du secours, et je dois t'avouer que là, maintenant, j'ai comme une baisse de motivation.

Non mais je rêve, qu'est-ce qui lui prend de me parler sur ce ton ?

— Elle est chaude, cette Louisa, ajouté-je. À ton avis, qu'est-ce qu'on a fait hier après-midi, pendant que tu réglais ton histoire de ski cassé ?

Il relève brusquement la tête.

— Cause toujours. Sérieux, Adam, va te faire foutre. Encore un mot et…

Il me pousse au niveau du torse, mais pas bien fort parce que ses skis et le bâton qui pend à son poignet le gênent.

J'avance vers lui.

— Encore un mot et quoi, petit frère ? On a déjeuné ensemble, on a beaucoup bu. Puis on est allés dans votre chambre, on a baisé et elle a *adoré*. Elle était insatiable.

En sentant une douleur soudaine à la tempe, je me rends compte que Will vient de me donner un coup de poing. Ça, je ne l'avais pas vu venir.

— Menteur ! rugit-il.

Il tente de m'empoigner, seulement il est toujours entravé dans ses mouvements par ses skis.

— Elle ne ferait jamais ça !

— Oh si, tu peux me croire, ricané-je.

Comme il essaie une nouvelle fois de se ruer sur moi, je le repousse violemment.

Cette fois, il tombe à la renverse. Le vent redouble d'intensité et la neige tourbillonne tout autour de nous. Will lutte pour se relever mais, comme il n'y arrive pas, il plonge une main dans la neige et déchausse. Quel abruti, ces skis étaient son seul moyen de descendre. Maintenant, ce pauvre con se retrouve coincé avec moi.

Libéré de ses skis, il se jette sur moi de tout son poids et me projette en arrière. À mon tour, je l'agrippe par le col de son anorak et l'envoie au sol. Will se redresse, se jette dans mes jambes comme un joueur de rugby et me fait perdre l'équilibre. Nous nous relevons tous les deux en même temps, puis je me rue sur lui et le pousse de toutes mes forces.

Il hurle, et l'espace de quelques secondes, je vois son anorak bleu clair tomber dans un précipice qu'aucun de nous n'avait repéré, avant de disparaître dans l'immensité blanche.

Puis c'est le silence.

58

Décembre 2020,
La Madière, France

Adam passe toute la journée du lendemain au lit. J'endosse le rôle de l'infirmière attentionnée, je lui apporte de l'eau, de la tisane, des compresses fraîches, des bouillottes, tout ce qu'il demande et toujours joliment disposé sur un plateau. Il est tellement reconnaissant que, en d'autres circonstances, je le trouverais plutôt touchant. Et le soir venu, il dit qu'il se sent un petit peu mieux. Pas au point de descendre, mais assez pour manger quelques cuillerées du potage poulet-champignons, à la fois léger et nourrissant, que j'ai préparé. Inutile que j'ajoute mes champignons spéciaux cette fois, ceux dont j'ai « agrémenté » le petit-déjeuner anglais avec lequel Adam s'est régalé. Il faut qu'il se croie sur la voie de la guérison.

Le loupé du risotto « à ma façon » que je comptais servir à Adam et Cameron était rageant sur le coup, mais ça n'a pas été difficile de tenter à nouveau ma chance le lendemain matin – en ce qui concerne Adam tout du moins. Le fait qu'il soit malade va porter un sérieux coup à la réputation de Snow Snow et donc, par extension, aux affaires de Cameron, pour peu que je continue à la jouer finement. Deux pour le prix d'un.

À l'école hôtelière, j'adorais les cours sur les champignons. Les calices de la mort sont particulièrement fascinants en raison de la façon dont agit leur poison. On les mange, comme Adam au petit-déjeuner, et quelques heures plus tard, la diarrhée et les vomissements apparaissent. Ce qui n'est pas très ragoûtant – même dans un chalet bien insonorisé comme celui-ci, les autres hôtes auraient eu une idée assez précise de ce qui se passait. Heureusement, il n'y a plus personne.

Ce n'est pas une partie de plaisir pour tonton Adam, mais il ne mérite pas mieux – et pour moi non plus car je dois nettoyer, mais ça reste supportable et le jeu en vaut la chandelle.

Les premiers symptômes qui surviennent peu après l'ingestion des champignons sont suivis d'une phase d'accalmie d'environ deux jours. Comme prévu, Adam impute sa maladie soudaine au stress généré par la réapparition du corps de Will – à moins que ce ne soit un aliment avarié qu'il aurait mangé au déjeuner, avant sa non-visite à la chambre mortuaire. Une huître pas fraîche, qui sait ? Ça arrive même dans les restaurants étoilés. Il va sans dire que cette intoxication alimentaire n'a pas été causée par un plat que j'ai cuisiné, puisque aucun des autres occupants du chalet ne s'est mis à vomir.

Surtout, je dois éviter qu'Adam demande à consulter un médecin ou même à aller à l'hôpital, pour que le poison ait le temps d'agir. Alors je suis aux petits soins pour lui – ça me révulse, mais je joue la montre. Lui, il adore.

Deux jours plus tard, il est bien moins affaibli et se croit presque guéri. J'en profite pour enfoncer le clou à propos des cendres de mon père. Plus j'y réfléchis, plus je répugne à l'idée qu'il repose ailleurs. Il est à La Madière depuis sa mort survenue vingt-deux ans plus tôt, et laisser Adam décider de le transférer je ne sais où m'apparaît comme un manque de respect. Je vais manœuvrer de façon à organiser les obsèques afin que mon père ait les adieux qu'il mérite. Un hommage tel que maman aurait souhaité lui rendre. Je devrais parvenir à mes fins sans trop de difficulté.

59

Décembre 2020,
La Madière, France
Adam

Millie est vraiment un ange, il n'y a pas d'autre mot.

Pendant deux jours, j'ai cru que j'allais passer l'arme à gauche. À l'époque où je voyageais beaucoup, j'en ai connu, des touristas, mais je crois que même la dysenterie et la dengue ne sont rien comparées à ça.

J'ai vécu un cauchemar que seule la présence de Millie a rendu plus supportable. Elle m'apporte tout ce que je demande et tout ce qu'elle juge utile pour ma convalescence.

Ça y est, je me sens mieux, enfin. Hier, j'ai réussi à manger un peu de son délicieux potage. Aujourd'hui, en plus d'avoir réussi à me lever, j'ai dégusté une délicieuse omelette en regardant une série sur Netflix.

Il semble que les autres clients soient partis quand j'étais alité. Je suppose que les routes ont rouvert. Je ne suis pas encore ressorti, mais je vois que les chutes de neige se sont calmées. Pas de nouvelles de Cameron non plus – j'imagine qu'il a d'autres chats à fouetter et que rendre visite à un type qui, en plus de loger à l'œil, est cloué au lit en train de vomir tripes et boyaux ne l'enchante guère. Comme Millie a de nouveaux clients qui arrivent après-demain, je vais devoir trouver un autre point de chute et commencer à me renseigner sur les vols retour. Mais d'abord, il faut que j'organise les obsèques de Will.

Là-dessus aussi, Millie a été épatante – peut-être parce que l'arrivée imminente de ses nouveaux clients la travaille et qu'elle aimerait bien me voir partir. Donc en plus de se plier en quatre pour que je me rétablisse, elle et Matt se sont occupés des formalités nécessaires pour que le corps – Will – soit transporté au crématorium et que nous puissions organiser une cérémonie, quelle qu'elle soit, demain. Millie m'a apporté des formulaires à signer – visiblement, la France est le pays de la paperasse. Je n'ai pas tout compris parce qu'ils étaient rédigés en français, mais au moins, j'ai eu l'impression d'avancer.

— Will était-il croyant ? demande Millie en m'apportant, disposés sur un plateau, un potage, une cuillère en argent et une serviette blanche.

— Je ne crois pas, lui réponds-je. En tout cas, quand on était petits, on n'allait pas à l'église en dehors des baptêmes, des mariages et des enterrements. Je ne crois pas me souvenir qu'il soit jamais allé à l'église de sa propre initiative.

Millie opine.

— Donc demain, inutile de prévoir des cantiques ou des prières ?

— *A priori*, non.

C'est vrai, je ne pense pas que Will aurait voulu tout ça, mais surtout je veux en être débarrassé au plus vite. Inutile que des cantiques et des prières viennent prolonger le supplice.

— Dans ce cas, peut-être un peu de musique ? insiste-t-elle. Will écoutait-il un chanteur, un groupe en particulier ? Ou alors on pourrait prévoir une lecture. Est-ce qu'il y a un poème, un livre qu'il appréciait ?

J'ai le cerveau embrumé à cause du manque de nourriture et de sommeil, ces questions me dépassent et puis, en toute franchise, je m'en fiche. Will n'est plus là, mes parents sont morts eux aussi, donc je ne comprends pas pour qui on fait tout ça au juste. Ce genre de cérémonial s'adresse plus à ceux qui restent qu'à ceux qui partent, non ? Comme je suis le dernier membre de la famille encore en vie, on ne m'ôtera pas de l'idée que c'est beaucoup d'efforts pour rien, ou presque. Mais face à Millie, qui est adorable, je peux difficilement exprimer le fond de ma pensée sans qu'elle me prenne pour un salaud doublé d'un ingrat, et elle aurait raison. En plus, je la trouve vraiment très jolie, et maintenant que je me sens mieux et que nous nous retrouvons en tête à tête, j'hésite à tenter ma chance.

— Hum… je ne sais pas trop. Ça remonte à loin, esquivé-je.

Et si Will était encore en vie, ses goûts auraient certainement évolué, ajouté-je en silence.

— Vous devez bien avoir une idée des groupes qu'il aimait.

— Dans mes souvenirs, il avait des goûts plutôt merdiques, comme la musique électro des années 1980.

Elle acquiesce en silence.

— Je vois. On peut sans doute trouver plus adapté pour des obsèques.

Il me revient soudain en mémoire un groupe qui pourrait convenir.

— Oh ! Je sais. Il aimait bien REM. Il avait des goûts assez standards.

— D'accord. Une chanson en particulier ?

Par pitié… J'apprécie sa sollicitude, mais elle ne pourrait pas me lâcher ? Je ne suis pas franchement au meilleur de ma forme, alors si elle pouvait m'épargner cette conversation… J'avale une gorgée du potage brûlant qu'elle m'a apporté.

— Je ne me souviens pas. Je crois qu'il aimait toutes leurs chansons, réponds-je en espérant que Millie va en rester là.

Elle sourit.

— Pas de problème. On pourrait peut-être en chercher quelques-unes sur Internet et voir si ça vous parle.

Je la regarde. Elle est sublime, mais je suis fatigué.

— Non, ça va aller. Je vous laisse choisir. Je ne pense pas qu'il aurait été trop regardant là-dessus.

Elle dégaine quand même son iPad et nous écoutons les plus grands tubes de REM, pour finalement tomber d'accord sur « Everybody Hurts », ainsi que sur un poème de Charlotte Brontë dégotté sur un site qui recense des lectures adaptées aux jeunes défunts. Dire que quelqu'un a eu l'idée de compiler ces textes… Vraiment, on trouve de tout sur Internet de nos jours – et heureusement d'ailleurs, parce que le seul poème auquel je pensais, c'était celui de *Quatre mariages et un enterrement* et, en le relisant, il m'a semblé complètement hors sujet.

Je peux me tromper, mais par moments, j'ai l'impression que Millie est au bord des larmes. Ce qu'elle peut être mignonne… Une fois la chanson et le poème choisis, elle reprend son plateau, et c'est tout juste si elle ne me borde pas.

Je ne m'étais pas senti aussi choyé depuis bien longtemps.

60

Décembre 2020,
La Madière, France

« Everybody Hurts » : je me souviens que c'était la chanson de mes parents, celle que maman me chantait parfois, dans les rares périodes où elle allait relativement bien. J'y ai mis le temps, mais j'ai réussi à manœuvrer de sorte qu'Adam la choisisse. J'ai bien vu qu'il était fatigué et qu'il s'en fichait plus ou moins, alors ça n'a pas été bien difficile. C'est ce que papa aurait voulu, j'en suis sûre. Et maman serait fière de moi.

61

Décembre 2020,
La Madière, France
Adam

Je me réveille en sursaut au beau milieu de la nuit, pris d'une nouvelle crise de vomissements. Je me précipite juste à temps dans la salle de bains.

Nom d'un chien, je croyais que c'était terminé. Après ce qui me paraît des heures passées à me vider, je rampe littéralement jusqu'à mon lit.

Dans un premier temps, j'ai l'impression d'halluciner, mais non, c'est bien une silhouette que je distingue tapie dans l'obscurité de ma chambre.

— Millie ? demandé-je d'une voix rauque.

Il n'y a que nous au chalet, les autres sont tous rentrés chez eux. Je sais que Millie est gentille et dévouée – elle l'a prouvé par son comportement ces deux derniers jours –, mais de là à s'occuper de moi la nuit…

— Qu'est-ce que vous faites là ? demandé-je dans un souffle.

J'ai le tournis et la gorge qui pique comme si on me l'avait passée au papier de verre. Millie rejette les couvertures et je me hisse tant bien que mal sur le lit.

— J'ai quelque chose à vous dire, annonce-t-elle.

Elle rallume la lampe de chevet. Son visage est dur et impassible.

— Maintenant, en pleine nuit ? articulé-je, mais ma voix n'est plus qu'un murmure. Je ne me sens pas bien du tout. Ça ne peut pas attendre demain matin ?

— Non, vous serez certainement mort d'ici là. Ou au moins dans le coma.

Je suppose que c'est une plaisanterie, mais vu l'état dans lequel je suis, je la trouve cruelle et de très mauvais goût – Millie ne m'a pas habitué à ça. Je redresse la tête pour parler, mais elle lève une main et ferme les yeux.

— Non ! lance-t-elle en les rouvrant. J'en ai ras le bol d'entendre votre voix. Je vous ai empoisonné, c'est pour ça que vous êtes malade. Les champignons que vous avez mangés l'autre jour au petit déjeuner, c'étaient des amanites phalloïdes, autrement dit des calices de la mort. C'est tout de même navrant que le producteur si cher à Cameron ait commis une erreur aussi bête et fatale, *vous ne trouvez pas* ?

— Ce n'est pas drôle, râlé-je. Aidez-moi, Millie, s'il vous plaît.

La pièce tourne de plus en plus vite et je ne comprends pas pourquoi elle persiste dans ses allusions malvenues sur le poison.

Elle se penche pour me parler à l'oreille.

— Vous ne percutez toujours pas ? Vous ne savez pas qui je suis ?

Je suis perdu.

— Vous êtes Millie ? hasardé-je.

Elle continue à me toiser avec mépris.

— Je suis la fille de Will, finit-elle par lâcher.

Qu'est-ce qu'elle raconte ?

— Will ? Will est mort, parviens-je à articuler. Il n'a pas de fille.

Elle se redresse et s'éloigne du lit.

— Oh que si : moi. Je suis sa fille. Vous vous souvenez de ma mère, Louisa, qui était avec vous lors du séjour où vous avez tué mon père ? Elle est tombée enceinte cette semaine-là.

— Enceinte ?

— Eh oui. Ensuite, elle a arrêté la fac, elle a sombré, elle a accumulé les dettes et elle a fini par toucher le fond. La grossesse, la pauvreté, la mort de mon père, c'était trop. J'ai eu une enfance de merde, j'ai connu les familles d'accueil, à cause de vous. Et puis maman s'est suicidée. Tout ça parce que vous avez tué mon père.

— C'était un accident, gémis-je.

— Pas d'après ma mère, réplique sèchement Millie. Elle vous tenait pour responsable, et moi aussi.

Mon corps se soulève de nouveau, mais il n'y a plus rien à vomir. Et là, je me rends compte que cette histoire est peut-être à prendre au sérieux. Millie aurait-elle été capable d'un tel acte ?

Je sais ce que je dois faire pour qu'elle me vienne en aide.

— Will n'est pas… n'était pas votre père, murmuré-je.

— Si, maman me l'a dit, et j'ai mené ma petite enquête. Je sais quasiment tout sur son prétendu « accident », sur lui, sur vous. C'est pour ça que je me suis fait embaucher par Snow Snow : je voulais couler l'entreprise de Cameron. Il est responsable, lui aussi, car c'est le guide qui ne s'est pas soucié de la sécurité de mon père. Au départ, j'avais l'intention d'empoisonner des clients au hasard, sans les tuer, avec une crevette avariée par-ci, un poulet mal cuit par-là, un peu de salmonelles… Je suis venue du Royaume-Uni avec, dans mes bagages, des champignons séchés, certains plus toxiques que d'autres. Je ne comptais pas employer les grands moyens, du moins au départ.

J'essaie de me concentrer sur ce que Millie est en train de me raconter, mais la pièce tourne de plus en plus et je crois que je ne vais pas tarder à perdre connaissance.

— Mais comme le corps de papa a été retrouvé et que vous avez rappliqué, j'ai changé mon fusil d'épaule, poursuit-elle. J'allais vous tuer, Cameron et vous, le soir où j'ai servi le risotto aux champignons, parce que c'est tout ce que vous méritez. Mais vous avez tous changé de place, alors je me suis débrouillée pour renverser du vin et éparpiller des morceaux de verre partout. Je ne voulais pas que d'autres innocents souffrent à cause de vous.

Il faut que je l'arrête, que je la convainque de m'aider. Je dois lui dire. C'est ma seule chance.

— Vous vous trompez, murmuré-je. Will n'aurait jamais pu avoir d'enfants naturellement.

Ma poitrine est lourde, j'ai de plus en plus de mal à respirer.

— S'il vous plaît, Millie, prévenez les secours. Je vous en supplie.

S'ensuit un silence de quelques secondes, uniquement troublé par ma respiration laborieuse.

— Quoi ? dit-elle avec méfiance. Pourquoi il n'aurait pas pu avoir d'enfants ?

— Un cancer, réponds-je dans un souffle. Quand il était petit. Ça l'a rendu stérile. Il ne l'a sans doute jamais dit à votre mère.

— Dans ce cas…

J'y suis presque. Il faut que je lui dise. Que je l'arrête.

— Ce doit être moi, votre père, parviens-je à articuler. Il s'est passé quelque chose entre votre mère et moi pendant ces vacances. Un après-midi, alors que Will était parti skier. S'il vous plaît, Millie, je…

Elle porte une main à sa bouche.

— Mais elle vous détestait. Avant de mourir, la dernière fois que je l'ai vue, elle m'a dit que mon père – Will – était mort par votre faute. Elle vous a traité d'enculé ! Je ne l'avais jamais entendue employer ce mot.

Je suis pris d'une nouvelle convulsion.

— Je vais tout vous raconter, Millie, s'il vous plaît…

— Je ne suis pas votre fille ! s'écrie-t-elle, tandis que des larmes coulent sur ses joues. Je refuse d'avoir un homme comme vous pour père ! Vous mentez !

Elle plaque les mains sur ses oreilles, ferme les yeux et hurle :

— Non, non, non ! Arrêtez de dire ça ! Vous n'êtes pas mon père ! Vous l'avez tué !

— S'il vous plaît, appelez une ambulance…, murmuré-je.

Puis plus rien.

62

Décembre 2020,
La Madière, France
Millie

Les adieux à mon père ont lieu aujourd'hui.

Adam est à l'hôpital, dans le coma. Les médecins estiment qu'il peut survivre, mais sachant précisément la quantité de champignons qu'il a ingérée et quand, je suis à peu près sûre qu'il ne s'en sortira pas.

Vingt-deux ans ont passé depuis la mort de papa, il n'a plus de famille, et pourtant il y a du monde à la cérémonie. Matt et Didier sont venus, mais pas Cameron, sans doute trop occupé à gérer les retombées d'un empoisonnement fatal dans l'un de ses chalets. Pas terrible pour l'image, hein ? J'ai envoyé des e-mails anonymes à plusieurs journaux hier soir pour veiller à ce que l'affaire s'ébruite. Il est hors de question qu'un incident pareil soit passé sous silence. C'est tout moi, ça : toujours prête à donner un coup de main.

Bien sûr, j'ai été interrogée par la police et le serai sans doute bientôt de nouveau, mais je ne m'inquiète pas. Je ne suis qu'une petite employée de chalet sans grade, après tout, pas une experte en champignons. Je n'y peux rien si ceux que j'ai servis n'étaient pas comestibles. Si Cameron ne sera certainement pas tenu pour responsable non plus, c'est le genre de publicité dont Snow Snow ne se remettra pas.

Il n'y a personne pour prononcer la traditionnelle oraison funèbre mais Didier, le directeur de l'office de tourisme, y va de sa bafouille sur la montagne qui donne et reprend, sur la tristesse ressentie par tout le village face à ce décès prématuré. Je lis le poème de Charlotte Brontë – j'ai bien insisté auprès du responsable des pompes funèbres sur l'aide que j'ai apportée à Adam concernant l'organisation des obsèques, avec toutefois un mensonge : je prétends qu'il m'a également demandé de l'aider à disperser les cendres, car il n'avait pas la force d'affronter cette épreuve seul.

Au son d'« Everybody Hurts », je suis des yeux le rideau qui se referme sur le cercueil.

Plus tard, on me remettra l'urne, je prendrai le même chemin que papa jusqu'au sommet et je procéderai à la dispersion. J'ai dit que c'était ce qu'Adam avait projeté et que, de cette façon, j'entends rendre hommage aux deux frères. Personne d'autre n'a envie de s'en charger, alors autant dire que ma proposition tombe à pic.

Adam a prétendu qu'il était mon père biologique, mais ce n'est pas vrai, maman me l'aurait dit. Il a balancé ça dans un moment de désespoir, pour me pousser à appeler une ambulance. Ce que j'ai fini par faire, mais uniquement parce que je savais qu'il était déjà trop tard. Et puis maman le détestait. Elle le tenait pour responsable de la mort de l'homme qu'elle aimait. Ce sont ses agissements qui l'ont poussée au suicide, qui ont bousillé mon enfance. J'ai fait ce qu'il fallait. Ce n'était pas lui, mon père.

Épilogue

Six mois plus tard
Ria

En passant une main sur mon ventre, je sens un petit coup. Alors que jamais je n'aurais cru aimer être enceinte, je trouve la sensation plutôt agréable.

Nous allons avoir une fille. Hugo, aux anges, me couvre de fleurs et de cadeaux. C'est plus fort que lui.

Même si Hugo et moi ne formerons sans doute jamais le couple idéal, nous nous sommes rapprochés après que je lui ai confié la vérité sur mon passé. Il m'a poussée à consulter, et alors que j'avais de gros doutes sur l'utilité d'une thérapie, je dois reconnaître qu'elle m'aide à y voir plus clair.

Je ne me suis jamais pardonné l'accident en montagne et depuis, je n'ai eu de cesse de me punir, d'après ma psy. Et même si je pensais avoir épousé Hugo dans le seul but de sortir de l'impasse personnelle et financière dans laquelle je me trouvais, la thérapie de couple que nous suivons également tous les deux m'aide à comprendre que notre relation va au-delà. Hugo est plus qu'un portefeuille et un moyen de m'assurer le silence de Cameron. En vérité, j'éprouve de l'affection pour mon mari ; c'est un homme bon, qui serait prêt à tout pour moi. Avec le temps, je suis sûre que cette affection laissera place à l'amour. J'y suis déterminée, pour le bien du bébé.

Quant à Adam… quel malheur. C'est la preuve que personne n'est à l'abri d'une erreur, même dans les endroits les plus raffinés. Certaines espèces de champignons se ressemblent beaucoup entre elles, paraît-il. Heureusement que nous n'avons pas mangé le risotto ce soir-là, sinon nous aurions tous été touchés. Mais le pauvre Adam est le seul à avoir pris un petit déjeuner anglais le lendemain matin. Personne n'aurait pu imaginer la suite.

Finalement, Hugo n'a pas ajouté les chalets Snow Snow à son catalogue, car la presse a parlé de cette histoire d'intoxication aux champignons pendant plusieurs semaines, et aucun entrepreneur un tant soit peu sain d'esprit ne proposerait des chalets qui ont été le théâtre d'un tel incident. J'ai coupé les ponts avec Cameron, ma psy m'ayant fait comprendre que je n'ai plus rien à craindre venant de lui ; de plus, Hugo sait maintenant ce qui s'est passé vingt-deux ans plus tôt. Effectivement, Cameron avait raison : tout le monde a tourné la page à part moi, et il est temps que je fasse de même.

J'ai lu dans la presse que Snow Snow avait connu de nombreuses annulations cette saison. Il n'est d'ailleurs pas exclu que Cameron soit poursuivi pour la mort d'Adam, mais ça me paraît peu probable. Elle sera considérée comme accidentelle, comme il y a plus de vingt ans, l'affaire sera classée et la vie continuera.

Malgré tout ce qui s'est passé, Simon a investi dans Redbush Holidays à notre retour ; quant à ma société, Ria Events, elle est devenue une filiale officielle de Redbush et je suis désormais responsable de l'événementiel pour leurs deux entités. Et bien que le secteur du tourisme soit mis à mal depuis plusieurs années, Redbush ne cesse de croître, en grande partie grâce à Olivia et moi. Hugo ne manque pas de qualités, mais il n'est pas doué pour les affaires.

J'ai envoyé une couronne de fleurs pour la crémation de Will, puis une autre pour les obsèques d'Adam qui ont eu lieu quelques jours plus tard. Après tout, je les avais connus tous les deux, même très brièvement. C'était le minimum que je pouvais faire.

Millie

Il y a eu une enquête, bien sûr, et j'ai été renvoyée, ainsi que je m'y attendais, mais l'hypothèse de l'accident tragique s'est imposée. Et comme il y a vingt-deux ans, les médias ont cessé d'en parler au bout de quelques semaines. Je trouverai certainement un autre poste d'employée de chalet l'année prochaine, si je le souhaite. C'est sans doute ce que je ferai. J'aimerais bien vivre dans les Alpes, près de papa. Peut-être à La Madière, qui sait ?

Je suis ravie de lire que, chez Snow Snow, les réservations sont en chute libre. J'y ai contribué *via* quelques faux comptes et des avis en ligne se plaignant d'intoxications alimentaires dans d'autres chalets gérés par Cameron. J'espère que sa société ne s'en remettra jamais. C'est le genre de personne pour qui l'échec est pire que la mort, donc là je pense qu'il a pris un coup fatal. De plus, un deuxième décès soudain dans la même station de ski aurait pu éveiller les soupçons. Je suis satisfaite du résultat final. En ce qui concerne ces deux hommes, je pense avoir agi comme maman l'aurait voulu.

Cependant, il reste l'autre personne qui les accompagnait, Andy Jones.

Je n'en ai pas encore terminé.

Remerciements

Un immense merci à Gaia Banks, ma brillante agente au sein de Sheil Land Associates, pour ses contributions toujours utiles et la patience qu'elle a montrée à la lecture de mes premières ébauches, ainsi qu'à Phoebe Morgan, éditrice de choc chez HarperCollins, pour son enthousiasme sans faille à l'égard de ce livre. Merci également à ses collègues d'HarperCollins pour l'intérêt témoigné à ce livre depuis le tout début. Je n'aurais pu rêver meilleur accueil.

Merci à mes bêta-lectrices, Louise Cole, Sarah Dodd, Leila Rasheed, Katrina Riley, Sarah Wells, Jackie Wesley et Laura Wilkins – si j'ai oublié quelqu'un, je m'en excuse. Vous avez toutes participé à l'écriture de ce roman, d'une façon ou d'une autre.

Merci à Anne O'Brien, ma correctrice, d'être repassée derrière moi afin d'éliminer mes tics de langage, ainsi qu'à Claire Ward pour cette couverture magnifique.

Merci à la communauté WriteWords YA, à qui j'ai soumis certains chapitres de mes précédents ouvrages et dont les critiques ont toujours été constructives.

Merci également aux différents groupes Facebook sur lesquels j'aime bien traîner alors que je suis censée travailler, tout particulièrement aux Frisbees, aux Manatees (qui me manquent beaucoup), aux Savvies, aux Debuts et aux Witches, toujours brillantes et hilarantes.

Merci à papa et Liz qui, en plus de m'avoir envoyée en vacances au ski, m'ont supportée à l'adolescence – et même après, d'ailleurs. Je ne vous le dis pas souvent, mais je vous en suis vraiment reconnaissante.

Merci à Toby et Livi d'avoir toléré la musique des années 1980, ma lenteur à ski et j'en passe. Il ne se passe pas un jour sans que je sois fière de vous.

Enfin, un merci tout particulier à Alex, qui n'a jamais bronché quand il s'agissait de creuser une tranchée sous la pluie ou de couper du bois, entre autres, me laissant ainsi « travailler sur mon livre ». Merci de me soutenir et de croire en moi.

Cet ouvrage a été composé
par Facompo
à Montrouge (Hauts-de-Seine)
en mai 2022

Impression réalisée par

NORMANDIE ROTO IMPRESSION S.A.S.
à Lonrai (Orne)

en novembre 2022
pour le compte des Éditions de l'Archipel
département éditorial
de la S.A.S. Écriture-Communication

Imprimé en France
N° d'impression : 2204369
Dépôt légal : novembre 2022